그 하마의 눈을 찔러라

그 하마의 눈을 찔러라

양우준 지음

차례

프롤로그
9

1 고립
14

2 경종
82

3 그것
142

4 대속
192

5 단죄
247

에필로그
280

원담시 괴사건 보고 ①: 메아리산장
285

원담시 괴사건 지도

❶ 메아리산장
❷ 성모학원
❸ 원담힐타운하우스
❹ 바이오연구소
❺ 원담교도소
❻ 석모터널
❼ 원담여대 기숙사
❽ 석모저수지
❾ 청람고등학교
❿ 황 회장 대저택
⓫ 오즈랜드
⓬ 호가스포츠센터
⓭ 원담역

프롤로그

여자는 달렸다. 폐가 찢어지도록.

'그것'의 기이한 울음소리가 어둠을 뚫고 따라붙었다.

낮게 자란 풀에 스쳐 살갗이 베였지만 걸음을 멈출 수 없었다. 땅이 빗물에 젖어 있어 다리는 무거웠고, 몸은 자꾸만 앞으로 고꾸라졌다. 그녀의 하늘색 원피스가 흙탕물에 더럽혀졌다.

여자는 뒤를 힐끔 보았다. 숲속 저편, 울창한 나무 사이로 어두운 보라색 피부가 비쳤다. '그것'이 10미터쯤 떨어진 거리에서 여자를 노려보고 있었다.

생김새는 하마와 닮았지만 하마는 아닌 짐승. 사람의 머리쯤은 아무렇지 않게 부서뜨릴 만큼 강한 이빨을 가진 네발 달린 괴물. '그것'이 입을 벌리며 웃었다. 쩍 벌어진 커다란 입속으로 사람의 잘린 머리가 보였다.

여자는 몸을 떨었다. '그것'이 또 사람을 잡아먹은 것이다. 날카로운 이로 뼈를 부수고 연약한 피부를 찢어발긴 거다.

여자는 잠깐 어쩔했으나 머리를 세차게 흔들며 정신을 차리려고 했다. 그녀는 다시 앞을 향해 뛰었다.

가지를 머리카락처럼 늘어뜨린 커다란 나무가 시야에 들어왔다. 앞만 보고 뛰느라 두꺼운 나무뿌리가 튀어나와 있는 걸 눈치채지 못했다. 여자는 땅 밖에 비죽 나온 뿌리에 발이 걸려 넘어졌다. '그것'의 발소리가 가까워지는 게 선명하게 느껴졌다.

머리를 뜯길지도 모른다는 공포감이 그녀를 덮쳤다. 여자는 비명을 지르며 나무 뒤편에 몸을 숨겼다. '그것'의 걸음걸이는 여유로웠다. 여자는 손을 들어 올려 입을 틀어막았다.

툭, 소리와 함께 무언가가 데굴데굴 굴러와 여자의 발에 닿았다.

'그것'이 입에 물고 있던 머리통이었다. 쭈글쭈글한 노인의 얼굴이 홉뜬 눈으로 여자를 노려보았다. 노인의 주름 사이로 흙탕물이 흘러내렸다. 그녀의 입에서 신음이 새어 나왔다.

"……할아버지."

여자는 벌벌 떨리는 손으로 등 뒤를 더듬었다. 끝이 뾰족한 돌멩이가 만져졌다.

나무 사이로 보이는 '그것'이 마치 숨바꼭질 놀이라도 하듯 여자를 찾는 시늉을 했다. 여자는 돌멩이를 손에 움켜쥐었다. 발밑을 잠시 살피는 사이, 괴물의 몸체가 시야에서 사라졌다. 여자는 당황해 상체를 앞으로 내밀었다. 숲은 텅 비어 있었다.

여자도 괴물도 소리를 멈춘 숲에 적막이 찾아왔다. 그 순간, 뒤쪽에서 '그것'이 갑자기 머리를 들이밀었다. 여자는 비명을 지르며 돌멩이로 괴물의 머리통을 내리쳤다.

"살려줘, 살려줘, 살려줘!"

여자는 살려달라고 외칠 때마다 그것의 머리통을 퍽, 퍽, 퍽 힘주어 내리쳤다. 진득한 피가 튀었다.

'그것'은 신음 한 번 내지 않고 여자를 노란 눈으로 응시했다. 상처에서 회백색의 질척한 액체가 흘러내렸다. '그것'이 웃었다. 여자의 돌에 맞아 함몰됐던 상처가 빠르게 치유됐다.

"까아악!"

여자는 돌멩이를 내던지고 다시 달렸다. 살려줘. 죽이지 마. 여자가 외치는 소리를 들은 것처럼 '그것'이 느릿느릿 네 발을 움직였다.

다리에 힘이 풀려 여자는 다시 한번 바닥으로 넘어졌다. 서둘러 일어나려고 했으나 땅이 너무 미끄러웠다. 느긋하게 걷던 '그것'이 조금씩 빠르게 뛰기 시작했다. 여자의 비명 같은 '그것'의 새된 울음소리가 숲속을 울렸다.

여자는 눈물을 흘렸다. 평범하고 지루했어야 할 가족여행이 한순간에 피비린내 나는 살육의 시간으로 바뀌었다.

그녀는 그 이유를 알고 있었다. 모든 일은 사진관에서 시작되었다.

그날 그 사진관에만 가지 않았다면 모든 게 달라졌을 거다.

자신은 아무 죄가 없었다. 모든 건 할아버지 때문이었다. 여자는 멍하니 중얼거렸다.

"……그래, 할아버지가 맨날 부모 잡아먹은 년이라고 나한테 그랬잖아. 맨날 나보고 없어졌으면 좋겠다고 했잖아!"

그래서 복수를 계획했다. 단지 그뿐이었는데…….

땅이 울렸다. 여자는 뒤를 돌아보았다. '그것'의 얼굴이, 뒤이어 몸체가 눈에 들어왔다. 푸르르 몸을 흔든 '그것'은 전속력으로 뛰었다. 그녀는 몸을 일으켰다. 입에서 비릿한 피맛이 났다. 여자는 눈물을 흘리며 달렸다. '그것'이 곧 머리를 뽑고, 온몸을 씹어 먹을 것 같았다.

뜨거운 숨결이 여자의 목덜미에 닿았다. 멀지 않은 곳에 절벽이 보였다. '그것'에게서 벗어날 방법은 하나뿐이었다.

'그것'이 닥쳐올 상황을 예감한 듯 울부짖었다. 여자는 컴컴한 절벽을 향해 몸을 던졌다.

여자의 머리가 절벽에 튀어나온 바위에 부딪히며 으깨졌다. 비포장도로에 인접한 한 나무 위에 떨어져 배가 꿰뚫렸다. 핏물이 고인 나뭇가지 위로 빗방울이 떨어졌다.

'그것'이 입을 벌렸다. 게걸스레. 미처 죽이지 못한, 또 하나의 더러운 피를 갈망하며.

고립

가족여행은 갑작스러운 태풍 예보와 함께 시작되었다.

우지는 차 뒷좌석에 앉아 뒤척이다가 선잠에서 깨어났다. 며칠 전 애인인 진형과 돈 문제로 다투고 나서부터 여러 날 깊게 잠들지 못했다. 진형과는 먼 미래를 약속한 사이였지만 거듭된 실패로 최근 사이가 급격히 나빠졌다. 가족여행을 떠난다는 말을 남기고서 내내 차갑게 대한 것도 그 때문이었다. 왜인지 진형은 그 뒤로 우지에게 관심이 많아졌지만.

우지는 차창을 내렸다. 여행이 끝난다고 다시 이전과 같은 사이가 될 것 같지는 않았으나 전전긍긍할 이유는 없었다. 우지에게는 진형과의 문제 말고도 해결해야 할, 당면한 불행들이 너무도 많았으니까.

바깥에서 때마침 무더운 바람이 불어왔다. 태풍주의보가 발령된 지 오래였으나 고속도로는 모처럼의 연휴를 즐기려는 차들로 북적이고 있었다.

우지와 가족들은 원담시 너머 공마산의 휴양림으로 향하는 중이었다. 그곳에 자리한 운치 있는 산장에서 휴가를 보낼 계획이었으나 차 안 분위기는 그리 좋지 않았다. 그를 증명하듯 앞자리에서는 엄마 구암과 아빠 재희의 다툼 소리가 끊이지 않았다. 그들은 더 큰 차를 빌렸어야 했다며 벌써 한시간째 다투는 중이었다.

우지는 부모의 고성을 무시한 채, 남동생 민도를 팔꿈치로 툭 쳤다.

"지금 어디쯤이야?"

"거의 다 왔어. 20분 후면 도착한대."

민도는 스마트폰에서 눈을 떼지 않고 건성으로 대답했다. 고요히 잠든 할머니 영옥이 민도의 어깨에 기대어 있었다.

구암이 재희를 노려보며 목소리를 높였다.

"몇만 원만 더 내면 큰 차에서 편히 갈 수 있는데, 왜 이런 걸로 돈을 아끼냐고!"

"시끄러워, 그러다가 엄마 깨겠다."

"당신이나 조용히 해. 짐도 제대로 하나 못 넣는 고물을 어디서 빌려 온 거야."

"그러니까 당신이 차만 안 팔았으면 됐잖아! 왜 차를 팔았는데?"

"왜긴 왜야. 당신 빚 갚느라 그런 거지. 어휴, 내가 진짜 않느니 죽지, 죽어!"

구암이 가슴을 치며 고개를 모로 돌렸다.

우지는 할머니 눈치를 살폈다. 다행히 할머니는 깊게 잠든 것인지 싸우는 소리에도 일어나지 않았다.

할머니는 얼마 전 시한부 선고를 받은 뒤로 빠르게 건강이 안 좋아졌다. 유방암에 한 번 걸린 적이 있어 자기 건강을 유달리 챙기던 사람이었는데, 화목과는 거리가 먼 자기 가족들을 지켜보며 화병에 시달린 게 문제였다.

매일 두통을 호소하던 할머니의 가슴에서 어느 날부터 다시 암이 자라나기 시작했다. 평소에도 안색이 좋지 않았던 편이라 가족 중 누구도 그녀의 상태가 이상하다는 걸 눈치채지 못했다. 안 좋아 보여도 그러려니 여겼다.

유두에 습진이 조금 생기고 가슴 모양이 변했던 초기와 달리 재발한 암은 이렇다 할 징후가 없었다. 정기검진이 아니었다면 유방암이 재발했다는 사실도 올해가 다 가도록 알아차리지 못했을 것이다.

우지는 아무래도 할머니가 이렇게 아프게 된 건 가족들 때문이라고 생각했다. 그중에서도 능력이라곤 쥐뿔도 없는 아들과 친인척에게 도무지 사근사근 대할 줄 모르는 며느리 때문이라고.

우지는 할머니의 어깨에 부드럽게 머리를 기댔다.

몸에 힘이 없는 게 젤리처럼 그대로 흘러내릴 것만 같았다. 얼굴빛 역시 평소보다 어두웠다. 가만 보니 숨도 고르지 않은 것 같은데. 아니, 숨을 쉬긴 하는 걸까?

"할머니?"

우지는 공연한 불안감에 할머니의 몸을 흔들었다. 그러자 할머니의 얇은 입술이 벌어지며 역한 위액 냄새가 났다. 실눈을 뜨느라 언뜻 드러난 눈동자에는 생기가 없었다. 그것이 꼭 시체의 눈 같다고, 우지는 생각했다.

"엄마, 할머니 약 먹을 시간 안 됐어?"

"네가 좀 깨워서 드려."

구암이 낡은 핸드백을 신경질적으로 내밀었다. 눈치 빠른 민도가 할머니를 일으켜 세웠다.

"할머니, 얼른 약 먹어. 일어나서 머리 아프다고 하지 말고."

영옥이 잠이 덜 깬 채로 억지로 몸을 일으켰다.

'아침'이라 적힌 약봉지 안에는 크고 작은 알약이 가득 들어 있었다. 대부분 고통을 줄여주는 강한 진통제들이었다. 천천히 약을 삼키고 영옥이 물었다.

"여긴 어디냐, 우지야?"

"도로지 어디야. 곧 있으면 휴양림으로 들어가는 길이 나올 거야. 거기서 조금만 더 들어가면 산장에 도착해."

영옥이 무슨 말인지 알아들었다는 듯 고개를 끄덕였다. 요새 같은 시대에 SNS로 유명해진 펜션이나 호텔에 가지 않

고 뜬금없이 산장에 가겠다고 고집을 부린 건 바로 영옥이
었다. 우지는 슬슬 몰려오는 잠을 쫓으며 할머니가 물을 마
시는 걸 거들었다.

재희가 백미러로 뒤쪽 자리를 살폈다.

"엄마, 몸은 어때?"

"괜찮아."

"괜찮기는. 그냥 집에 있자니까. 왜 사서 고생하셔."

"나올 수 있을 때 나와야지. 너희가 또 언제 나랑 여행을
온다고."

켕기는 것이 있는지 재희가 어색하게 헛기침을 몇 번 했다.

우지는 할머니 영옥의 말에 내심 동의했다. 이번은 이례적
인 가족여행이었다. 며칠 전 걸려 온 전화가 아니었더라면
10년 만의 가족여행에 동행할 일은 결코 없었다.

약 기운이 도는지 영옥이 다시 꾸벅꾸벅 졸았다. 우지는 영
옥의 손을 꼭 잡았다. 단단한 뼈마디가 느껴졌다. 길어도 석
달, 빠르면 두 달 뒤 할머니가 죽는다. 지금 상태라면 그보
다 더 빨리 돌아가실 수도 있다.

우지는 영옥의 시한부 선고를 들은 날을 떠올렸다. 몇 년
째 낙방한 세무사 시험에 또 불합격했다는 통보를 들은 날
이기도 했다. 우지는 고시원 바닥에 처량하게 누워 있었다.
침대에서는 견딜 수 없는 악취가 났고, 창밖에서는 추적추
적 비가 내려 우울한 날이었다.

불합격 소식을 또 어떻게 말해야 하나 고민하는데, 재희에게서 전화가 걸려 왔다.

"할머니가 유방암 말기란다. 이번에는 수술도 어려울 것 같아."

의사에게 듣기로, 이미 암세포가 퍼질 대로 퍼져 모든 장기를 공격 중이라고 했다. 병원에서는 호스피스 치료를 권했다. 평소 자기 엄마와 데면데면한 관계였지만 막상 그녀가 죽는다는 소식을 듣자 재희는 진심으로 안타까워했다.

영옥의 위중한 상태를 알려준 재희는 그런데, 하고 서두를 열었다. 잠시 망설이던 그는 어렵게 얘기를 꺼냈다.

"너희 할머니가 며칠 전부터 계속 같이 가족여행을 가자고 그래. 내가 여러 번 어떻게 그 몸으로 여행을 가냐고 해도 말을 안 들어."

"할머니는 자기가 아픈 건 알아?"

"그걸 어떻게 알려줘. 어쨌든 너희 할머니 말려보려고 해도 안 되니까 네가 아빠 좀 도와줘라. 여행 한번 같이 가야겠어."

우지는 별로 여행을 가고 싶지 않았다. 평소에도 하지 않던 가족여행을 이렇게 억지로 밀어붙이니 더욱 마음이 내키지 않았다. 그리고 할머니에게 암 말기 소식을 전하지 않은 것도 걱정이었다.

"할머니한테 그것부터 먼저 얘기해. 여행은 그 뒤에 가도 되잖아."

우지는 단호하게 말했다. 하지만 우지는 뭐가 할머니를 위한 일인지 생각하라는 재희의 말에 결국 설득됐다. 의식도 오락가락하는데 곧 죽는다고 하면 그대로 넘어가실 것이다. 그냥 얌전히 2박 3일 가족여행에나 동참해라. 그것이 곧 죽어가는 엄마를 둔 친아들의 마음이 담긴 의견이라면, 손녀에 불과한 처지에 덧붙일 말은 없었다.

우지는 더 생각할 것도 없이 그 길로 짐을 싸 본가로 들어갔다.

고등학교 졸업 후 4년간 세무사 시험 낙방 소식만 안겨주고 있던 참이라 반항할 기력도 없었다. 재희 역시 얼마 전 부동산 컨설팅 사업이 망한 후로 고시원 비용을 더는 대주지 못하고 있었다.

결국 이번 가족여행은 합의된 도피였다.

이제 더 이상 가장 노릇을 할 아빠는 없었고 이혼을 벼르는 엄마만이 남았다. 첫째 딸인 자신은 대학 수험과 세무사 시험을 동시에 준비해보겠다며 덤볐다가 결국 아무것도 이루지 못했다. 둘째인 민도는 일찌감치 고등학교 졸업을 포기한 채 방에 틀어박혀 게임만 하고 있다.

그 모든 현실을 사흘만이라도 잊을 수 있다면 행복한 가족인 척 행세할 수 있다고 생각했다. 그래서 우지는 차 안의 불쾌한 습도와 영옥에게서 나는 악취를 견뎠다. 마음에 들지 않았지만 도망칠 곳이 달리 없었다.

세찬 비가 차 지붕을 두드렸다. 민도가 그 소리를 듣고 고개를 들었다.

"바람이 세진 거 같네."

"날씨 예보 좀 확인해봐."

구암이 말했다.

재희는 투덜거리면서도 라디오 주파수를 맞췄다. 때마침 태풍주의보가 경보 단계로 바뀌었다는 소식이 들렸다. 설상가상으로 원담 톨게이트를 통해 들어온 차량들이 가세해 9번 국도는 갈수록 정체되고 있었다. 그곳은 우지네가 향하고 있는 산장과 이어진 길이었다.

"운도 더럽게 없지."

재희가 혀를 찼다.

시간에 맞춰 도착해야 한다거나 누구를 만나야 한다거나 약속된 건 아무것도 없었지만 초조한 분위기가 감돌았다. 빗줄기가 더욱 거세졌다.

재희는 내비게이션을 무시하고 비좁은 산길로 차를 돌렸다.

얼마 들어가지 않아 비포장도로가 나타났다. 길은 꽤 넓었지만 노란 흙이 다 드러나 있었고 돌이 박혀 울퉁불퉁했다. 우지는 멀미 때문에 속이 거북했다. 때마침 산 위에서 작은 돌 하나가 굴러와 차체에 부딪혔다. 구암이 깜짝 놀라 비명을 질렀다.

우지는 불안한 기색을 내비쳤다.

"아빠, 이대로 그냥 가도 돼? 바람도 세졌잖아. 꼭 태풍이라도 올 것 같은데."

"그러니까 얼른 가야지. 내비게이션대로 가면 너무 막혀. 여기로 가도 도착할 수 있으니까 걱정하지 마."

우지는 지나치는 표지판을 확인했다. 그곳에는 '메아리산 장까지 5km'라는 글자가 적혀 있었다. 휴양림 내에 있는 산장이라더니 경사가 점점 높아졌다. 나이를 가늠할 수 없는 거대한 나무들이 긴 가지를 도로 아래까지 늘어뜨렸다. 차바퀴에 가지가 감겨 투둑투둑 부러지는 소리가 났다.

와이퍼가 빠르게 움직였다. 내리는 비 때문에 시야가 불분명했다. 짙은 안개가 먼 곳에서부터 밀려왔다. 앞서가던 차들은 이제 후미등조차 눈에 띄지 않았다. 어느 순간부터 이미 다른 차들은 어디론가 빠져나가고 우지네 차만이 달리고 있었다.

창밖을 내다보던 민도가 우지의 팔을 툭 쳤다.

"누나, 저기 봐."

속이 매스꺼워 고개를 숙이고 있던 우지는 반사적으로 얼굴을 들었다.

빠르게 움직이는 와이퍼 사이로 웬 젊은 여자가 보였다. 하얀 원피스를 입은 여자는 맨발 차림이었다.

비좁은 흙길을 따라 홀로 걷는 모습이 어딘가 으스스했다.

비가 이렇게 쏟아지고 있는데 피하려는 기색도 없었다. 여자는 긴 머리를 앞으로 늘어뜨린 채 하염없이 땅만 내려다보고 있었다.

우지의 솜털이 슬그머니 곤두섰다. 다가오는 차량 소리를 들은 것인지 여자가 고개를 들었다. 머리카락 사이로 창백한 얼굴이 보였다. 여자가 눈을 홉떴다.

갑자기 트렁크 위로 무언가가 퉁, 소리와 함께 내려앉았다.

민도가 흠칫 기대고 있던 시트에서 등을 뗐다.

우지는 휙 몸을 돌려 뒤를 살폈다. 부러진 나뭇가지와 함께 하늘색 원피스를 입은 여자의 시체가 트렁크에 얹어져 있었다. 우지는 비명을 질렀다. 여자의 시체가 트렁크 위에서 굴러떨어졌다. 미처 떨어지지 못한 두꺼운 가지가 뒷면 유리창을 가렸다. 시체를 보지 못한 민도가 나무라듯 물었다.

"누나, 왜 그래?"

"방금…… 죽은 사람이 있었어."

민도가 놀라 뒤를 보았지만 그곳에는 나뭇가지만 있을 뿐이었다. 뒤편에 있는 도로는 빗줄기가 워낙 거세 아무것도 보이지 않았다.

"잘못 본 거 아니야? 무슨 시체가 있어."

"아냐, 분명히 봤어!"

우지의 말에 귀 기울이는 가족은 없었다. 재희가 액셀러레이터를 밟아 속력을 높였다.

"헛소리하지 말고 얼른 가자. 이러다가 진짜 큰일 나겠어."

우지는 다시 앞을 살폈다. 조금 전까지 차 쪽으로 가까워지던 여자가 보이지 않았다.

구암은 영옥의 남은 약을 신경질적으로 핸드백에 구겨 넣었다. 그녀의 얼굴 위로 초조한 기색이 떠올랐다.

"산장까지 얼마나 남았어?"

"2, 3킬로미터 정도?"

"속도 좀 더 높여봐. 이러다가 진짜 여기에 갇히겠어."

더 가속하기는 어려운 상황이었다. 스콜처럼 퍼붓는 비 때문에 코앞조차 보이질 않았다. 우지가 재희의 어깨를 잡아당겼다.

"아빠, 안 돼. 천천히 가. 사람 치면 어떡해!"

"이런 길에 무슨 사람이 있어."

"아까 못 봤어? 웬 여자가 있었잖아."

그때 구암이 사이드미러를 가리켰다.

"……저 여자 말이야?"

우지는 등골이 오싹해졌다.

조금 전까지 앞에 있던 여자는 어느새 뒤편에서 우지네가 탄 차 쪽으로 달리고 있었다. 꼭 쫓아오는 것처럼.

"저 사람, 우리한테 오는 거야?"

민도가 불안한 얼굴로 물었다.

재희의 표정도 심각해졌다.

"진짜 따라오는 것 같은데? 혹시 산장 투숙객인가?"

"아빠, 그냥 가. 이상해."

우지는 불안한 마음이 들어 목소리를 높였다. 구암이 짜증 스레 말했다.

"그러니까 당신이 길 좀 제대로 알아봤어야지! 아는 사람이 하는 데라며."

"내가 아는 사람이 아니라 엄마 친구분 아들이 운영하는 데라고 해서 예약한 거야. 그리고 나라고 길을 어떻게 다 알아?"

재희가 성질을 못 이기고 핸들을 내리쳤다.

"아씨, 괜히 온다고 해서 이게 뭔 고생이야. 하여간에 엄마가 이런 이상한 고집부리는 건 알아줘야 해. 예전부터 그랬어. 뭐 하나 자기 마음대로 안 되면 될 때까지 성질이나 부리고……!"

소란스러워진 탓인지 약 기운에 절어 있던 영옥이 서서히 눈을 떴다.

"야, 재희야."

한참 험담을 늘어놓던 재희는 깜짝 놀랐다.

"어, 엄마. 이제 곧 도착할 테니까 더 자. 조금만 있으면……."

"너는 내가 그렇게 죽었으면 하냐?"

우지는 영옥을 놀란 얼굴로 바라보았다. 이상한 예감이 들었다. 목소리도 그랬지만, 영옥의 얼굴엔 조금 전과 다르게 생기가 돌았다. 꼭 좋은 일을 앞둔 사람처럼 안색도 밝았다. 푸른 입술이 불그스레해졌다.

우지가 영옥의 손을 꼭 쥐었다.

"할머니, 왜 그래?"

"내 앞으로 된 땅을 왜 탐내. 이 병신 같은 새끼야."

우지는 완전히 얼어붙었다. 할머니가 욕하는 걸 들은 건 처음이었다.

가족들이 모두 있는 자리에서 저를 향해 나온 욕이라 재희도 당혹스럽기는 마찬가지였다. 그래도 그 정도는 받아들일 만했는지 어색하게 웃었다.

"엄마, 왜 그래?"

"그래요, 어머니. 왜 그러세요. 약이 부족해서 그런가? 민도야, 할머니한테 약 좀 더 드려."

구암도 난처한 표정을 감추지 못하고 영옥을 달래며 뒷좌석으로 손을 뻗었다. 그 순간 영옥이 다가오는 구암의 손가락을 잡아채 힘껏 깨물었다.

"아악!"

우지는 놀라 차창으로 물러났다.

구암이 비명을 지르며 손을 뺐다. 흰 손가락에서 피가 주르륵 흘러내렸다. 그 양이 적지 않았다.

"으악, 내 피, 피!"

이 상황이 재밌는지, 영옥이 입술에 묻은 피를 닦으며 웃었다.

"너희가 뭔데 내 수술을 거절해. 더 살 수도 있다는데, 왜 내 수술을 막아. 그 땅 팔아서 네 빚이나 갚으려고?"

몸을 뺀 영옥이 운전석을 힘주어 흔들었다.

민도가 떨리는 손으로 말려보려고 했으나 영옥은 멈추지 않았다. 그러다 민도가 뒤쪽 창 너머를 보고 소리쳤다.

"아빠, 속도 높여. 저 여자가 쫓아와. 쫓아오고 있어!"

우지도 뒤돌아보았다. 조금 전 보았던 여자가 아직도 달려오고 있었다. 정말로 차를 쫓아오는 것이었다.

길이 점점 가팔라졌다. 산비탈에서도 주먹만 한 돌들이 굴러떨어졌다. 비바람이 더욱 거세진 탓이었다. 비탈을 타고 튀어 오른 돌들이 차 보닛을 두드렸다. 곧 토사가 쏟아질 것처럼 흙무더기가 꺼지는 게 보였다.

마구잡이로 욕을 내지르던 영옥이 이번엔 운전석을 발로 걷어찼다. 아픈 사람 같지 않은 힘이었다. 민도가 영옥을 다급히 끌어안았다.

"할머니, 그만해!"

"이 쓰레기 같은 새끼야. 이 짐승만도 못한 새끼야!"

도대체 갑자기 어디서 이런 힘이 난 건지 영옥은 민도의 손을 손쉽게 뿌리쳤다. 그리고 앞좌석을 향해 두 팔을 뻗더니, 재희의 목을 힘주어 졸랐다.

기력이 없어 차에도 겨우 오른 노인이 이렇게 난동을 피우는 게 이상했다. 아무리 악다구니를 퍼붓고 싶다고 해도 고령의 노인이 이런 힘을 뿜어낼 수 있는 걸까?

"너 같은 놈한테는 한 푼도 못 줘. 다 갖고 죽을 거야."

"어머니, 그만하세요. 너희들, 벨트 매!"

구암이 떨리는 목소리로 외쳤다.

우지는 백미러를 보았다. 목이 붙들린 재희의 흰자 위로 실핏줄이 터지고 있었다. 영옥의 힘이 어찌나 센지 민도가 힘을 주는데도 꼼짝하지 않았다.

차가 좌우로 비틀거렸다. 빗줄기 사이로 도로가 꺾이는 곳이 보였다.

재희가 한 손으로 핸들을 붙잡은 채로 다른 한 손으로 영옥의 손목을 움켜쥐어 힘겹게 떼어냈다.

눈을 부릅뜬 채 막힌 숨을 터트린 재희는 순간 머리털이 곤두섰다. 어느새 뒤쫓아온 여자가 차창을 쾅쾅, 부술 듯 두드렸다.

"아빠, 앞!"

민도가 벨트를 매며 소리쳤다. 흐릿한 안개 사이로 가드레일이 드러났다.

너머는 낭떠러지처럼 보였다. 차선이 하나밖에 없는 비좁은 길이라 피할 곳이 없었다. 오른쪽 산비탈에서 계속해서 돌이 굴러 내려오는가 싶더니 흙더미가 허물어지며 토사가 쏟아지기 시작했다.

"빨리 피해, 빨리!"

구암이 비명을 질렀다.

우지도 급하게 안전띠를 맸다.

밀려오는 흙더미를 피해 차가 급선회했다. 뒤쫓던 여자는 토사에 쓸려 순식간에 사라졌다.

가드레일을 들이받은 차는 그대로 추락하지 않고 우거진 숲을 따라 수십 미터를 급하게 내려갔다. 낭떠러지일 줄 알았는데 예상과 달리 조금 가파를 뿐인 비탈이 이어졌다. 그럼에도 가속도가 붙자 충격은 어마어마했다.

앞유리창이 깨지는 소리와 함께 비바람이 들이쳤다.

재희는 통제 불능 상태인 핸들을 어떻게든 움켜쥐었다.

모두가 눈을 질끈 감은 순간, 범퍼가 나무 기둥에 큰 소리를 내며 부딪혔다.

차의 뒷부분이 높게 솟았다. 네 사람의 몸도 앞으로 쏠렸다가 다시 가라앉았다.

차는 거의 뒤집힐 것 같지만 가까스로 전복되는 위기를 피했다. 차 앞부분이 기둥에 처박혀 엔진룸에서는 연기가 풀풀 났다. 유리가 다 깨졌고, 앞좌석 양옆에서 터진 에어백 때문에 시야가 가려졌다.

고개를 들고 싶어도 그럴 수 없었다. 차 지붕 위를 부러진 나무가 덮쳤는지 천장이 우그러져 있었다.

헐떡이는 숨소리가 퍼졌다. 우지는 몽롱해진 정신을 깨우려고 질끈 눈을 감았다가 떴다. 초록빛 나뭇가지가 에어백 틈으로 보였다.

"할머니는?"

민도가 속삭였다. 우지는 손을 뻗어 민도의 팔을 쥐었다. 할머니의 자리는 비어 있었다. 앞유리창은 그야말로 산산이 부서진 상태였다.

민도가 어지러운지 세차게 머리를 흔들었다. 앞자리에서 구암의 목소리가 들렸다.

"너희 괜찮아?"

"엄마, 할머니가 안 보여."

"엄마가 나가볼게."

구암이 차 문을 열려고 했지만 충격 때문에 프레임이 어그러졌는지 옴짝달싹하지 못했다.

뒤늦게 정신이 든 재희가 신음을 흘리며 머리를 흔들었다.

다들 제정신이 아닌 와중에 우지가 가장 먼저 안전띠를 풀었다.

"내가 확인하고 올 테니까 기다려."

지금 바깥 상태가 어떤지 모르니 기다리라는 구암의 만류를 우지는 들을 생각이 없었다. 에어백에 얻어맞은 얼굴이며 어깨 부위가 얼얼했다. 다행히 부러진 곳은 없어 보였다. 골절이라도 생겼다면 난감했을 것이다.

빗줄기는 그사이 약해졌다. 우지는 뒷좌석 문을 힘겹게 열었다.

풀이 비벼져 나는 비린 냄새가 훅 끼쳤다.

어딘가 살펴보려 해도 시선이 우거진 수풀에 막혀 멀리 내다보이지 않았다. 주위엔 사람의 손길이 닿았을 것 같은 흔적도 없었다. 자연림 한가운데로 떨어진 것이다. 울창한 숲에 갇힌 게 괜히 으스스한 기분이 들었다. 눈앞에 보이는 건 온통 빽빽한 나무뿐이었다.

우지는 지끈거리는 머리를 양손으로 문질렀다.

민도가 우지를 따라 에어백을 젖히며 나왔다. 아직도 어지러운지 머리를 흔들고 나서는 우지를 지나쳐 앞서갔다. 하지만 몇 걸음 내딛지 못해 우뚝 멈춰 서더니 입을 틀어막았다.

"민도야?"

우지의 발목에 길게 자란 잡초들이 닿았다. 풀 비린내와는 또 다른 비릿한 냄새가 멀지 않은 곳에서 풍겼다. 우지는 두려운 표정으로 민도의 어깨 너머를 보았다. 민도가 서 있는 그 자리에서 서너 발짝 떨어진 빗물 고인 웅덩이에서 피 냄새가 밀려왔다. 할머니는 그곳에 누워 있었다.

눈을 크게 뜬 채로, 미동도 없이.

민도가 못 견디고 구역질이 차오르는 입을 막았다.

우지는 뒷걸음질 쳤다.

민도가 등을 숙이자 눈앞의 광경이 눈에 더 잘 들어왔다.

웅덩이 옆 바위 위에는 새빨간 피가 가득했다. 차 밖으로 퉁겨진 충격 때문인지 할머니의 머리가 산산이 조각난 채였다. 뇌수가 사방으로 튀어나와 있었다.

우지는 눈앞의 광경이 비현실적으로 느껴졌다. 민도는 태어나 처음 보는 충격적인 장면에 속을 게워냈다.

뒷좌석 문으로 힘겹게 상체를 빼낸 구암이 남매를 불렀다.

"애들아, 뭐 하고 있어? 할머니는?"

"엄마."

우지가 울먹이며 구암을 불렀다.

구암이 몸을 구겨 겨우 차 밖으로 빠져나왔다. 우지에게 비틀거리며 다가온 구암은 머리가 터져 죽은 영옥을 보고 뒷걸음질 쳤다.

"여보, 여보!"

구암이 정신없이 운전석 문을 잡아당겼다. 하지만 프레임이 우그러진 문은 쉽사리 열리지 않았다. 구암이 깨진 유리창 너머로 재희의 몸을 흔들었다.

"여보, 어머니 돌아가셨어. 빨리 나와봐 좀!"

"으, 머리야. 엄마가 죽긴 왜 죽어?"

재희가 머리를 붙잡은 채 중얼거렸다.

구암이 정신을 차리지 못하는 재희를 차 밖으로 잡아당겼다. 재희가 억지로 몸을 움직여 깨진 유리창 너머로 기어 나왔다.

"이상하네. 자꾸 물체가 겹쳐 보여. 어? 당신 얼굴이 왜 두 개지?"

"정신 좀 차려봐. 지금 그럴 때가 아니라니까!"

상황 파악을 못 하는 재희를 보고 구암이 울먹이며 소리 쳤다.

구역질하던 민도가 벌떡 일어났다. 얼굴이 눈물범벅이 된 채로 재희에게 다가가 신경질적으로 밀쳤다.

소심한 민도한테서 좀처럼 볼 수 없던 행동이라 우지가 당황하며 말렸다.

"최민도, 뭐 하는 거야?"

"이게 다 아빠 때문이잖아. 아까 할머니가 말한 건 뭐야? 할머니 수술할 수 있었던 거야?"

"민도야, 아빠 지금 아프잖아."

구암까지 둘 사이에 다가들어 민도를 붙들었다. 하지만 민 도의 분노는 쉬이 가라앉지 않았다.

"엄마도 다 알고 있었지. 알면서도 가만히 있었던 거지. 안 그래도 이상하다고 생각했어. 둘이 사이도 안 좋으면서 요 새 들어 자꾸 나 빼놓고 수군거렸잖아. 설마 이 여행도 다 계획한 거야? 할머니 죽여서 재산 뺏으려고?"

그 말에 정신을 차린 재희가 가족 너머로 시선을 들었다. 그에게도 피투성이가 된 영옥의 시체가 보였다.

재희가 으악, 소리를 지르며 영옥을 향해 달려갔다.

"엄마!"

재희는 아무도 차마 다가갈 생각도 못 하던 영옥의 시체를 와락 품에 끌어안았다. 재희가 엄마, 엄마 부르짖으며 울었다. 떨리는 손으로 머리에서 흘러나온 무엇인지 모를 조각을 머리에 붙여보려고 시도하기도 했다. 그러나 영옥은 머리를 가누지 못하고 자꾸만 재희의 품 안으로 고꾸라졌다.

재희의 얼굴이 눈물로 흠뻑 젖었다. 자기 손으로 친모를 죽인 비정한 아들이라고 하기엔 너무도 절절한 심정이 고스란히 느껴졌다.

민도는 재희가 할머니를 끌어안고 통곡하는 걸 보면서도 화가 가라앉지 않는 모양이었다.

"자기 손으로 죽여놓고 지금 뭐 하는 건데. 이게 무슨 쇼야?"

"민도야, 엄마 말 좀 들어봐."

"그 땅이 뭔데, 그게 뭐라고 죽어가는 할머니 수술을 안 해줘. 엄마랑 아빠가 그러고도 사람이야?"

흐느끼던 재희가 그 소리를 듣고 민도를 노려보았다.

"너 이 새끼, 지금 뭐라고 했어. 사람?"

재희가 영옥을 품에서 내려놓고 민도에게 다가들었다.

우지가 재희 앞을 가로막았다.

"아빠!"

"야, 네가 고등학교도 졸업 못 하고 밥만 축내는 동안 그

식비 누가 다 냈어. 누가 너 키웠어. 대체 누가 너 가르쳤는데 말을 그따위로밖에 못 해?"

재희가 민도를 때릴 것처럼 손을 휘둘렀다.

민도도 지지 않고 맞섰다. 언제나 조용히 구석진 자리만 차지하고 있던 민도도 오늘만큼은 참지 않을 기세였다.

"아빠가 할머니 죽인 거야. 맞잖아!"

"그래! 내가 너희 할머니 죽으라고 고사 지냈다. 사업은 말아먹고, 돈 나올 구멍은 없는데 너희 할머니가 진작에 돼진 큰아들 챙긴답시고 개발 들어가는 땅 하나 이 살아있는 아들한테 안 줘서. 내가 설득 안 했으면 너희 할머니 재산? 큰아빠 자식들한테 다 넘어갔어!"

빗줄기가 재희의 이마를 때렸다. 머리에 출혈이 있었던 건지 재희의 주름진 이마가 붉게 젖었다.

"근데 이 여행은 내가 아니라 네 할머니가 가고 싶다고 한 거야. 나라고 너희 할머니가 이렇게 죽길 바랐겠어? 수술 못 받게 하려고 한 건 맞아. 나 변명 안 해. 어차피 연명해봤자 고작 몇 년이 다라고 하는데, 차라리 빨리 죽게 하고 그 땅 상속받아서 너희 챙기려고 했어. 그게 그렇게 잘못된 거냐? 내가 내 식구 챙기는 게 비난받을 정도로 잘못한 일이야?"

재희의 말이 이어질수록 민도의 기세가 수그러들었다. 영옥의 시체 주위로 고인 피가 뭔지 모를 액체들과 뒤섞여 땅으로 스며들고 있었다.

이대로 여기서 이러고만 있을 수는 없었다. 우지는 스마트폰을 꺼냈다. 공중에 들어 흔들어봐도 신호가 잡히지 않았다. 훤히 드러난 차의 엔진룸은 빗물에 흠뻑 젖은 상태였다. 스멀스멀 어둠이 밀려온 숲은 삽시간에 컴컴해졌다. 키가 크고 무성하게 자란 나무 군락에 둘러싸여 있어 그런지 점점 오싹한 기분이 들었다.

잠시 정적이 찾아왔다. 다들 격한 감정들을 토해놓고 나자 지금이 어떤 상황인지 서서히 인지하기 시작했다. 그리고 당장 무엇을 해야 할지도.

"우선 비 더 오기 전에 산장으로 가자."

재희가 가라앉은 어조로 말했다. 그는 마지막으로 내비게이션을 보았을 때, 산장이 도로에서 서쪽으로 1, 2킬로미터 거리에 있었다고 했다. 다행인지 불행인지, 사고가 난 숲은 도로의 서쪽이었다. 조금만 더 걷다 보면 분명 사람이 있는 곳이 나올 것이다. 그렇게 되면 구조도 금방이었다.

우지도 더 이상 여기 계속 있고 싶지 않았다. 스산한 숲속을 둘러보다가 서둘러 걸음을 옮겼다.

구암이 아직 몸이 성치 않은 재희를 부축하며 차로 향했다.

민도가 먼저 걸음을 뗀 우지를 향해 물었다.

"할머니는 어떡하고?"

"어떡하긴 놔둬야지."

"저대로 두겠다고?"

"구조대가 올 때까지만이야."

우지는 어서 가자며 민도의 팔을 잡아당겼다.

영옥의 죽음이 실감 나지 않기는 우지도 마찬가지였지만 민도만큼 크게 충격받진 않았다. 여전히 현실감이 없는 탓이었다. 걸어가면서도 영옥이 쓰러져 있는 곳을 계속 바라보던 민도가 우지의 손을 밀어냈다.

"누나, 잠깐만."

민도는 입고 있던 겉옷을 벗어 영옥의 시신에 씌워준 뒤 다시 돌아왔다.

재희와 구암은 트렁크에 있는 짐들을 빼고 있었다.

민도는 말없이 짐을 나눠 들었다. 우지도 그들을 거들었다.

불현듯 우지는 영옥이 몇 년 전 처음 암에 걸려 병상에 누워 있던 때를 떠올렸다. 신음을 흘리며 악몽을 꾸던 영옥은 갑자기 경기를 일으키듯 몸을 뒤틀곤 했다. 그때마다 덩달아 놀란 우지가 영옥을 부축했다.

"무슨 일이야, 할머니?"

영옥이 덜덜 떨며 속삭였다.

"꿈에서 자꾸 이상한 게 비명을 질러."

"누가?"

"사람이 아니야. 이상한 괴물 같은 게 나와서 꼭 사람 흉내를 낸다."

영옥은 그것의 생김새를 묘사하려고 했지만 그때마다 무

섬증이 올라오는지 말을 하다가 멈추기를 반복했다.

"그게 자꾸 사람을 잡아먹어."

영옥이 누가 들을세라 손을 모아 속삭였다. 영옥의 떨리는 등을 쓸어내리자 뭐라고 중얼거리던 걸 멈추고 다시 잠이 들었다.

우지는 어째서인지 그때 나누었던 대화가 계속 떠올랐다.

* * *

민도가 기억하기로 할머니는 언제나 혼자였다.

이런저런 약속들이 많아 엄마는 자주 집을 비웠고 출장이 잦은 아빠는 집안일에 무심했다. 집은 비어 있기 일쑤였지만 할머니만은 언제나 집 한구석을 지켰다. 민도는 할머니가 해준 밥을 먹고 할머니가 입혀주는 옷을 입었다. 우지는 자기 손으로 밥을 차려 먹게 해도 민도에게만큼은 그러지 않았다. 손자라 그랬는지 특별한 대우를 했다.

어쩌면 기대했던 만큼 소득이 없었던 자식 농사를 민도를 통해 보상받으려고 했는지도 몰랐다. 그러다 보니 우지는 나이를 먹을수록 할머니와 멀어졌고 민도는 할머니와 더욱 가까워졌다. 할머니와 손자의 관계가 돈독하다고 여길 수도 있었지만 우지는 민도가 너무 의존적이라며 무시했다. 그게 도리어 민도의 눈에는 투정을 부리는 것처럼 보였는지도 몰랐다.

민도는 서운해하는 우지를 볼 때마다 입버릇처럼 중얼거렸다.

"누나가 할머니에 대해서 아무것도 몰라서 그래."

민도는 진심으로 할머니를 불쌍하게 생각했다. 큰아들에게 모든 애정을 바쳤지만 끝내 아무것도 돌려받지 못한 할머니. 큰아들과 싸우고 작은아들 집에 머물면서도 큰집 자식들에게 더 큰 애정을 보이는 할머니를.

그녀가 어디서 주워들은 미신에 이상할 정도로 집착하던 순간에도 민도는 그녀의 곁을 지켰다. 돈 들어오라고 집안에 해바라기와 관련한 물품을 잔뜩 들였을 때, 민도는 할머니와 함께 해바라기 조화를 사기 위해 시장을 뒤지며 돌아다녔다.

하지만 우지는 알고 있었다. 민도가 할머니 곁에 붙어 있었던 건 할머니가 민도에게만은 계속 용돈을 주었기 때문이라는 걸.

언젠가 준 것들을 되갚을 것이라고 기대했던 손자가 실은 자기 통장 잔액을 이따금 몰래 확인했다는 것을 알았다면 할머니는 어떤 표정을 지었을까?

우지가 생각하기에 민도는 자신만큼이나 할머니가 어떤 사람인지 알지 못했다.

할머니가 가족에게 품고 있던 분노 역시도.

서쪽을 향해 숲을 가로지르는 동안에도 비는 멈추지 않았다.

아직 해가 다 떨어지지 않아 주변 윤곽이 어슴푸레 보였다. 비에 젖은 나뭇가지는 힘없이 늘어져 있었다. 이따금 바람에 가지가 흔들릴 때면 수풀 사이로 네발 달린 짐승 같은 것이 기어 다니는 듯한 환영이 보였다. 그러나 막상 멈춰 서서 보면 온통 나무들뿐이었다.

"누가 숲에 있는 것 같아."

우지는 어쩐지 알몸으로 기어가는 사람의 형체를 본 것 같았다. 나타났다 갑자기 사라진 것처럼 느껴져 소름이 돋았다. 구암이 팔짱을 끼고 부르르 떠는 우지를 나무랐다.

"쓸데없는 말 좀 하지 마."

구암은 짐을 짊어지고 걷느라 온몸을 땀으로 적셨다. 이렇게 가다가 산장이 나오지 않으면 어떡하냐는 이야기는 누구도 꺼내지 않았다. 필수품만 챙긴다고 챙긴 건데도 짐은 들기 버거울 정도로 많았다.

사고의 충격 때문인지 모두 걸음이 느렸다. 가장 뒤에서 느릿느릿 걷던 구암이 화를 참으며 말했다.

"차라리 도로를 따라 걸었어야 했어."

재희는 묵묵히 앞서가다 말고 짜증이 났다고 느낄 만큼 목소리를 높였다.

"그렇게 생각했으면 왜 아까 말 안 했는데?"

"당신이 방향은 여기가 확실하다며?"

"그래, 맞으니까 짐이나 제대로 들어!"

구암은 얼굴을 찌푸리면서도 가방을 추슬렀다.

우지는 지금만은 부모의 싸우는 소리가 반가웠다. 차가운 빗물이 목덜미로 떨어질 때마다 누군가가 목을 간지럽히는 것 같았고, 조금 전 보았던 환영을 또 보게 될까 무서웠다.

우지는 두려운 마음을 떨치기 위해 119에 보냈던 구조 메시지를 확인했다. 역시 메시지는 가지 않았고 재전송 버튼만이 떴다. 그래도 혹시 모르니 한 번 더 숲속에 고립되어 있다는 구조 요청 메시지를 보내두었다.

최근 메시지를 주고받았던 학원 동기나 몇 안 되는 친구들에게도 도와달라는 메시지를 남겨놓았다. 그중에는 남자친구인 진형도 포함돼 있었다.

누구라도 좋으니 한 명이라도 연락을 받고 신고해주기를 바랐다. 희망은 그것 하나뿐이었다. 우지가 핸드폰을 만지작거리는 걸 보고 구암이 불쑥 물었다.

"신호는 아직도 안 잡혀?"

"응, 안 돼."

"그래도 계속 전화해봐. 걸릴지도 모르잖아."

우지는 안 된다며 투덜거리는 대신 다시 한번 119와 112에 차례차례 전화를 걸었다. 긴급 통화는 이번에도 실패였다.

숲 사이로 축축한 바람이 불었다. 가지끼리 부딪히는 소리가 꼭 사람이 속삭이는 것처럼 들려왔다. 우지는 몸을 한껏 움츠렸다.

"안 돼. 일단 좀 빨리 걷자. 이 숲 너무 무서워."

민도도 무섭기는 마찬가지인지 걷다 말고 멈춰 서기를 반복했다. 멀리 그림자 진 숲속을 쏘아보던 민도가 우지의 팔뚝을 툭 쳤다.

"누나, 저기 보여?"

"뭐가?"

"저기 뭐가 자꾸 움직여."

"장난이면 그만둬."

"아니, 진짜라니까? 봐봐."

우지는 마지못해 민도가 가리킨 곳을 보려고 고개를 내밀었다. 민도의 말처럼 정말 무언가가 어둠 속에서 움직이는 모습을 언뜻 본 것도 같았다.

그런데 정말 본 걸까? 아니면 착시일까? 우지는 소름이 돋아 구암의 팔뚝을 꽉 움켜잡았다.

"엄마, 저기 숲속에 뭐가 있는 것 같아."

"뭐? 어디, 어디?"

우지의 목소리에 덩달아 겁먹은 구암이 숲을 이리저리 살폈다. 하지만 보이는 건 나뭇가지뿐이었다.

민도가 힘 빠진 목소리로 중얼거렸다.

"이상하다. 분명 봤는데. 하얀 게 어른거리는 거…….."

"아빠, 정확히 기억하고 있는 건 맞는 거지? 산장이 진짜 서쪽에 있었어?"

신경이 곤두선 우지는 들고 있던 짐을 바닥에 소리 나게 내려놨다. 재희는 내비게이션을 보았던 순간을 재차 설명했다.

"확실해. 우리 차가 미끄러진 이 비탈 방향이었다니까?"

고개를 절레절레 젓던 구암이 무슨 생각인지 백팩을 뒤져 시리얼바를 꺼냈다.

혼자서 하나를 다 먹어도 기별도 안 갈 텐데, 구암은 그걸 4등분으로 나눴다. 요기를 하기에도 턱없이 부족한 양이었다. 구암이 피곤한 얼굴로 나무에 등을 기댔다.

"잠깐 쉬자. 이렇게 힘 빼다가 걷지도 못하게 되면 어떡해."

"무슨 말도 안 되는 소리야. 여기서 이러고 있다가 짐승이랑 인사하려고? 비바람이 다시 거세질 수도 있어!"

하지만 그렇게 말하는 재희도 실은 아까부터 다리를 절뚝이고 있었다.

우지가 그런 재희를 구암이 있는 쪽으로 밀어 앉혔다. 재희는 가벼운 힘에도 중심을 잡지 못하고 주저앉았다.

"최우지!"

"아빠, 잠깐만 쉬고 있어. 민도랑 같이 주변만 둘러보고 올게."

"너나 가만히 있어. 아빠랑 민도랑 다녀올 테니까."

재희가 끄응, 몸을 일으켜 한 발짝 걸음을 옮겼다가 다시 휘청거렸다. 구암이 넘어지려는 그를 붙들었다.

"여보!"

"아, 다리가 왜 이러지?"

재희가 힘이 들어가지 않는 다리를 주무르며 당황한 표정을 지었다. 바지를 걷어보니 검은 멍이 허벅지까지 올라와 있었다. 차가 비탈을 구를 때 어딘가에 강하게 부딪힌 것 같았다.

"아빠나 가만히 있어. 이 상처로 잘못 걸었다가는 큰일 나. 민도야, 가자."

"멀리 가지는 마!"

우지는 구암의 당부를 무시했다.

이대로 산장을 못 찾았다간 꼼짝없이 숲에서 노숙해야 할 수도 있었다. 여긴 당장 짐승이 튀어나와도 이상하지 않은 인적 없는 숲이었다. 둘러봐도 사람이 다닌 흔적을 찾을 수 없었다. 정말이지 야행성 짐승이나 다닐 곳이었다. 짐승이 아니더라도 다른 괴괴한 무언가가 나올 것만 같았다.

민도가 주위를 둘러보다가 슬그머니 우지 곁에 붙어 섰다.

"누나, 우리 괜히 떨어진 거 아냐? 나 이런 숲이 나오는 공포 게임 한 적 있단 말이야."

"그 나이 먹고 뭐가 무섭냐? 조용히 따라오기나 해."

"이렇게 꼭 일행이랑 찢어지고 나면 꼭 무슨 일이 터진다고."

"……그 게임에서는 무슨 일이 터졌는데?"

민도가 잠시 뜸을 들이더니 누가 듣기라도 하는 것처럼 목소리를 잔뜩 낮췄다.

"나타났어."

"뭐가?"

"괴물이."

그때 눈앞으로 Y 자 갈림길이 나타났다. 사람이 일부러 낸 길은 아닌 것 같았지만, 다른 데에 비해 풀이 짧은 데다 대체로 누워 있어 짐승들이 많이 다닌 흔적처럼 보였다. 가운데에 나무들이 빼곡하게 자라 길을 두 갈래로 나눴다. 비좁은 두 개의 길이 마치 데칼코마니처럼 펼쳐져 있는 게 어딘가 인위적이었다.

민도가 유심히 길을 보더니 어, 소리를 냈다.

"발자국이 있어."

"발자국?"

"응. 어디까지 이어진 거지?"

민도가 홀린 듯 발자국을 따라가려고 했다. 우지가 민도를 급하게 붙잡았다.

"설마 따라가려고?"

"저쪽에 산장이 있다는 걸 수도 있잖아. 혹시 모르니까 누나는 여기서 기다려. 내가 확인하고 올게.”

“야, 최민도! 떨어지면 안 된다며!”

“발자국이 어디까지 이어졌는지만 볼게. 이제 곧 해 지잖아!”

우지는 엉겁결에 하늘을 보았다. 민도의 말이 맞았다. 곧 해가 완전히 지면 숲은 어둠에 휩싸일 것이다. 민도는 빠른 속도로 발자국을 따라 성큼성큼 걸어갔다.

우지는 혼자 남아 동생을 따라갈지 아니면 여기서 기다릴지 고민했다. 스산한 바람 때문인지 팔뚝에 소름이 돋았다. 바람 소리가 멎자 정적이 이어졌다. 정말 이상한 점은 주위에서 벌레 소리 하나 들리지 않는다는 것이었다. 원래 비가 오면 그런 것인지 모르겠지만, 그게 뭐든 숲속에서 아무런 소리가 나지 않는다는 건 오히려 불안감을 부추겼다.

잠깐 부슬부슬 소리 없이 내리던 비가 조금씩 굵은 빗줄기로 바뀌었다.

우지는 민도의 모습이 이대로 보이지 않게 될 것 같아 마음이 조급해지자 자기도 모르게 동생이 들어간 길을 따라 들어갔다.

저 앞에 있던 민도가 뭔가를 발견한 사람처럼 중앙에 자란 나무 사이를 지나 반대편 길로 넘어갔다.

“야, 거기는 왜 가는데?”

민도는 대답이 없었다. 그래도 민도와 다시 가까워졌다는 것만으로도 큰 안도감이 들었다.

"아무것도 없잖아. 이제 돌아가자. 이러다가 캄캄해지겠어."

"⋯⋯."

"야, 최민도. 왜 대답이 없어?"

"⋯⋯."

나무 사이로 언뜻언뜻 드러나는 민도는 어쩐지 아무런 대꾸도 없이 앞만 보고 걸었다.

우지는 민도가 뭐에 홀린 것처럼 이상하다고 생각했다. 조금 걸음을 빨리했다.

"민도야?"

그 순간 건너편 길에 있던 민도가 심벌즈를 치는 인형처럼 손바닥을 맞부딪기 시작했다.

고개를 흔들면서 이상한 소리를 내며 웃는 모습이 몹시 기괴했다.

우지는 얼어붙은 듯이 민도가 하는 짓을 지켜만 보았다. 민도의 행동보다 더 무서운 건 점점 어두워지는 숲속에서 그의 모습만이 너무도 선명히 보인다는 사실이었다.

갑자기 민도가 슥 고개를 돌리더니 우지가 있는 곳을 바라보았다.

"아아아! 아아아!"

느닷없이 민도가 괴성을 질렀다. 그의 손이 더욱 빠르게 부딮쳤다. 무엇 때문에 저런 행동을 하는지 몰라 미칠 것만 같았다. 도대체 뭘 본 것인지 몰라 더 불길하게 느껴졌다. 온몸에 소름이 돋았다. 우지는 그대로 뒤돌아 왔던 길로 뛰었다.

민도도 뜀박질하는 소리가 곁에서 들렸다. 처음에는 분명 민도의 목소리였는데 어느 순간 여자의 비명으로 뒤바뀌어 있었다.

"아아아! 아아악!"

"누나!"

우지가 고개를 쳐들었다. 갈림길 시작 지점에 민도가 서 있었다. 그 순간 끔찍한 비명이 거짓말처럼 멎었다. 귀신에 홀린 것만 같았다. 어떻게 된 일인지 도무지 알 수 없었다.

우지는 다리에 힘이 풀려 그 자리에 주저앉았다.

깜짝 놀란 민도가 우지를 부축했다.

"누나, 괜찮아?"

"너, 너 뭐야?"

그러면서 우지는 왔던 길을 돌아보았다. 길은 텅 비어 있었다. 민도가 오히려 이상하다는 듯 되물었다.

"누나야말로 뭐야. 나 쫓아오는 것 같더니 갑자기 말도 없이 사라지냐?"

"뭐?"

우지의 안색이 순식간에 창백해졌다.

민도는 뭐가 이상하냐는 듯 짓궂은 표정을 하고 우지를

보았다.

"갑자기 사라져서 내가 얼마나 놀랐는지 아냐고. 발자국은 좀 가니까 사라지더라. 더 어두워지기 전에 얼른 살펴보자."

"야, 무슨 소리야. 나 계속 너 쫓아가고 있었잖아."

"무슨 말이야. 갑자기 사라진 건 누나라니까."

우지는 말을 잇지 못했다. 이 정도면 착각이라고 하기 어려웠다. 정말 뭐에 홀린 게 아니라면 있을 수 없는 일이었다. 우지는 자꾸 딴소리하는 민도에게서 눈을 뗄 수 없었다.

천진한 얼굴로 우지를 보던 민도가 구암과 재희가 있는 방향을 가리켰다.

"아니면 저쪽으로 가야 하나?"

"엄마, 아빠한테 돌아가자고?"

"아니면 저쪽으로 가야 하나?"

"민도야?"

"아니면 저쪽으로 가야 하나?"

우지는 서서히 뒷걸음질 쳤다. 같은 말을 반복하던 민도가 히죽 웃었다.

"근데 누나, 그거 알아? 내가 게임에서 봤는데."

"……."

"이런 상황에선 가족도 믿으면 안 된대."

민도가 기괴한 미소를 지으며 다시 여자 같은 비명을 질렀다.

우지는 민도를 피해 오른쪽 갈림길을 따라 달렸다.

조금 전 들었던 섬뜩한 웃음소리가 우지의 뒤로 따라붙었다. 갈림길 끝에 민도가 또다시 보였다.

저건 진짜 민도일까? 의심스러웠지만 돌아설 엄두가 나지 않았다. 우지는 민도를 보면서도 멈춰야 할지 그냥 지나쳐야 할지 확신하지 못했다. 뭐가 되었든 그를 거쳐야 한다는 데는 선택의 여지가 없었다. 길 앞에 서 있는 민도는 얼굴이 눈물로 범벅이었다.

"누나!"

우지는 지나쳐 가는 대신 민도 앞에 멈춰 섰다.

민도가 우지를 떨리는 손으로 붙잡았다.

"아, 누나! 대체 어디 갔었어?"

"……나, 나 계속 너 찾고 있었어."

민도에게서 땀 냄새가 훅 풍겼다. 아까 마주쳤던 민도에게서는 아무런 냄새도 나지 않았다.

민도가 훌쩍이면서 말을 이었다.

"무서워서 잠깐 살펴보고 처음 헤어졌던 장소로 얼른 돌아왔는데 한참을 기다려도 안 돌아오잖아. 벌써 20분은 지났다고."

"20분이나?"

우지는 멍한 표정을 지었다. 꽉 쥔 손에서 땀이 흘러내렸다. 정신없이 달리느라 신발이 반쯤 벗겨진 것도 이제야 알아챘다.

조금 전 있었던 일을 떠올렸다. 갈림길에서 홀로 걸어가던 민도와 이상한 미소를 짓던 민도, 어디를 갔던 거냐고 다그치던 민도……. 그들은 지금 눈앞에 있는 민도와 조금도 다르지 않았다.

우지는 휘청거리다가 그대로 무릎을 꿇고 흙바닥에 주저앉았다.

뭔가에 홀리긴 홀렸다. 그것도 아주 단단히.

"누나?"

"……이따가 설명해줄게. 일단 엄마, 아빠부터 모시고 오자."

우지는 다시 일어나려고 했지만 다리에 힘이 들어가지 않았다. 민도가 어떻게든 우지를 부축하려고 했지만, 그도 체력이 다해 버겁기는 마찬가지였다.

그때 저 멀리서 비명이 들려왔다. 구암과 재희가 있는 방향이었다. 둘의 시선이 소리 나는 방향에 붙박였다.

"이거 엄마 목소리 아냐?"

"아냐, 아닐 수도 있어. 가지 마."

"무슨 소리야. 내가 다녀올 테니까 여기서 기다려."

"아냐, 나 여기서 혼자 못 있어. 가지 말라니까!"

우지가 신경질 내듯 소리치자 민도도 화가 나 외쳤다.

"엄마랑 아빠한테 무슨 일 생긴 거면 어떡할 건데! 금방

올 테니까 잠깐만 있어!"

"야, 최민도!"

민도가 비명이 들려오는 방향으로 사라졌다. 금세 눈앞에서 보이지는 않는 동생. 꼭 어떤 미지의 손길이 그를 끌어당긴 것 같았다.

우지는 너무 무서운 나머지 무릎을 모은 채로 몸을 웅크렸다. 땅에서 올라오는 차가운 기운 때문에 몸이 시렸다. 이가 딱딱 소리를 내며 부딪혔다.

"나 아까 이상한 거 봐서 그렇다니까, 민도야. 제발, 빨리 와. 최민도……"

우지는 저도 모르게 주르륵 흘러내리는 눈물을 닦았다.

숲은 어느새 완전히 어두워져 있었다.

갈림길 끝 쪽에서 아이의 웃음소리가 들려왔다.

우지는 질겁하며 소리가 들려온 곳을 보았다. 또다시 기이한 환영을 보게 되는 건 아닐까? 그 순간 손전등 불빛이 숲을 가로질렀다.

"지금은 시간이 너무 늦었어. 숲 구경은 나중에 하자."

"엄마, 여기까지만. 응?"

30대쯤 되어 보이는 젊은 여자와 어린아이였다. 젊은 여자는 어린아이를 달래느라 진을 빼는 중이었다.

우지는 몇 번이고 눈을 비볐다. 착각이 아니었다. 여자와 아이는 손전등을 든 채로 갈림길의 끝에 서 있었다.

일어나서 그들에게 달려가야 할까? 저들도 조금 전 본 민도처럼 기괴한 웃음을 흘리며 이상한 동작을 한다면, 그때는 어쩌지?

고민하는 사이, 여자와 아이는 처음 걸어왔던 곳으로 다시 돌아가버렸다.

그들이 야트막한 오르막길을 따라 올라가는 걸 지켜보던 우지는 발소리가 멀어지는 기분이 들자 잰걸음으로 두 사람을 쫓아 걸었다.

그들이 오르는 중인 오르막길은 어른 네다섯 명이 나란히 걸어갈 수 있을 정도로 폭이 넓었다. 길 양옆으로는 잘 관리된 나무들이 사방으로 자라 있었다. 사람의 손으로 정리한 게 분명한 수형이었다. 바닥엔 웃자란 잡초 하나 없었고, 덤불은 기계로 잘린 듯 단면이 일정했다.

무엇보다도 오르막길 끝에서 불빛이 번져 나오고 있었다. 꺼지지도 않고, 옮겨 다니지도 않는 그 자리에 고정된 불빛이었다. 우지는 바로 저곳이 가족들이 그토록 찾던 산장이라고 확신했다.

두려움이 가시자 마음이 희망으로 부풀었다. 당장이라도 산장을 향해 달려가고 싶은 마음이 굴뚝같았다. 그래도 일단 가족들과 합류해야 했다. 우지는 잔뜩 굳었던 어깨에서 힘을 빼고 심호흡했다. 공황이 차츰 가시자 온몸을 두들겨 맞은 것처럼 근육통이 밀려왔다.

찾던 산장이 아니라고 해도 좋았다. 사람이 있기만 하다면 더 이상 바랄 것이 없었다. 우지는 뒤돌아서서 초조하게 민도가 사라진 곳을 보았다.

지금 당장은 혼자였다.

아무도 없는 숲에 혼자 있다는 걸 자각하니 또다시 스멀스멀 불안해졌다.

우지가 차마 발걸음을 떼지 못하고 있는 사이, 근처에서 발소리가 났다. 짐승이 몰래 풀을 밟는 소리가 아니라 사람이 발을 내딛는 소리였다. 여러 명이 내는 소리는 아니었다. 한 사람이 걸어오고 있는 것 같았다.

어떻게 해야 할지 판단하기가 어려웠다. 하나든 여럿이든 정체를 모르니 두려운 건 마찬가지였다. 우지의 심장이 빠르게 뛰었다. 조금 전 들었던 기괴한 웃음소리가 다시 들려올 것만 같았다.

그 귀신인지, 괴물인지 모를 무언가가 아니어도 문제였다. 사람이 아니라 그만한 덩치를 가진 짐승이 아니라는 보장도 없었다. 무엇이 모습을 드러낼지 몰라 우지는 일단 나무 뒤로 몸을 숨겼다. 끝이 뾰족한 돌멩이가 발끝에 걸렸다.

우지의 시선이 날카로운 돌에서 머뭇거리는 동안에도 낯선 발소리는 가까워졌다. 우지는 울먹이며 떨어진 돌 쪽으로 손을 뻗었다. 돌을 주운 순간 발소리가 지척으로 다가왔다.

우지는 눈을 질끈 감은 채 돌의 뾰족한 부분을 높이 쳐들었다. 당장 찔러버릴 듯 거침없는 움직임이었다. 막 뒤돌아 대적하려는 순간 눈꺼풀 사이로 강렬한 불빛이 들이쳤다.

"지금 뭐 하는 거예요?"

여자의 목소리였다. 우지의 손이 멈췄다.

긴 머리를 한 젊은 여자가 몇 발짝 떨어진 거리에 서 있었다. 원래는 반대 방향에 있어야 할 상대가 눈앞에 있는 것이다. 우지는 쥐고 있던 돌을 슬그머니 떨어뜨렸다.

"당신……."

우지는 놀라 뒷걸음쳤다. 긴 검은 머리와 창백한 안색, 부리부리한 두 눈이 차례차례 눈에 들어왔다. 산길에서 차를 향해 달려들던 여자가 떠올랐다. 눈앞에 서 있는 여자는 그 여자와 놀라울 만큼 외모가 비슷했다.

여자가 경계심 어린 눈을 하고 우지를 노려봤다. 여자는 어깨에 크로스백을 멨고 가볍게 등산이라도 하는 듯 날렵한 차림이었다. 책 몇 권이 겨우 들어갈 정도로 작은 크로스백 밖으로 내용물이 다 삐져나와 있었다.

무심코 여자의 가방을 본 우지는 숨이 멎을 정도로 섬뜩해졌다. 그곳엔 죽은 청설모 여러 마리가 들어 있었다.

여자는 상대가 잔뜩 겁을 먹고 있는 걸 모르는지 아무렇지 않게 물었다.

"길을 잃은 거예요?"

"……네, 곧 가족이 올 거예요."

우지는 진정하려고 숨을 가다듬으며 대답했다. 여자가 청설모가 든 가방을 익숙한 손놀림으로 추슬렀다.

"그러면 혹시 산장 이용객?"

"네, 그걸 어떻게……."

"보아하니 그쪽도 태풍 때문에 문제가 생긴 것 같은데, 얼른 따라와요."

고갯짓을 하는 여자에게서는 며칠 씻지 못한 것 같은 구린 냄새가 났다. 냄새가 나니 우지는 여자가 사람이라는 걸 확신했다. 그렇다고 무턱대고 따라나서지는 않았다. 가끔은 사람이 더 무서울 때도 있는 법이니까.

"……가족이 조금 이따가 올 거라서요. 그런데 이 오르막길 끝에 산장이 있는 게 맞나요?"

"네, 쭉 따라가다 보면 보일 거예요. 지금 고립된 사람들끼리 모여서 대책 회의 중이니까 얼른 와요."

"대책 회의요?"

여자는 대답 없이 우지를 지나쳐 오르막길을 따라 걸었다. 우지는 금세 멀어지고 있는 여자를 지켜만 봤다.

또다시 홀로 남겨지자 일련의 상황들이 모두 환영처럼 느껴졌다. 젊은 엄마와 아이는 진짜 사람인 걸까? 그리고 천천히 작아지는 저 여자도 실제로 존재하는 걸까?

자신은 이렇게 불안하고 위급한 심정인데 여자의 태도는 어째서 저렇게 의연한지, 왜 죽은 짐승들을 가방에 넣고 다니는 건지 이해가 가지 않았다. 진짜 오르막길 끝에 산장이 있는 게 맞는지도 의심스러웠다.

그렇다고 더 이상 머뭇거릴 수는 없었다. 이제 선택을 해야 했다. 우지가 겨우 막 발을 떼려는데, 귀에 익은 목소리가 들렸다.

"우지야!"

구암이 부르는 소리였다. 우지는 뒤돌았다. 흔들거리는 나뭇가지 사이로 손전등 불빛이 보였다. 재희와 구암, 민도. 그리고 한 사람이 더 있었다. 재희의 옆에 40대 정도로 보이는 낯선 남자가 서 있었다. 그는 재희를 한 손으로 부축하고, 다른 손으로는 손전등을 들고 있었다.

우지는 가족들과 함께 가까이 다가오는 남자를 불안한 시선으로 보았다.

"누구야?"

남자가 우지를 보고 당황했는지 주춤 멈춰 섰다.

손전등이 남자의 얼굴 쪽을 잠시 비췄다. 덥수룩한 머리 아래로 웃음기 없는 이목구비가 눈에 띄었다. 키가 180센티미터는 되는 듯했지만 살이 쪄 둔해 보이는 인상이었다. 어딘가 익숙한 얼굴이라 전에 그를 만난 적이 있던가 했지만 아무리 기억을 더듬어보아도 떠오르지는 않았다.

구암이 서둘러 남자를 소개했다.

"우지야, 인사드려. 산장 운영하시는 사장님. 너희가 간 사이에 우리를 찾으러 오셨어."

"찾으러 오셨다고?"

숲의 지리를 잘 안다고 해도 우리가 여기에 있는 줄은 어떻게 알고 찾으러 왔다는 걸까? 심지어 우리는 정상적인 길이 아닌, 엉뚱한 길로 오고 있었는데.

아무리 생각해도 이 꺼림칙한 숲은 우연히 지나칠 수 있을 만한 곳이 아니었다.

"그럼 엄마, 아까 비명은 왜 지른 건데?"

민도가 구암 대신 대답했다.

"갑자기 낯선 사람이 다가오니까 놀라서 소리 질렀대. 나 진짜 무슨 일 생긴 줄 알았잖아."

사장이 사람 좋게 웃으며 입을 열었다.

"저, 저, 저는 메아리사, 사, 산장 박 사장이에요! 마, 많이 놀라셨죠?"

표정이 없어 무섭던 인상이 더듬는 말투 때문인지 순식간에 순박하게 변했다. 우지는 내심 당황했다. 박 사장은 연신 싱글벙글 웃었다. 사나운 곰 같은 인상에서 저런 순한 표정이 나올 수 있는 걸까?

내내 말이 없던 재희가 어지럼증을 호소했다.

"잠깐만, 저 좀 놔주세요."

재희는 말이 끝나기 무섭게 크게 휘청거렸다. 박 사장은 재희가 바닥에 앉을 수 있도록 도왔다. 주저앉는 남편을 보고 놀란 구암이 다가들어 재희를 부축했다.

박 사장과 민도가 재희를 일으켜 세워보려고 했지만, 축 늘어진 성인 남성을 들어 올리는 건 쉬운 일이 아니었다.

"괜찮아, 여보?"

"더 못 걷겠어. 머리가 너무 어지러워."

구암이 박 사장을 곤란한 얼굴로 보았다.

"도와주서서 너무 감사한데, 이 사람이 못 걷겠나 봐요. 어쩌죠?"

"여, 여기 계시면 나, 나, 남자 몇 데리고 다시 오, 올게요!"

박 사장의 목에 걸린 무전기에서 여러 사람의 목소리가 들렸다.

대책 회의를 위해 모여 있다더니, 산장에는 꽤 많은 사람이 묵고 있는 듯했다.

박 사장은 걸고 있던 무전기와 손전등을 민도에게 건넸다.

"그, 그럼 기, 기다려주세요! 무, 무전기로 연락할게요!"

그러고서 박 사장은 조금 전 여자가 사라진 방향으로 쿵쿵거리며 뛰어갔다. 손전등 하나 없는 어두운 길인데도 개의치 않는 것 같았다.

날이 어두워져서 그런지 그는 금세 시야에서 사라졌다.

민도가 구암과 함께 재희를 부축해 가까운 나무에 등을 기대게 했다. 우지는 조심스레 재희의 몸을 살폈다.

"아빠, 괜찮아?"

"열만 나는 거야. 괜찮아."

"괜찮기는. 아까는 토했잖아."

구암이 답답하다는 듯 한숨을 쉬었다.

우지가 박 사장이 사라진 곳을 눈짓하며 말했다.

"저 사장인가 뭔가 하는 사람은 그럼 갑자기 숲에서 나타난 거야?"

"응. 착하긴 한데……. 약간 장애가 있는 것 같아. 너희가 봐도 그렇지?"

구암이 속삭였다. 민도는 누가 듣기라도 할까 걱정됐는지 손사래를 쳤다.

"그게 무슨 상관이야, 엄마. 밖에서 노숙할 뻔한 거 도와준 사람인데!"

"도와주기는 뭘. 어차피 돈 내고 우리가 예약한 거잖아. 그것보다 나 아까 웬 젊은 여자도 한 명 봤어. 그 사람도 손님이라던데."

우지가 화제를 돌리자 구암이 관심을 보였다.

"뭐래? 우리 상황은 설명했어?"

"아니, 그럴 시간도 없었어. 그 사람도 태풍 때문에 산장에 고립됐나 봐. 산장 사람들끼리 모여서 대책 회의 중이래."

"고립됐다고?"

구암의 안색이 금세 안 좋아졌다. 민도도 산장에 고립될 거라고는 생각하지 못했는지 절망스러운 표정이었다.

"엄마, 이제 어떡해?"

"어떡하기는. 일단 네 아빠부터 회복하고 봐야지."

"그것도 그런데…… 좀 이상해."

"뭐가?"

"그 여자, 웬 청설모를 여러 마리 잡아서 가방에다가 넣어 놨더라고. 피 냄새가 꽤 났어."

피 냄새라는 말에 인상을 쓴 구암은 욕지기가 올라오는지 침을 바닥에 퉤, 뱉었다.

민도의 표정이 심각해졌다.

"혹시 먹을 게 없는 거 아냐? 아까 사장님이 잠깐 그런 말을 하긴 했어. 산장 쪽도 태풍이랑 산사태 때문에 난리였다고."

"그러게. 괜히 갔다가 얼마 있지도 않은 음식까지 뺏길 수 도……."

우지가 말을 흐렸다. 구암은 단호한 표정으로 고개를 저었다.

"무슨 음식을 뺏겨, 뺏기기는. 산장 쪽이 아무리 난리여도 노숙하는 것보다는 낫지."

구암은 그렇게 말하며 박 사장이 사라진 오르막길 쪽을 보았다. 시간이 꽤 지난 것 같은데도 누군가 내려올 기미는 느껴지지 않았다. 그나마 산장 쪽에서 흘러나오는 불은 꺼 지지 않고 선명했다.

우지는 시간을 확인하기 위해 주머니를 뒤졌다. 하지만 아무엇도 잡히지 않았다. 혹시 떨어뜨렸나 싶어 둘러봤지만 보이는 것은 흙바닥뿐이었다. 흘렸다면 어디서 그랬는지도 알 길이 없었다.

"내 폰 본 사람 있어?"

"아니, 주머니에 넣어뒀던 거 아냐?"

민도가 물었다. 짐작이 가는지 구암이 우지의 주위를 살펴보며 말했다.

"오다가 떨어뜨렸나 본데?"

"그럴 리가. 분명 주머니에 있었는데……."

"내일 날 밝으면 다시 찾으러 오자. 지금 어디 가지 말고."

구암이 일부러 손가락까지 흔들며 경고했다. 민도가 아무 생각 없이 자기 휴대폰으로 우지에게 전화를 걸었다. 구암이 아들 하는 짓을 보며 피식 웃었다.

"지금 전화 걸어봤자 걸리지도 않잖아."

그런데 그 순간 어둠 속에서 벨소리가 들렸다.

바흐의 샤콘느. 우지가 좋아하는 음악이었다. 가족들 사이로 정적이 흘렀다. 민도가 창백한 얼굴로 웅얼거렸다.

"왜 전화가 걸리는 거지? 서비스 권역 밖인데……."

휴대폰 벨소리는 가까운 곳에서 들려오고 있었다. 샛길 초입 쪽이었다. 하지만 우지는 함부로 그곳으로 향할 생각을 하지 못했다. 민도가 전화를 끊었다. 벨소리는 여전히 멈추지 않았다.

샤콘느의 선율이 어둠 속에서 명랑하게 울려 퍼졌다. 그러다가 뚝, 인지하지 못하는 순간에 소리가 끊겼다.

질퍽, 질퍽. 젖은 땅을 끌면서 무언가 다가오는 소리가 희미하게 들렸다. 구암이 소름 끼친다는 표정을 짓고서 속삭였다.

"저게 뭐야?"

"뭐가?"

"저기 봐. 뭐가 오고 있잖아."

구암이 손가락을 들어 어둠을 가리켰다. 검은 어둠을 계속 쏘아보자 실루엣이 점차 눈에 들어왔다. 낮은 포복 자세로 무언가가 기어 오고 있었다. 우지뿐만 아니라 다른 가족 모두가 그것을 똑똑히 보았다.

사람일까? 아니면 짐승⋯⋯이겠지? 그래야 했다.

그런데 어떤 짐승이 저렇게 크고, 낮고, 길쭉할까?

어떤 짐승이 저렇게 긴 팔을 가졌을까?

어떤 짐승이 저렇게 긴 목으로 머리를 흔들까?

재희도 그것을 보았는지 비틀거리며 힘겹게 자리에서 일어섰다. 놀라운 광경에 계속 지끈거리던 두통마저 잊은 듯했다.

경고의 알람이 모두의 머릿속에서 울렸다. 우지가 조그맣게 재희를 불렀다.

"⋯⋯아빠."

"다들 움직이지 마."

재희가 소곤거리더니 민도에게서 무전기를 빼앗아 채널을 슬며시 돌렸다. 하지만 어느 채널에서도 목소리가 들리지 않았다. 지직거리는 노이즈만 이어졌다. 오히려 그 소리가 짐승을 자극했는지 그것이 머리를 비틀었다.

우지의 눈에 민도가 어깨에 메고 있는 소프트 아이스박스가 들어왔다. 우지는 아이스박스를 조용히 열었다.

구암이 우지의 손목을 잡았다.

"뭘 하려고?"

"여기까지 못 오게 해야 할 거 아니야."

저게 짐승이든 아니든, 시선을 끌 무언가가 필요했다. 우지는 아이스박스에 달린 지퍼를 당겼다. 지퍼가 벌어지며 음식 냄새가 훅 퍼졌다. 웅크려 있던 짐승이 긴 목을 위로 뻗었다.

우지는 그것을 똑바로 노려보며 생각했다. 저건 짐승이 아니다. 저건 짐승이라고 부를 수 없는, 괴물과 닮은 무언가라고.

"누, 누나, 줄 거면 빨리 줘. 저거 또 움직일 것 같아."

민도가 덜덜 떨리는 목소리로 말했다.

우지는 아이스박스에서 신선한 소고기를 꺼냈다. 그 순간 짐승이 땅을 박차며 우지네를 향해 달려왔다. 우지는 소고기를 팩째로 짐승을 향해 던졌다.

"다들 뛰어!"

재희가 소리쳤다. 누가 먼저라고 할 것도 없이 네 사람은 온 힘을 다해 달렸다. 뒤에서 고기를 담은 봉지가 찢기는 소리가 들렸다.

민도가 재희에게서 무전기를 빼앗았다.

"사장님, 사장님! 들리세요?"

짧은 노이즈가 들린 다음 박 사장의 음성이 들렸다.

"아, 아. 죄, 죄, 죄송해요! 지, 지금 여기에 문제가 생겨서요. 그, 그냥 출발해주시겠어요? 조, 조금만 올라오면 되는데!"

우지는 민도와 눈을 마주쳤다. 둘 다 황당하다는 표정을 지었다. 구암이 뒤에서 욕을 삼켰다. 재희의 달리는 속도가 점차 느려졌다. 돌아보니 긴 목을 가진 짐승은 느릿느릿 네 사람을 계속 따라왔다. 민도가 울먹이며 소리쳤다.

"여기 이상한 동물이 있어요! 저희 좀 도와주세요!"

"도, 동물요? 그, 그럴 리가 없는데……. 무, 물이라도 뿌려 보, 보실래요?"

"물은 무슨 물이야. 야!"

"그, 그럼 조, 조금 이, 이따가 봬, 봬요!"

무전이 무심하게 뚝 끊겼다. 짐승의 몸체가 손전등 빛 아래 드러났다. 가까이서 본 그것은 비쩍 마른 사람의 몸에 기괴할 정도로 길쭉한 팔이 달린 모습이었다. 더 기괴한 것은 머리였다. 거북이와 닮은 조그맣고 매끈한 머리통이 기다란 목 위에서 느릿하게 움직였다.

구암이 짐승의 끔찍한 생김새를 보고 비명을 삼켰다. 우지가 민도의 손에서 아이스박스를 빼앗았다.

"누나, 뭐 하려고?"

"물이라도 뿌려보라며!"

우지는 짐승에게서 눈을 떼지 못한 채 손을 더듬어 아이스박스에서 물병을 꺼냈다. 박 사장이 시키는 대로 따라 하고 있다는 게 기가 막혔다. 이게 무슨 무기가 된다고…….

마개를 비틀자마자 지척까지 쫓아온 짐승을 겨눠 냅다 뿌렸다. 무슨 낌새를 느꼈는지 짐승이 우뚝 다가오던 걸음을 멈췄다. 허공에 흩뿌려진 물이 긴 포물선을 그리다가 짐승의 얼굴 위를 적셨다. 짐승이 염산이라도 뒤집어쓴 것처럼 고통에 찬 비명을 내질렀다.

"끼아악!"

강력한 화학 약품에 닿기라도 한 듯 물이 닿은 부위에서 연기가 풀풀 나더니 짐승의 피부가 붉게 녹아내렸다. 상처 입은 피부 너머로 미처 녹지 못한 근막이 보였다.

핏줄이 벌떡이는 가운데, 그것이 머리를 흔들며 뒤돌아 달아났다. 숲에서 짐승의 괴기스러운 비명이 한 번 더 들렸다. 그 뒤로는 더 이상 아무런 소리도 나지 않았다.

어둠 속에서 네 가족의 헐떡이는 숨소리만이 들렸다.

우지는 넋이 나가 널브러져 있는 구암을 보았다. 바닥을 짚은 팔이 후들거리고 있었다. 민도와 함께 엄마를 일으켰다.

민도도, 우지도, 구암도 몸을 덜덜 떨기는 마찬가지였다. 민도가 한참 뒤에 입을 열었다.

"……아까 그거 뭐였어?"

"……나도 몰라."

우지는 꿀꺽 침을 삼켰다. 사고가 난 이후로 계속 이상한 일에 시달리고 있었다.

민도의 모습을 한 환영을 보고 사람인지 짐승인지 알 수 없는 괴물을 만나기까지 하다니.

혹시 이 모든 게 꿈인 건 아닐까 의심스러울 정도였다.

넷 중 가장 빨리 정신을 차린 재희가 떨어뜨렸던 짐을 다시 어깨 위로 짊어졌다. 그는 당장 쓰러질 것처럼 휘청이면서도 끝끝내 주저앉지 않고 버텼다.

"우선 가자. 가면 뭐라도 더 알 수 있겠지."

재희가 비틀비틀 걸으며 앞장섰다. 민도가 서둘러 재희를 따라갔다.

"아빠, 짐이라도 나 줘."

재희는 민도에게 짐을 넘기는 대신 혼잣말을 하듯 무어라 중얼거렸다.

"빨리 가야지……. 가서 전화 되는 것 같으면 얼른 신고하고, 너희 할머니 장례도 치러야지……."

10분밖에 걸리지 않을 거란 말과 달리 산장까지 거리는 꽤 멀었다. 오르막길이 예상보다 더 가팔라 그렇게 느껴지는 것도 같았다. 두려움과 피로, 곤혹스러움이 짐과 함께 어깨 위로 얹어졌다.

들리는 것이라곤 재희의 벅찬 숨소리와 캐리어 바퀴에 돌이 튀는 소리뿐이었다. 우지는 얼굴의 땀이 서늘하게 식어가는 것을 느꼈다. 그래서인지 한기가 밀려오는 것 같았다.

그리 친하지 않은 학원 친구들과 꼴도 보기 싫었던 진형의 얼굴이 불쑥 떠올랐다. 그들 중 하나에게라도 연락이 닿아 구조대가 와준다면 그가 누구든 평생 은혜를 잊지 않고 살 것이다. 진형과는 싸웠던 일 따위는 모두 잊고 새롭게 시작할 수도 있었다. 그 정도로 바깥의 도움이 간절했다.

우지는 어려서부터 인생은 어차피 혼자 살아가는 거라고 여겼고, 그래서 인간관계는 가늘게만 이어졌다. 도움을 받을 필요도 없었고, 줄 생각도 해보지 않았다. 결국 무엇이든 혼자 해결해야 했으니까.

우지는 멈춰 서서 지나온 길을 돌아보았다. 어둠에 먹혀들어 보이지 않는 길을 노려보노라니, 문득 자신의 삶이 통째로 모자라고 어리석었던 건 아닌지 자괴감이 몰려왔다.

가족 누구도 입을 열지 않고 걷고만 있는데 민도가 정적을 깼다.

"그런데 원래 숙소를 이렇게 산속에다가 지어?"

"나야 모르지. 휴양림이어서 그런가."

우지는 대충 대답했다. 민도가 앞서가는 구암과 재희의 눈치를 보다가 목소리를 낮췄다.

"아까는 말 못 했는데, 그 아저씨 처음에는 손전등도 안 켜고 컴컴한 데서 걸어 나왔대."

"……갑자기 나타났다고?"

"응, 엄마 아빠를 보고 나서야 불을 켰대. 아무리 여기 지리가 익숙해도 그렇지, 그게 말이 돼? 마치 숨어서 지켜보다가 나온 것처럼 말이야."

우지는 찜찜한 표정으로 길 위에 섰다. 이대로 계속 박 사장이라는 사람의 말을 믿고 가도 되는 것일까?

맨 앞에서 우직하게 걷던 재희가 큰 소리로 외쳤다.

"저기 산장이다!"

우지는 재희가 가리키는 쪽을 보았다. 몇 개의 굽잇길을 돌면서 사라졌다 나타났다 하던 불빛이 이제는 선명히 보였다. 하나도 아니고 여러 개의 전등이 산장의 윤곽과 함께 눈에 들어왔다.

태풍 피해라도 입었을까 싶었는데 멀리서 보이는 외관들은 멀쩡하기 그지없었다. 심지어 따스하고 안전해 보이기까지 했다. 우지는 걷는 속도를 높였다. 그 뒤로 민도와 구암, 재희가 따라붙었다.

'메아리산장'이라는 간판이 코앞으로 보였다. 촌스러운 오색 전구가 낮은 담장 주위로 번쩍였다. 자세히 보니 건전지로 작동되는 싸구려 전등이었다. 민도가 나무들 사이로 알록달록한 조명을 보다 말고 꺼림칙한 표정을 지었다.

"여기가 숙소 맞아……?"

비탈길 위에 듬성듬성 자리를 잡은 산장 숙소는 어딘가 을씨년스러운 분위기를 풍겼다. 사람들의 기척과 말소리가 흘러나오길 기대했지만 싸늘한 정적만이 가족을 맞았다.

"일단 좀 살펴보자."

구암이 소매를 걷어붙이며 말했다. 민도와 구암이 앞장서 걸었다.

재희는 '관리동'이라 적힌 팻말을 따라갔다. 드디어 목적지에 도착해서인지 힘들어 보이던 재희는 몸이 조금은 가벼워진 것 같았다. 민도와 구암이 늘어선 산장들을 구경하는 사이, 우지가 그를 불렀다.

"아빠, 거기서 뭐 하려고?"

"아까 본 것들, 얘기해줘야지."

재희가 당연한 걸 묻는다는 듯이 간단히 말했다.

말한다고 해서 믿을까 싶었지만 한 번도 아니고 두 번이나 이상한 것을 보았으니, 우지도 누군가에게 오늘 본 것들을 털어놓고 싶었다. 두 사람은 관리동인 듯 보이는 컨테이너 문 앞에 섰다.

짧게 노크를 하고 문을 열자 박 사장과 낯선 남자가 보였다.

우지와 재희는 엉거주춤 문 앞에서 안을 들여다보았다. 내부가 훤하게 눈에 들어왔다.

직사각형 모양의 비좁은 내부는 촛불로 밝혀져 있었다. 문쪽과 가까운 곳에 낮고 긴 소파 테이블이 있어 안으로 들어가기 쉽지 않았다. 테이블 주위로는 낡은 가죽 소파가 원 모양으로 놓여 있었는데, 그 위로 휴지와 담요, 쓰레기들이 나뒹굴어 지저분해 보였다.

박 사장은 잡동사니로 가득 찬 컨테이너 가장 안쪽에서 어깨를 웅크리고 서 있었다. 내부가 어두워 얼굴은 잘 보이지 않았지만 축 처진 몸을 보니 조금 주눅이 들어 있는 것 같았다.

반대로 곁에 서 있는 남자는 어쩐지 화가 난 것처럼 보였다. 우지는 그런 둘의 표정을 조심스레 살폈다. 대책 회의를 한다고 하더니, 무슨 문제라도 생긴 걸까? 촛불을 켜고 있는 것도 이상했다.

마찬가지로 재희와 우지를 위아래로 훑어보던 남자가 대뜸 재희에게 물었다.

"선생님도 여기 예약자세요?"

"네, 왜 그러시죠?"

"태풍 때문에 전력이 끊겼으니까 알아두세요. 이 판국이면 비상전력이라도 끌어다 써야지. 사장이라는 사람이 아무것도 모르고, 진짜. 대책 회의도 잠깐 하다가 자기 피곤하다면서 중간에 사람들 다 내보내버리는 게 정상이냐고요."

박 사장은 남자의 말을 듣고 있는 건지 아닌지, 웅크린 채 움직임이 없었다. 촛농이 느리게 흘러내렸다.

재희가 조심스레 되물었다.

"혹시 전력만 끊긴 건가요? 물은 나오고요?"

"그것도 언제 끊길지 모르죠, 뭐."

남자가 답답한지 일부러 길게 한숨을 내쉬었다.

"구조대랑 연락도 안 되는데 사장은 말도 못 하는 병신이고. 아, 진짜."

"말이 너무 심하신 것 같네요."

우지가 무심코 말하자 남자가 우지를 향해 눈을 부라렸다. 우지는 곧바로 괜한 소리를 했다 싶어 후회했다. 분위기가 험상궂어질까 봐 재희가 얼른 끼어들었다.

"죄송합니다. 저희 딸이 종일 숲을 헤매다가 와서 많이 지쳤습니다. 좀 예민해졌나 봐요."

"이제 막 와서 상황 파악이 안 됐나 본데, 난 여기 태풍이 들이닥칠 때부터 계속 있었어요. 산 아래로 갈 수 있는 도로는 하나뿐인데 산사태가 크게 나서 길은 막혀버렸고, 비상 전화도 안 되고, 정전에 단수 위험까지. 우리가 여기서 얼마나 더 버틸 수 있을 거 같아요?"

"도로가 막히다니, 그게 정말입니까?"

재희가 놀란 얼굴로 박 사장을 향해 물었다. 박 사장은 어느새 땀까지 흘리고 있었다.

"고, 곧 모두 나갈 수 있어요! 다, 단수도 아직이에요! 물탱크가 마침 비, 비어가던 참이긴 한데……."

그 말은 단수가 되는 것도 이제 시간문제란 얘기였다. 당면한 상황이 시급했다. 차마 숲속에서 보았던 짐승 이야기를 꺼낼 수 있는 분위기가 아니었다. 당장 이 산에서 어떻게 무사히 나갈 수 있을지 고민해야 할 판에, 괴물이라니. 비웃음만 당할 것 같았다. 우지는 오늘 본 것들에 대해서는 나중에 들려주기로 마음먹었다. 재희도 같은 심정인지 아무런 얘기도 꺼내지 않았다.

박 사장이 객실 열쇠를 재희에게 건넸다.

"우, 우선 쉬, 쉬고 계세요. 내, 내일 아침에 다시 이, 이야기해요!"

뾰족한 수가 나올 리 없어 보이자 남자는 욕을 한번 내뱉고는 컨테이너 문을 걸어차며 나갔다.

우지네가 배정받은 산장 숙소는 3호실이었다. 비탈길 가장 위에 있었다. 박 사장에게 더 얘기를 듣긴 어려울 것 같았다. 재희와 우지는 열쇠만 받아 나섰다.

우지가 불안한 표정으로 물었다.

"아빠, 이제 어떡해?"

"내일까지 기다려봐야지. 저 남자 말대로라면 며칠 못 버티겠지만, 그때까지 설마 구조대가 안 오겠어?"

이 조그만 나라에서 산장에 고립된다는 것도 이상한 일이었다. 바다 한가운데 조난이 돼도 어찌어찌 배든 헬기든 구조대가 찾아오는 마당에, 한 30분만 나가면 번잡한 도시가 나오는 곳에서 어째서 통신이 끊겨버린 걸까? 이대로 가만히 구조대가 오기만을 기다려도 되는 건지 걱정이 들었다. 재희는 내일 최대한 전파가 터지는 곳을 찾아보자며 우지의 어깨를 다독였다.

우지는 일단 열쇠를 들고 재희와 함께 배정된 산장 숙소로 걸음을 옮겼다. 구암과 민도는 근처에서 팔짱을 끼고 서 있었다. 어쩐지 안색이 굳어 있어 괜히 불안했다.

"엄마, 왜 그래?"

"……그냥 좀 이상해서. 여기 너무 조용하지 않아?"

우지도 멈춰 서서 사방을 둘러보았다. 일부러 귀를 기울였지만 정말 벌레 소리 하나 들리지 않았다. 멀리 숲속의 어둠만큼이나 고요했다. 옷깃이 스치는 소리까지 들릴 정도였다.

긴 적막을 마주하고 있자니 귀에 이명이 들릴 것만 같았다. 무전기로 듣기엔 여러 사람이 있는 줄 알았는데 아닌 모양이었다. 띄엄띄엄 떨어져 있는 숙소에서는 아무런 소리도 나오지 않았다. 정말 영업 중인 산장이 맞는 건지 의심이 들만큼 을씨년스러운 분위기가 곳곳에서 풍겼다.

"불이 꺼져서 그런 거겠지. 우선 들어가자."

재희가 불안해하는 구암을 달랬다.

가족은 주섬주섬 짐을 챙겨 들고 숙소로 이어지는 길을

걸었다.

우지는 맨 뒤에서 비탈진 길을 따라 올라가다 기척이 느껴져 고개를 돌렸다. 길가에 선 다섯 살 정도 되어 보이는 아이와 눈을 마주쳤다. 반가운 마음보다는 의심이 먼저 들었다. 아까 전 젊은 여자와 함께 있던 그 아이일까? 옷차림새가 비슷했지만 그 아이인지 확신할 수는 없었다. 아직도 무엇이 헛것이고 무엇이 사실인지 헷갈렸다.

우지가 생각에 잠겨 멈칫하자 아이는 우지를 빤히 보며 이상한 말을 중얼거렸다.

"열, 열하나, 열둘⋯⋯."

뭘 세고 있는 거지? 우지는 이상한 마음을 가누고 인사를 건넸다.

"안녕."

아이가 머리를 까딱하더니, 말없이 우지를 바라보았다. 뭘 세고 있었느냐고 물으려던 틈에 아이가 뒤돌아 아래로 뛰어내려갔다. 어찌나 빠른지 아이의 모습이 금세 멀어졌다. 부모로 보이는 사람은 어디에도 없었다.

우지는 아이가 서 있던 곳을 다시 살폈다. 그곳엔 아이의 조그만 발자국만 남아 있었다. 이 아이는 사람이 맞는 것 같았다. 그런데 이 늦은 밤에 홀로 바깥에서 뭘 하고 있던 걸까?

딸깍, 문을 여는 소리가 들렸다.

우지가 멈춰 선 동안 3호실 앞에 도착한 재희가 문을 연

것이었다. 우지는 서둘러 비탈길을 마저 올랐다.

숙소 안을 가득 메운 퀴퀴한 냄새가 먼저 가족을 맞이했다. 재희를 따라 들어선 민도가 손을 더듬어 벽에 부착된 비상용 손전등을 찾아 켰다.

불빛이 내부를 가로질렀다. 숙소는 2층짜리 건물이었다. 1층에는 큰방이 하나 있었는데, 퀸사이즈 침대 하나가 놓여 있어 구암과 재희가 쓰기에 적당했다.

민도는 현관 옆으로 난 계단 난간을 잡고 2층으로 올라갔다. 천장은 엉거주춤 서야 할 만큼 낮았다. 복층 오피스텔처럼 탁 트인 2층에는 싱글 침대 하나가 덜렁 놓여 있었다. 다행히 거실에 놓인 소파 침대에 몸을 누일 수 있어 네 가족이 오늘 밤 잠을 자기에는 부족할 게 없었다. 내부 장식은 전체적으로 오래돼 촌스러웠지만 딱히 거슬리지는 않았다.

2층에서 내려온 민도가 소파 앞 테이블에 놓인 흰 도자 화분을 툭 건드렸다.

"빈 화분은 왜 놔둔 거야?"

"장식인가 보지. 쓸데없는 짓 하지 말고 짐부터 날라."

구암이 집에서 하던 것처럼 투덜거리며 한숨을 쉬었다. 드디어 집다운 공간이 보이자 안심하는 눈치였다.

우지는 안으로 들어서다 말고 1층 밖으로 놓인 발코니 앞에 멈춰 섰다. 커튼에 반쯤 가려진 발코니 창에는 희미하게 금이 가 있었다.

"이 창문 잘못하면 깨지겠는데."

"태풍 때문인가 봐. 일단 오늘은 대충 씻고 자자. 욕조에다 물도 받아둬야 해."

재희가 곧 단수될지도 모른단 정보를 알려주자 구암의 표정이 어두워졌다.

"정말 무리해서 여행을 오는 게 아니었나 봐."

후회하는 구암의 음성에서 끈적한 물기 같은 게 묻어났다.

재희는 쓰러지듯 소파에 누웠다.

"지금 그런 말 해봤자 뭐 해. 복잡한 건 내일 생각하자."

누적된 피로와 고통이 몰려오는지 재희는 몇 번 몸을 뒤척이며 끙끙거리다 얼마 안 지나 거의 혼절하듯 잠들었다.

우지는 종종 안 씻고 자곤 하는 민도를 먼저 욕실로 떠밀었다.

"내일 아침에 일어나면 전파가 터지는 곳부터 찾아야 해. 그전까지는 아무 생각도 하지 말고 쉬어."

우지는 피곤이 몰려드는지 소파에 털썩 앉았다. 곧 민도가 씻는 소리가 들렸다.

구암은 손전등 불빛에 의지해 챙겨 온 물건들을 하나하나 살폈다. 앞으로 며칠을 버틸 수 있을지 벌써 심각하게 고민하는 눈치였다. 아이스박스에 담긴 얼음 팩에서 물이 뚝뚝 떨어졌다.

"진짜 며칠 후면 돌아갈 수 있을까? 먹을 건 2박 3일 치가 전부야."

"걱정하지 마. 우리가 조난당한 것도 아니고."

무심하게 말하긴 했어도 우지 역시 걱정되기는 마찬가지였다. 우지는 슬며시 눈을 감았다. 숲속에서 싸늘하게 식어가고 있을 할머니가 떠올랐다. 만약 고립된 채 체류가 길어진다면 할머니의 시신을 그 자리에 계속 내버려둘 수는 없었다.

어떻게 해야 하나 고민하는데, 구암이 악 소리를 내며 발코니 창을 가리켰다.

"누, 누가 밖에 서 있는 거 같아!"

구암의 음성이 파르르 떨렸다. 우지는 벌떡 자리에서 일어났다. 투명한 커튼 너머로 정말 사람 그림자가 어른거리는 것도 같았다. 재희는 얼굴을 한번 찡그리며 끙, 소리를 낼 뿐 일어나지는 않았다.

구암이 민도가 있는 욕실 문을 두드렸다.

"민도야, 민도야! 잠깐 나와봐."

우지가 테이블에 놓인 화분을 한 손에 들고 커튼 위로 손을 뻗었다. 구암이 나가보려는 우지를 말렸다.

"우지야, 하지 마!"

우지는 그 말과 동시에 커튼을 힘주어 걷었다. 귀신이든 사람이든 무언가가 거기 있다면 화분으로라도 내려칠 요량이었다. 하지만 발코니엔 아무도, 아무것도 없었다.

잘못 봤구나, 싶었는데 멀리서 기이한 울음소리가 귓가에 들려왔다.

짐승의 것 같기도 하고 여자의 울음소리 같기도 했는데, 무엇이건 소름 돋기는 마찬가지였다. 가만 들어보니 민도 행세를 하던 그것이 내던 비명 같기도 했다.

우지는 그 소리에 홀린 듯 발코니로 이어지는 창을 열었다.

욕실에서 나온 민도가 소리쳤다.

"누나, 어딜 나가려고!"

"……밖에서 이상한 소리가 들리잖아."

"무슨 소리? 아무것도 안 들리는데."

"너, 이 소리 안 들려?"

우지는 손가락으로 발코니 밖을 가리키며 고개를 돌렸다. 그 순간 창밖에 선 한 여자의 뒷모습이 보였다. 여자의 옷에서는 빗물이 뚝뚝 떨어졌다. 우지가 비명을 지르며 창문에서 떨어졌다.

분명했다. 차를 쫓아 달려오던 여자였다.

구암이 깜짝 놀라 다가왔다.

"뭐야, 무슨 일이야!"

"저기, 저기에 방금 여자가 서 있었어."

우지가 말했다. 하지만 민도와 구암은 어리둥절한 표정이었다.

"누가 있었다고 그래, 누나. 아무것도 없잖아!"

우지는 텅 빈 발코니를 보았다. 불길한 울음소리가 계속 우지의 귓가를 울렸다. 우지는 못 참고 맨발인 채 발코니로 나섰다. 바닥에 빗물이 조금 고여 있었는데 차가운 감촉을 느낄 새가 없었다. 난간을 부여잡고 뚫어지게 어둠을 노려 봤지만, 거기엔 아무도, 아무것도 없었다. 바람조차 움직이지 않는 정적만 감돌았다. 이런 소란에도 깨지 않는 재희가 잠꼬대를 중얼거렸다.

"빨리 가야지⋯⋯. 장례도 치러야지⋯⋯."

우지는 안으로 들어와 천천히 커튼을 쳤다. 가족여행의 첫 날이 섬뜩하게 저물고 있었다.

2
경종

우지는 누구보다도 일찍 잠자리에서 일어났다.

테라스에서 둘러본 산장 풍경은 고요하기 그지없었다. 관리동까지 총 여섯 채의 숙소가 옹기종기 모여 있는 산속은 제법 운치 있는 휴양림의 분위기를 풍겼다. 우지네 숙소는 가장 높은 곳에 있어 다른 산장들과 관리동의 모습이 한눈에 내려다보였다. 풍경을 잠시 감상하는 사이, 다른 숙소에 묵은 이들이 하나둘 나와 관리동으로 걸어가는 것이 보였다.

우지는 간단히 몸을 씻고 홀로 관리동으로 향했다. 통신이 끊긴 영향인지 휴대폰 날짜는 어제와 똑같았다. 그래도 시간만은 제대로 가고 있는 것 같아 다행이었다.

우지는 굳게 닫힌 컨테이너 문을 두드렸다.

"네, 네! 드, 들어오세요!"

문을 열자 안에 있던 일곱 쌍의 시선이 일제히 그녀에게 향했다. 박 사장과 나이 지긋한 두 노인, 젊은 부부, 어린아이 그리고 배낭 여행객으로 보이는 남자가 우지를 멀뚱멀뚱 쳐다보았다.

우지는 컨테이너 중앙, 커다란 테이블을 응시했다. 그 위에 가지각색의 밥공기와 반찬들이 줄지어 놓여 있었다.

"아, 오, 오셨군요."

박 사장이 자리에서 슬며시 일어나며 말했다.

좁은 컨테이너 안에 여덟 명이나 들어와 있으니 갑갑하게 느껴졌다. 우지는 뒤쪽에 놓인 간이 의자들을 살피다 말고 물었다.

"다 같이 먹는 건가요?"

박 사장은 어, 하며 애매하게 고개를 끄덕였다. 그러자 인상 좋은 노부인이 들고 있던 젓가락을 소리 내지 않고 내려놓았다.

우지는 노부인을 살폈다. 산장에 고립되어 심리적으로 불안한 상황임에도 차림새가 잘 정돈돼 있었다. 동그란 안경을 낀 작은 얼굴엔 교양 있는 사람의 고고한 태가 났다. 입고 있는 옷 역시 싸구려 같지 않았다. 노부인이 교양 있는 말씨로 부드럽게 대답했다.

"맞아요. 태풍이 들이닥치는 바람에 고장 난 것들이 많아서 어제부터 여기서 먹고 있어요. 얼른 밥 먹게 다른 가족들도 깨워서 와요."

노부인의 살가운 말투에도 우지는 떨떠름한 기분을 느꼈다. 배가 고프기도 했고, 다 모여 있으니 안심할 만도 했지만, 컨테이너 안의 분위기가 미묘하다는 게 신경 쓰였다.

우지는 일단 숙소로 돌아가 가족들을 깨웠다.

"일어나. 밥 먹자. 다 같이 식사 중이야."

민도가 힘겹게 일어났다.

"다?"

"응, 여기 머무는 사람들 다."

밥을 먹을 수 있다는 말에 재희도 구암도 금세 자리에서 일어났다.

우지를 따라 급히 나온 가족들은 관리동 안으로 쭈뼛거리며 들어섰다.

사람들은 이미 한창 식사 중이었다. 그들 사이에 갑자기 끼게 된 네 사람은 간이 의자를 끌고 와 소파 사이사이에 자리를 잡았다. 서로 허벅지가 닿을 만큼 비좁게 앉아 있었지만 누구도 불평하지 않았다. 음식 냄새와 사람들의 체취가 뒤섞였다.

민도는 소파 구석에 앉아 있는 젊은 남자를 흘끗거리며 놀란 표정을 지었다. 우지는 민도의 반응에 신경 쓸 여유가 없었다. 재희와 구암이 어색한 얼굴로 밥공기를 받았다. 처음 말을 걸었던 노부인이 싱글거리며 말했다.

"이거 다 사장님이 손수 차려주신 거예요. 세상에, 우린 복

받았지 뭐야."

"아이고, 그러셨구나. 정말 감사합니다."

재희가 넉살 좋게 말했다.

우지는 잘 익은 쌀밥을 떠 입에 넣었다. 이들이 어째서 이렇게 밥을 대접하는지 의도를 알 수 없었지만 그런 의문은 금세 지워졌다. 차진 쌀알을 어금니로 씹을 때마다 달콤한 맛이 퍼졌다. 민도는 어느새 한 그릇을 다 비우고 두 번째 밥공기를 기다렸다.

구암은 사람들을 슬그머니 둘러보곤 친화력을 끌어올려 상냥하게 인사를 건넸다.

"안녕하세요. 이것도 인연이네요. 저희 자리도 마련해주셔서 감사해요."

구암의 살가운 목소리를 듣던 노인이 상석에 앉은 박 사장을 가리켰다.

"감사 인사는 사장님한테 하세요. 상황이 이런데 밥까지 주는 사람이 어디 있어."

우지네 시선이 자연스레 박 사장에게 향했다. 그는 손님들에게 내어줄 고추장불고기를 그릇에 담고 있었다.

"드, 드, 드세요."

박 사장이 그릇을 테이블 위에 조심스레 내려놓았다. 매콤하게 맛있는 냄새가 코를 찔렀다. 고기 냄새에 정신이 팔린 민도가 얼른 고기를 집으려 하자, 노인이 손을 들어 말렸다.

그러면서 박 사장 쪽을 턱짓했다. 민도는 눈치를 보며 젓가락을 물렸다.

노부인이 일회용 그릇에 고기를 몇 점 담아 박 사장에게 건넸다. 그는 묵묵히 그것을 받고 마저 밥을 먹었다. 그 뒤에야 다른 이들이 식사를 계속했다.

우지는 아까 이질적이라고 느꼈던 미묘한 분위기를 읽었다.

내부엔 박 사장을 제외하고 총 여섯 명이 있었는데, 점잖아 보이는 노부부가 유독 박 사장과 친해 보였다. 그들의 반대편에는 어제 컨테이너에서 만났던 남자가 여자와 아이와 함께 앉아 있었다. 여자와 아이는 숲에서 보았던 모자가 분명했다. 세 사람이 가족인 듯했다. 여자는 아이를 수락이라고 불렀는데, 밥을 잘 먹는지 살피며 그 이름을 여러 번 불렀다. 아까부터 액션캠으로 밥 먹는 자신의 모습을 촬영 중인 20대 남자는 다른 사람들과 그리 가까운 사이는 아닌지 가만히 밥만 먹었다. 죽은 짐승을 가방에 넣고 다니던 여자는 보이지 않았다.

우지는 불쑥 물었다.

"모두 여기 온 지는 얼마나 되셨어요?"

사람들은 재난으로 인해 갑작스레 생존 동료가 돼버린 서로를 어색하게 응시했다.

가장 먼저 젊은 부부가 입을 열었다.

"저희는 여기 온 지 일주일 됐어요. 애 방학이라."

여자가 조심스레 말했다. 수락이라고 불린 아이는 이제 겨우 여섯 살 정도로 보였다. 여자가 수락의 어깨를 끌어안았다.

"애가 사고를 좀 치는 편이라, 혹시 이상한 일 벌이고 다녀도 이해해주세요. 이 애 아빠가 사업하느라 너무 바빠서 저 혼자 키우는 바람에 철이 덜 들었어요."

"사업 다 망했는데······."

수락이 또랑또랑한 눈으로 말했다. 수락 엄마의 얼굴에서 웃던 표정이 사라졌다.

수락이 눈을 크게 뜨고 물었다.

"엄마, 아빠가 사기 친 거 걸려서 이제 사업 다 망했다며. 왜 거짓말 쳐?"

찬물을 끼얹은 듯 정적이 흘렀다. 수락의 가슴에 달린 종이 명찰이 흔들렸다. 수락이 직접 만든 듯했다.

구암이 아이의 명찰이 예쁘다고 칭찬하며 아이에게 웃어주었다.

"수락아, 안녕? 아줌마랑 인사할까?"

"아줌마, 어떻게 제 이름 알았어요?"

수락이 눈을 동그랗게 뜨며 묻자 잔잔한 웃음이 내부에 퍼졌다. 경직된 분위기가 조금씩 풀어졌다.

조용히 수락의 옆에 앉아 있던 젊은 남자가 뒤늦게 입을 열었다.

"저는 유튜버 이리태예요. 여행 콘텐츠만 올리고 있죠. 이 산장에 온 지는 하루 됐고요. 구독자 추천으로 여기까지 오게 됐어요."

민도가 그 말을 듣고 아는 척했다.

"안 그래도 아까부터 계속 궁금했는데, 위험한 곳만 찾아서 여행 다니는 분 맞죠? 배 타고 여행 다니시다가 불법으로 어획하는 사람들도 잡고. 저 그 영상 진짜 재밌게 봤어요."

민도는 유명한 연예인이라도 만난 것처럼 흥분했다. 민도는 이리태의 구독자 수가 50만 명에 가깝고, 그가 공중파 출연 제의도 받았지만 거절했다는 사실, 국내와 해외를 자유롭게 넘나들며 위험한 곳을 헤매느라 중상을 입은 적도 있다는 것까지 모두 알고 있었다.

민도의 말이 이어질수록 이리태의 표정에서는 뿌듯한 기색이 감돌았다.

"절벽에서 캠핑하는 것도 봤어요. 저러다가 사고 나면 무슨 민폐냐고 하는 사람들도 있던데, 전 진짜 용감하게 보이더라고요. 저 채널 구독도 하고 있어요. 그런데 절벽 캠핑 이후로 동생분이……."

민도가 말을 잇다가 입을 다물었다. 이리태의 표정이 잠시지만 딱딱하게 굳었다.

우지는 이리태가 순간적으로 내비친 표정을 놓치지 않았다.

"네, 그건 좀 개인적인 이야기라서요. 죄송하지만……."

"아니에요, 제가 죄송해요."

민도는 어색하게 대화를 마무리했다. 하지만 이리태는 곧 평상시와 같은 표정으로 돌아와 민도의 어깨를 두드렸다. 마치 동생을 대하듯이.

이어서 이리태의 건너편에 앉아 있던 노부인이 마지막으로 자신들을 소개했다.

"우리는 은퇴하고 전국 여행 다니다가 여기가 워낙 예쁘다고 친구가 추천해서 오게 됐어요. 온 지는 닷새 됐나?"

"저희도 마찬가지예요."

우지가 이번에도 불쑥 말했다.

"저희도 추천받아서 여기 온 거예요. 할머니가 오고 싶어 하셨거든요."

어쩐지 여기에 자기 의지로 온 사람은 하나도 없어 보였다. 스스로 왔다기보다는 모두 어떤 이끌림을 받은 것처럼 보였다. 그런 공통점이 바로 느껴져서 우지는 당혹스럽기까지 했다.

수락이네도 그런지 궁금했지만, 그들은 동조하거나 하지 않고 잠자코 있었다. 수락 아빠의 시선이 노부부에게로 이따금 향한다는 것만이 조금 이상했다.

"어쨌든 저희가 가장 마지막에 왔군요."

재희가 말했다.

우지는 속을 좀 채워 여유가 생기자 사람들을 다시 한번 확인했다. 지금까지 봤을 땐 딱히 이상하거나 수상한 사람은 없어 보였다. 숲에서 봤던 여자가 안 보인다는 점만이 마음에 걸렸다. 우지는 그녀에 관해 물으려 했지만 박 사장이 입을 여는 게 더 빨랐다.

"이, 이, 이제 식사 마치셨으면 제가 위성 TV로 녹화해둔 마, 마, 마지막 뉴스를 공유해드리려고 해요."

박 사장의 음성은 덤덤했다. 모두가 곧바로 그의 말에 집중했다.

컨테이너 구석에는 조그만 TV가 놓여 있었다. 박 사장은 사람들이 TV를 잘 볼 수 있도록 각도를 조절했다. 모두의 시선이 TV 화면에 모여 있을 때 우지는 일부러 뒤로 물러나 컨테이너 안을 살폈다. 공간에 어울리지 않는 물건들, 이를 테면 보트 패들, 조리용 도구들이 두서없이 구석에 처박혀 있었다.

저 사장이란 사람은 이곳에서 사는 걸까? 여기서 얼마나 산 걸까? 우지는 공연히 궁금증이 일었다.

TV 전원이 켜졌다. 사람들의 시선이 뉴스 영상으로 쏠렸다. 기자의 음성이 컨테이너 철제 벽을 타고 울렸다.

"오늘 오전 아홉 시, 거센 태풍으로 인해 일부 지역에서 산사태가 일어나 도로 위의 여행객들이 고립됐습니다. 산 한쪽 면이 완전히 무너져 내릴 정도의 대규모 산사태는 4년 만에 처음으로, 주위에 민가가 자리 잡고 있었다면 큰 인명 피해가 일어났을 수도 있었습니다."

산사태로 엉망이 된 도로의 모습이 자료 화면으로 나왔다. 피해 현장을 한눈에 담기 위해 드론을 띄워 촬영한 영상을 보자 더욱 실감이 났다. 그동안 미디어에서 보았던 산사태와는 규모가 달랐다. 외국 토픽을 보는 듯한 착각이 들었다. 기자의 말처럼 산 한쪽이 완전히 주저앉아 커다란 바위와 토사가 부채꼴 모양으로 넓게 퍼져 있었다. 어찌나 높은 곳에서 찍는지, 근처에 모여 있는 구급차들이 마치 장난감처럼 보일 정도였다. 하루 이틀 복구 작업을 한다고 해서 해결될 일이 아니었다.

수락 엄마가 창백한 얼굴로 수락의 등을 끌어안았다.

"저기가 우리가 올라온 도로예요?"

"네. 외, 외부로 나, 나가려면 저, 저 길이 제일 안전한데……. 구, 구조가 느, 늦어질 거 같아요!"

"전문가들은 피해 상황을 정확히 파악하기 위해 노력 중이며, 지자체는……."

영상은 거기서 끊겼다. 박 사장은 더 볼 것 없다는 듯 TV를 껐다.

무거운 침묵이 컨테이너 안을 감돌았다.

"그래도 구조 헬기가 있으니 금세 저희를 찾아내지 않을까요?"

이리태가 말했다.

노부인이 고개를 흔들었다.

"그럴 수도 있지만, 지금 중요한 건 우리가 고립된 걸 아무도 모른다는 거 아니겠어요? 우릴 찾는 데 시간이 얼마나 걸릴지는 두고 봐야죠."

우지는 도로를 덮치던 산사태를 다시 떠올렸다. 소설이나 영화 속 장면이 아니었다. 노부인의 말처럼 구조까지 얼마나 걸릴지는 알 수 없었다.

박 사장은 침울해진 분위기가 어색했는지 괜스레 이를 드러내고 웃었다. 어리숙한 미소였다.

이리태가 다시 입을 열었다.

"그래도 지금으로선 여기가 근방에서 가장 안전한 곳일 거예요. 식수도 아직 남아 있고, 필요한 부대시설도 다 있잖아요?"

"박 사장 아니었으면, 우리가 여기서 이렇게 편히 못 있지."

노인이 공연히 박 사장을 띄웠다. 무뚝뚝한 얼굴이었지만 말투만큼은 박 사장을 신경 쓰는 기색이 묻어났다. 그는 노부인이 그렇듯 고급스러운 차림이었다. 복장이나 언행만 보아도 부유한 노년의 삶을 살고 있으리라는 게 저절로 느껴졌다.

노부인이 뭔가 더 말하려고 하자 노인이 그녀의 말을 가로막으며 또 박 사장 칭찬을 늘어놨다. 노부인은 남편에게 순종적인지 얌전히 입을 다물었다.

"얼마나 꼼꼼히 사람들을 챙기는지. 덕분에 이런 상황인데도 무섭지 않더라고. 안 그래요, 박 사장?"

과도한 칭찬에 기분이 좋아졌는지 박 사장이 볼까지 붉히며 밝게 웃었다.

"구, 구조대가 올 때까지 가, 같이 힘을 합쳐요! 그리고 새, 새로운 공지가 이, 이, 있는데요."

박 사장이 잠시 뜸을 들였다.

우지네 가족은 왠지 심상찮은 말이 나올 것 같아 서로 눈치를 살폈다. 노인은 이미 내용을 알고 있는지 자리에서 일어나 모두를 둘러보았다.

"박 사장이 말하는 게 불편할 수 있으니 제가 대신 전해드리죠. 평상시와 같은 상황이 아니니 산장에서 사용하는 비용을 좀 더 징수하겠다고 합니다."

그 말이 떨어지자마자 일제히 술렁거렸다. 노부인 또한 이 사실을 미리 알고 있었는지 그다지 놀라지 않는 눈치였다.

노인이 이어 말했다.

"참고로 산에 약수터가 있는데, 그 위치는 박 사장만이 알고 있습니다. 이곳에서 사용하는 물, 화장실, 발전기 기타 부대시설 이용비를 고려해서 산장 이용비를 추가로 하루당 200만 원씩 받을까 생각 중이라고 합니다."

"네? 200만 원이요?"

이리태의 눈이 화들짝 놀란 듯이 커졌다. 다른 이들도 잘

못 들은 게 아닌가 하는 표정들이었다.

노인은 황당해하는 반응을 무시하는 듯이 침착하게 덧붙였다.

"만약 산장 운영에 도움이 되고 싶다면 더 내셔도 상관없다고 하네요."

"그 정도 돈이 없으면요?"

다들 믿기지 않아 아무 말도 꺼내지 못하고 있는데, 구암이 태연하게 물었다.

"다른 분들은 모르겠지만, 저흰 그렇게 사정이 넉넉하지 않아요."

구암의 말에 조금도 틀림이 없었으므로 재희와 우지, 민도가 고개를 끄덕였다.

노인은 이번에도 막힘없이 대답했다.

"먹을 걸로 계산하는 것도 가능합니다. 구조대가 올 때까지 식료품을 구하기가 어려워졌으니까요."

"그럼 저희는 뭘 먹으라고요?"

노인의 말이 뻔뻔하게 느껴졌는지 반발심이 발동한 우지가 대뜸 반문했다.

"음식도 주실 수 없다면, 산장을 떠나시면 됩니다."

박 사장은 노인의 말을 제대로 이해한 건지 아니면 모르고 저러는 건지 멍한 얼굴로 웃음만 실실 흘렸다. 그가 한마디 더 거들었다.

"아, 아, 안 되시면 다, 다른 걸로 바, 받을 테니까 괘, 괜찮아요."

우지는 그의 말을 듣고 더 의아해졌다. 다른 걸로 받는다니, 대체 뭘 말하는 걸까?

초조해하던 재희가 입을 열었다.

"저, 혹시 제가 도와드릴 건 없을까요? 몸으로 할 수 있는 건 다 할 수 있는데요."

"특수한 기술이 있습니까? 예를 들어, 전 오랜 시간 의과대학 교수로 지냈습니다. 만약 위급 상황이 생긴다면 제가 여러분을 도와줄 수 있겠죠."

노인이 사무적으로 말하자 재희는 금세 주눅이 든 듯 입을 다물었다.

조용히 있던 민도가 불쑥 손을 들었다.

"근데 인터넷도 안 되는 곳에서 어떻게 돈을 내요? 다들 그만큼의 현금은 없을 텐데."

"인터넷이 복구되는 날부터 송금해주시면 되죠. 카드를 미리 맡기셔도 되고, 귀금속 같은 게 있다면 그것부터 내도 좋고요."

"그게 무슨 개소리야……."

우지가 저도 모르게 중얼거렸다. 구암이 들었는지 우지의 옆구리를 툭 쳤다.

상황을 지켜보던 노부인이 한 사람 한 사람 눈을 맞추며

둘러봤다. 그녀는 손가락에 끼고 있던 금반지 두 개와 역시 순금으로 보이는 목걸이를 그 자리에서 빼 박 사장에게 건넸다.

박 사장은 그걸 또 넙죽 두 손을 내밀어 공손히 받았다.

"가, 가, 감사합니다, 사모님!"

"여러분, 빚을 내서라도 살아야죠. 막말로 며칠 안에 구조대가 안 오면 어쩌려고요? 여기서 내쫓기면 산에서 하루라도 버틸 수 있을 거 같아요?"

시범을 보인 노부인의 말에 사람들이 애꿎은 바닥을 눈으로 훑었다.

누구 하나 선뜻 나서지 못하는데, 가만히 지켜만 보던 이리태가 피식, 실소부터 흘리며 입을 열었다.

"맞는 말이긴 한데요. 저는 그냥 여기서 나갈게요."

"나, 나, 나가요? 왜?"

"왜긴요. 숙소도 그저 그런데 추가금이라니, 말이 안 되잖아요. 화분 하나 덜렁 놓고 감성 챙기려고 하면 넘어갈 줄 알았나 본데, 됐어요. 가끔 생존 신고나 하러 올 테니까 인사만 해주세요."

그는 조금 전의 서글서글한 웃음기는 모두 거둔 채였다. 이리태는 미련 없이 자리에서 일어섰다.

민도가 그를 따라 컨테이너 밖으로 나갔다. 우지도 자리에서 일어났다.

"다른 데서 고민 좀 하고 오지?"

우지는 재희와 구암 쪽을 보며 말했다. 일단 여기서 벗어나야 할 듯싶었다. 괜히 뭉개고 있어 봐야 무슨 수가 생길리 없었다.

그때 재희가 무슨 생각이 든 건지 박 사장의 손을 덥석 붙들었다.

"저, 지금 말하기가 좀 뭐하긴 한데. 혹시 김영옥 씨라고 아세요? 저희 어머님인데, 사장님 어머님이랑 친하다고 하셔서 저희가 여기 예약한 거거든요."

"어, 어, 엄마랑요?"

박 사장이 큰 눈을 깜빡였다.

"어, 어, 엄마랑? 우, 우리 어, 엄마 죽었는데."

"네?"

"어, 엄마 죽었어요. 어, 어, 엄마 죽었는데?"

"아, 저 죄송합니다."

엄마라는 말에 과민하게 반응하는 걸 보고 재희가 얼른 손을 내저었다.

"우리 엄마! 엄마, 엄마! 엄마, 죽었는데!"

마치 엄마가 사망한 걸 이제 알았다는 듯 박 사장이 불안에 떨며 자기 머리를 툭, 툭 치기 시작했다. 머리를 때리는 속도가 조금씩 빨라졌다.

"엄마, 엄마, 엄마!"

"사장님, 사장님 왜 이러세요?"

재희가 허둥지둥 박 사장의 양팔을 붙들었다. 노인도 다가들어 그의 어깨를 두드렸다.

"박 사장, 박 사장. 진정해. 자, 숨 깊게 들이쉬어요."

"네, 네!"

박 사장은 스위치가 꺼진 장난감처럼 온몸을 축 늘어지게 구부렸다가 곧 제정신이 들었는지 슬며시 숙였던 고개를 들었다.

잠시 정적이 이어졌다.

공황 같은 증세를 보고 나자 다들 뜨악해진 표정이었다. 어색한 분위기가 컨테이너 안을 맴돌았다.

구암과 재희는 결국 몸을 일으켰다. 컨테이너에 계속 앉아 있는 건 박 사장의 제안을 받아들인 다섯 명, 수락이네와 노부부뿐이었다.

"일단 가지고 있는 돈은 이게 전부니까 몇 시간이라도 머물게 해주세요."

재희도 지갑에 있는 현금 20만 원을 모두 꺼내 박 사장에게 건넸다.

이마에 땀방울이 맺힌 채로 박 사장이 돈을 받으며 고개를 꾸벅 숙였다. 조금 전까지 발작을 일으키던 사람이라곤 믿을 수 없을 만큼 평온한 표정이었다.

구암은 컨테이너 밖으로 나오자마자 코웃음을 쳤다.

"뭐, 200만 원? 저 새끼 저거 미친 척 연기하는 거 아냐? 저런 양아치 같은 놈이 사장인 줄 알았으면 여기로 안 왔지. 어쩐지 밥 내줄 때부터 수상하더라!"

"말 좀 조심해. 다 듣겠어."

재희가 소리를 낮추라고 워워, 하며 달래듯이 말했다. 그래도 구암은 계속해서 툴툴거렸다.

뒤따라 걷던 우지는 문득 멈춰 서서 한곳을 주시했다. 가장 아래 있는 숙소 앞에서 이리태와 민도가 합심해 짐을 챙기고 있었다. 이리태는 혼자 온 것치곤 짐이 많았다. 그의 숙소 앞엔 커다란 지프 차량이 주차되어 있었다.

"우리도 저 사람 따라서 나갈까?"

우지가 시선을 고정한 채 말했다. 이리태의 차라도 얻어 타는 것이 여길 빠져나갈 유일한 방법인지도 몰랐다.

재희는 단번에 고개를 저었다.

"또 나갔다가 무슨 일을 겪으려고. 오늘은 그냥 쉬어. 어차피 할머니 시신 수습해야 해서 우리는 다른 데로 못 가."

이리태를 돕고 있던 민도가 컨테이너에서 나온 가족을 발견하고 우지에게 다가왔다.

우지가 먼저 말을 꺼냈다.

"이리태 쟤는 어디 있을 거래?"

"무슨 일 있으면 반대편 숲으로 오라던데? 자기 거기서 야영할 거라고. 사장이 정신 나갔다더라."

"맞는 말 하네."

옆에서 듣던 구암이 맞장구쳤다.

때마침 이리태의 지프에 시동이 걸렸다. 그는 곧 입구 쪽 비탈길로 출발했다. 운전석 창문이 열리며 이리태가 손을 흔들자 민도 역시 친한 사람 대하듯 인사했다.

차가 멀어지는 걸 지켜보다 재희가 먼저 앞장서 숲으로 향했다.

"일단 너희는 산장에서 쉬고 있어. 아빠는 할머니 좀 살피고 올 테니까."

"당신 혼자 거기를 어떻게 가."

걱정이 됐는지 구암이 재희를 말렸다. 지금 자신들이 있는 산장이 안전한 곳인지도 확신이 안 서는데, 산장을 벗어나면 무슨 일이 생길지는 더더욱 알 수 없었다. 어제 본 그 괴상한 짐승은 이제 헛것에 불과한 양 치부되고 있지만, 그런 걸 또 만나지 않는다는 보장도 없었다.

구암이 재희를 다시 한번 말리려는데, 민도의 주머니에서 크게 알람 소리가 났다.

깜짝 놀란 민도는 얼른 주머니에 손을 넣어 휴대폰을 꺼냈다. 화면 상단에 떠 있던 통화권 이탈 표시가 사라졌다 나타나길 반복했다. 민도가 휴대폰을 허공 높이 들어 올렸다.

"엄마, 엄마 이것 좀 봐."

"왜?"

구암이 민도의 손을 붙들었다.

"112, 아니 119. 빨리!"

구암이 급한 마음에 민도의 휴대폰을 낚아챘다. 하지만 구암이 들여다본 순간 휴대폰은 다시 통화권 이탈 상태로 돌아갔다. 그녀의 입에서 탄식이 흘러나왔다.

우지도 실망하긴 마찬가지였지만 그래도 어쩌면 119에 신고할 수 있을지도 모른다는 희망이 생겼다. 결심이 섰는지 우지가 재희를 보고 말했다.

"나도 같이 갈 테니까 기다려. 옷이라도 좀 갈아입고 올게."

"그럼 나도 갈래, 누나."

"저 사람들 얘기하는 거 못 들었어? 먹을 게 없다잖아. 우리가 다 자리 비우면 금세 우리 먹을 거 훔쳐서 달아날걸?"

우지가 컨테이너 쪽을 의심에 찬 눈으로 보며 말했다. 곧장 구암이 거들었다.

"네 누나 말이 맞아. 우리한테 왜 밥을 주나 했더니 미안하게 만들려는 거 아냐. 빚을 지운 거지."

민도는 걱정스러운 표정이었지만, 구암을 혼자 산장에 두는 것도 내키지 않는 듯했다. 떨떠름한 표정으로 알았다는 듯 양손을 들어 보였다.

우지는 숙소로 가기 전에 민도에게 물었다.

"그런데 아까 네가 이리태한테 말하려던 건 뭐야?"

"아, 그 동생?"

"동생이 왜 어떻게 됐어?"

"그게…… 몇 개월 전에 친동생이랑 절벽에서 캠핑하다가 동생이 죽었거든. 그것 때문에 구독자도 많이 빠지고, 본인도 되게 힘들어했어."

그런 사연이 있었구나……. 안타까워하던 우지는 문득 딱딱하게 굳은 이리태의 표정을 떠올렸다. 그래서 더 위화감이 들었다. 가족의 죽음이 언급되면 보통은 슬픈 표정을 지을 텐데, 이리태의 표정은 왜인지 모르게 공격적인 느낌이었다. 어쩌면 이 일로 많은 오해와 상처를 받았는지도 몰랐다.

재희가 우지를 재촉했다.

"다녀오려면 얼른 다녀와. 이러다가 금세 해 떨어져."

"알았어. 여기서 기다려."

우지는 비탈길을 천천히 올랐다. 인기척에 뒤돌아보니 관리동에서 나온 수락이네와 노부부가 각각 숙소로 돌아가는 것이 보였다. 가장 아래 있는 숙소에는 조금 전 떠난 이리태가 머물렀고, 그 위쪽에는 수락이네가, 그 옆에는 노부부가 머무는 모양이었다.

우지는 가장 높은 곳에 있는 3호실 옆의 또 다른 숙소를 응시했다. 숲에서 만난 여자가 머무는 곳이라고 짐작했다. 그래서 옷을 갈아입고 나와서 재희에게 가기 전에 옆 숙소로 먼저 갔다. 혹시 어젯밤 오는 길에 휴대폰을 보았느냐고 물어볼 생각이었다.

그리고 하나 더 확인할 게 있었다. 자신들처럼 그 숲속의 기이한 것들을 보았느냐고도 물어보고 싶었다.

우지는 숙소 문을 두드리며 목소리를 높였다.

"저기요, 거기. 잠시만요."

아무런 기척도 돌아오지 않았다. 우지는 망설이다 혹시나 해 문고리를 돌렸다. 그러자 안쪽에서 갑자기 문을 확 열어 젖혔다.

"뭐예요?"

까칠한 목소리였다. 어제 숲에서 만났던 그 여자가 맞았다. 여자도 우지를 보고 알은체했다. 그렇지만 우지만큼이나 그녀도 거북해 보였다.

"그쪽이었구나. 그런데 무슨 일이에요?"

여자가 대뜸 퉁명스럽게 반응하자 우지도 떨떠름하게 물었다.

"혹시 어제 숲에서 휴대폰 못 보셨어요?"

"아, 보긴 봤어요. 안 그래도 누가 떨어뜨렸나 했는데."

"그거 제 건데 떨어진 위치를 몰라서요."

사실 어제 봤던 이상한 짐승 때문에 아무리 낮이라 해도 혼자 숲에 들어가고 싶지 않았다. 하지만 막상 짐승 이야기를 꺼내려고 하니 입이 안 떨어졌다.

여자는 잠시 생각에 잠겼다가 손을 내밀었다.

"알려주는 대신 먹을 것 좀 줄래요."

"네?"

"음식 좀 나눠달라고요. 산에서 사냥해 먹기 지치니까."

우지는 어제 여자의 가방에 들어 있던 동물 사체를 떠올렸다. 이 여자는 먹을 게 벌써 떨어졌는지 정말로 산속의 동물들을 사냥해 연명하고 있던 모양이었다. 우지는 조금 고민하는 척하다 고개를 살짝 끄덕였다.

"먹을 거 나눠줄게요. 대신 휴대폰 꼭 찾아주세요."

조금 전 민도의 휴대폰이 잠시나마 통화할 수 있는 상태가 됐던 걸 보면 분명 또 비슷한 기회가 찾아올 것이었다. 휴대폰이 있어야만 기회를 놓치지 않을 수 있었다.

여자는 그야말로 바라던 것이었기에 흔쾌히 우지의 부탁을 받아들였다.

우지는 여자와 함께 재희가 있는 쪽으로 내려왔다. 재희가 누구냐며 눈짓으로 물었다.

"이분이 내 휴대폰 어디 있는지 아신대. 같이 숲으로 가자."

"안녕하세요."

여자가 먼저 인사했다. 구암과 민도가 수상쩍은 눈을 하고 여자를 보았다.

"무슨 일 있으면 얼른 돌아와."

구암이 여자가 듣는 줄 알면서도 큰 소리로 말했다.

우지는 고개만 끄덕였다. 재희가 먼저 숲을 향해 걷자 우지와 여자가 그 뒤를 따랐다.

"사장한테 숙박료 이야기는 들었어요?"

"전 예외예요. 약수터 위치 처음 알아낸 사람이 저거든요."

그렇다면 물이 있는 곳을 아는 사람은 박 사장만이 아니었다. 노인이 거짓말을 한 것이었다. 괘씸한 감정과 더불어 여자가 이곳에서 며칠을 버티는 데 꽤 도움이 될지도 모른다는 생각이 들었다.

"휴대폰 떨어진 데는 여기서 멀어요?"

우지가 물었다.

"아니, 금방이에요. 지름길로 갈 거니까."

여자는 숲길을 걷다 말고 길도 제대로 나지 않은 덤불 쪽으로 들어섰다.

도구 없이 맨몸으로 헤치며 나아가기에는 수풀이 너무 빽빽하게 자라 있었다. 우지는 거의 허리까지 자란 잡초들을 밀치며 걷다 말고 멈춰 섰다.

"뭐 해요? 얼른 따라오지 않고."

"......"

여자가 가려는 길은 몹시 어두워 보였다. 아무리 식량을 걸고 안내하는 거라지만 순순히 앞서 길을 잡고 대동해준다는 게 꺼림칙했다. 공연히 어제 만난 게 맞는지도 이제는 확신하기 어려운 짐승이 떠올라 오소소 소름이 돋았다. 우지는 여자의 반응을 떠보았다.

"생각한 것보다 길이 험하네. 그냥 혼자 다녀올래요? 난 여기서 기다릴 테니까."

여자는 황당하다는 듯 표정을 구겼다. 답답해하며 자신을 믿지 못해 그러냐는 듯 뭐라고 말하려는데, 멀리서 헬리콥터 소리가 들려오기 시작했다.

우지는 재희와 눈을 마주쳤다. 두 사람의 얼굴 위로 환희가 떠올랐다. 프로펠러 소리가 점차 커지더니 헬리콥터의 배 부분이 머리 위로 보였다.

재희가 본능적으로 두 손을 높게 들고 소리쳤다.

"여기요! 여기 사람 있어요!"

"거기 멈춰!"

우지도 팔을 흔들며 헬리콥터를 뒤쫓았다.

"아빠는 빨리 할머니 쪽에 가 있어! 구조대가 또 있을 거야!"

어느 한쪽이라도 구조대와 접촉할 수 있게 경우의 수를 늘려야 했다.

재희는 잠깐 망설였지만 딸이 시키는 대로 할머니의 시신이 있는 쪽을 향해 달렸다.

우지의 다리 위로 덤불이 스쳤다. 나무 그림자 때문에 주위가 어두워졌다. 터널을 지나듯 나무숲을 넘어서자 놀랍게도 탁 트인 공터가 드러났다.

우지는 아직 시야를 벗어나지 않은 헬리콥터를 보며 양팔을 휘둘렀다.

"여기요! 여기!"

헬리콥터의 고도는 그다지 높지 않았다. 충분히 지상의 사람을 육안으로 식별할 수 있을 정도의 높이였다. 그 정도로 낮게 날고 있었지만 헬리콥터는 어떤 신호도 보내오지 않았다. 오히려 점점 고도를 높이면서 저 건너편 숲을 향해 날아갈 뿐이었다.

우지는 어떻게든 헬리콥터를 계속 쫓아가려고 했으나 여자가 와락 팔을 붙들었다.

"우리가 여기 있는 걸 알았으면 진작 내려왔을 거예요. 거기다 저쪽은 경사가 심한 비탈길이라 위험해요."

"이거 놔. 여기요! 여기 사람 있다고요!"

실랑이를 하는 사이 헬리콥터는 빠르게 날아 어느새 시야에서 완전히 사라졌다.

우지는 허망한 얼굴로 주저앉았다. 하늘 위에서 여전히 헬리콥터 소리가 나는 것처럼 환청이 들렸다. 아무것도 없는 빈 하늘에서 눈을 뗄 수가 없었다. 지쳐버린 나머지 절망적으로 고개를 떨어뜨렸다.

그런데 덤불 틈으로 누군가의 은신처 같기도 한 간이 텐트 하나가 세워져 있는 게 보였다. 헬리콥터에 정신이 팔려 미처 보지 못했는데 이제야 시야에 들어온 것이었다.

"여기서 기다려요."

여자가 말했다. 그녀는 메고 있던 가방을 바닥에 내려놓곤 간이 텐트로 다가갔다.

익숙한 동작으로 텐트를 열어 상자를 하나 꺼내 가져왔다. 온갖 잡동사니들이 들어 있었다. 찌그러진 셔틀콕, 분홍색 테디베어, BB탄 총알, 오래된 책들까지. 휴양지에나 버려져 있을 법한 물건들이 가득했다. 그 틈으로 우지의 휴대폰이 보였다.

여자가 그것을 꺼내 우지에게 건넸다.

"받아요."

우지는 휴대폰을 건네받은 뒤에도 상자에서 눈을 떼지 못했다.

"이게 다 뭐예요? 제 휴대폰 훔쳤던 거예요?"

"훔친 게 아니라 모아둔 거죠. 언젠가 쓸 수도 있으니까. 아까 봐서 알겠지만 여기 산장에 머무는 사람들, 날이 갈수록 이상해지고 있거든요."

헬리콥터가 사라진 방향으로 가는 길에 자신의 텐트가 있었던 거라며 여자는 뻔뻔한 얼굴로 말했다.

속은 듯한 기분이 들었다. 우지가 자리를 박차고 일어나 텐트로 다가갔다.

"그럼 이 텐트는 뭔데요?"

"동생이 세워둔 거예요. 원래 걔는 캠핑을 더 좋아하거든요. 그런 애가 이 산장을 왜 추천했는지는 모르겠지만……."

"동생이면, 친동생?"

"네, 어젯밤 태풍이 불 때 나갔다가 지금까지 안 돌아오고 있어요."

동생이 실종 상태라고 말하는데도 여자의 표정은 덤덤했다.

"말이 나온 김에 부탁도 드릴게요. 여동생이에요. 혹시 제 또래 여자가 보이면 꼭 알려주세요."

우지는 어렵지 않게 사고가 나기 전에 산길을 쫓기듯 홀로 걷던 젊은 여자를 떠올렸다. 그 여자가 차를 쫓아온 것도, 산사태에 떠밀려 사라지던 모습도 조금 전에 겪은 일처럼 생생했다. 하지만 확실하지도 않은 사실을 말해 공연한 기대를 갖게 할 수는 없었다.

여자가 다시 상자를 텐트에 넣는 사이 우지는 휴대폰을 살폈다. 여전히 통화권 이탈 상태였다.

허탈해진 우지는 휴대폰을 주머니에 넣으며 고개를 절레 절레 저었다.

"어쨌든 돌려줘서 고마워요."

우지가 건성으로 인사를 했다.

"그쪽 이름은 뭐예요?"

여자가 불쑥 물었다. 우지는 잠시 주저했다.

"최우지요."

"몇 살인데요?"

"스물셋이요."

여자는 어깨를 으쓱이며 말을 놓았다.

"난 세오라고 부르면 돼. 스물일곱이니까 말 놓을게. 너도 편하게 말해."

세오는 그렇게 저 혼자 결정하고 나서는 다시 덤불을 헤쳐 걷기 시작했다.

우지는 조금 거리를 두고 세오를 뒤따랐다. 언니라고 불러야 했나 싶었지만 썩 내키지 않았다. 세오도 호칭에 신경 쓰지 않는다니 다행이라고만 여겼다.

덤불에서 빠져나와 재희가 먼저 간 갈림길에 들어서려는데, 먼 곳에서 비명이 들려왔다. 재희의 목소리였다.

세오의 표정이 창백해졌다.

"내 동생도 사라지기 전에 저렇게 비명을 질렀어."

세오의 말이 떨어지자마자 우지는 서둘렀다.

재희의 비명은 시시각각 더 분명해지고 있었다. 우지의 빨라진 발걸음이 어느새 달음박질로 바뀌었다.

한참을 뛰던 우지는 얼마 가지 않아 망가진 차를 발견했다. 재희는 그 너머에서 절규하고 있었다.

"엄마, 엄마!"

재희가 통곡을 하듯이 울었다. 우지는 휘청거리다 바닥에 주저앉았다. 안 그래도 끔찍한 모습으로 죽은 할머니는 그 시신마저 산산이 조각나 사방으로 흩어지고 말았다. 거대한 짐승이 물어뜯기라도 한 듯, 비참하게.

* * *

할머니의 갈기갈기 찢어진 시신 앞에서 아들과 손녀가 비
탄에 빠져 있을 때, 숙소에서 머물고 있던 민도는 누군가가
문 앞을 서성이는 기척을 느꼈다.

구암은 피곤이 누적된 탓인지 그사이 1층 소파에서 곤하
게 잠들어 있었다. 민도는 홀로 현관 앞에 섰다. 조심스레 문
을 열자 가장 먼저 박 사장의 얼굴이 보였다.

"자, 자, 잠시 이야기 좀 해요!"

그의 뒤로는 수락이네 가족과 노부부가 함께 조급한 표정
들을 짓고 서 있었다.

민도는 본능적으로 문손잡이를 잡은 손에 힘을 주었다.
문을 조금만 연 채 경계심 어린 눈빛으로 그들을 번갈아 보
았다.

"무슨 일이시죠?"

"관리동으로 가서 잠깐 이야기하는 거 어떠세요?"

수락이 아빠가 친근하게 굴며 물었다. 다분히 가식적이라
는 게 빤하게 느껴졌다.

사람들 소리를 들었는지 구암이 잠에서 깨어났다.

"무슨 일이야? 누구 왔어?"

구암이 소파에서 내려와 민도 곁에 붙어 섰다. 문틈으로 박 사장과 투숙객들이 모두 몰려와 있는 것을 보고서 무슨 일인지 몰라도 분위기가 좋지 않았다는 걸 눈치챘다. 구암이 민도를 두고 혼자만 문밖으로 나가 그들 앞에 섰다.

"할 말 있으면 여기서 하시죠? 왜, 이제 나가라고? 퇴실 시간 되려면 한참 멀었는데? 하루는 돈 낼게요. 내면 될 거 아니야."

"그게 아니라 부탁드릴 게 있어서 왔어요."

수락 아빠가 우물쭈물하며 말했다. 그가 숙소 안으로 시선을 돌렸다. 뒤에 있는 이들 역시 안쪽을 집요하게 응시했다.

민도는 그들의 시선이 어디로 향하고 있는지 알아차렸다. 부엌이었다. 수락 엄마가 구암의 손을 덥석 붙잡았다.

"왜 이러세요?"

구암이 흠칫하며 몸을 뒤로 물렸다. 수락 엄마는 구암의 손을 놓지 않았다.

"저희가 원래 오늘 집에 돌아가는 날이라, 먹을 게 하나도 안 남았거든요. 애 먹을 거라도 좀 주시면 안 될까요? 돈이라면 얼마든지 드릴게요."

수락 엄마는 당장이라도 울 듯 간절하게 굴었다. 뒤에 있던 노부인도 거들었다.

"우리도 하루 이틀 먹을 것밖에 안 남았어요."

구암은 수락 엄마의 손을 슬며시 뿌리쳤다.

"돈은 무슨, 그 돈 지금 어디에 쓴다고. 우리 먹을 것도 없어요. 사장님이 차려준 거 보니까 먹을 게 많은 거 같던데, 사장님한테 부탁하시든가."

노부인이 사람 좋게 웃으며 구암에게 슬며시 다가왔다.

"그거 우리가 다 같이 모은 재료로 만든 마지막 만찬이었어요. 고기도 사장님이 준비한 거고, 우리는 풀밖에 없었어."

"그래서요?"

"근데 이제 사장님도 아무것도 없다잖아. 우리도 죽은 딸한테 인사라도 하려고 여기까지 온 건데, 애 식사라도 한번 차려주게 좀 도와주면⋯⋯."

그 순간 옆에 있던 노인이 들으라는 듯 소리쳤다.

"지금 무슨 소릴 하는 거야? 쓸데없는 소리는 왜 해!"

노인의 호통에 노부인이 머쓱한 얼굴로 입을 다물었다.

구암은 이때다 싶어 목소리를 높였다.

"아까도 이상한 소리만 골라서 하시더니만⋯⋯. 지금 우리가 죽을 판인데 죽은 사람한테 제사상을 왜 차려줘요? 당신들 미친 거 아냐?"

그 말에 노인의 얼굴이 무섭게 굳었다.

"하기야, 죽은 자식 얼굴 보고픈 마음을 알 리가 없겠지. 그런데 적어도 먹었던 것만큼은 베풀어야 하지 않나? 양심도 없게."

구암이 눈을 치떴다.

"뭐, 양심? 지금 말 다 하셨어요?"

"우리 딸이 진짜 공부도 잘하고 착했거든요. 진짜 우리는 그 애 얼굴 한 번만 더 보려고 여기까지 온 건데…… 응? 한 번만 어떻게 안 될까?"

노부인이 구암의 손을 덥석 쥐었고 구암은 더욱 세차게 뿌리쳤다. 조금씩 분위기가 흥분에 휩싸였다. 이상하게도 말도 안 되는 욕심을 부리는 쪽은 점점 구암이 되어갔다.

심상찮은 분위기를 가라앉히려고 나선 건 뜻밖에도 박 사장이었다. 그는 말을 더듬으며 손을 저었다.

"고, 공짜 아니에요! 야, 약간이라도 머, 먹을 걸 주면 조, 좀 더 머무르게 해줄게요!"

문 안쪽에서 상황을 지켜보던 민도가 어이없다는 표정으로 고개를 내밀었다.

"그럼 저희 음식이 모두 떨어진 뒤에는요? 그때는 다시 돈 받으시게요?"

"그, 그건……."

박 사장이 말문이 막히는지 망설이는 사이, 민도는 더 강하게 밀어붙였다.

"어제 보니까 컨테이너에 냉장고도 크게 있던데, 사장님한테 음식 없다는 게 맞긴 해요?"

아들이 당당하게 맞서자 구암도 다시 기세등등해졌다. 그녀는 해볼 말 있으면 해보라는 듯 박 사장을 노려보았다.

"그래, 아주 사람 죽여서 넣어도 될 크기던데. 어디서 아무 것도 없는 척이에요?"

이쪽저쪽 눈치를 살피던 수락 엄마가 아유, 하며 손을 내 저었다.

"거기 있는 건 이제 산나물이랑 조미료가 다예요. 그거 가 지고는 여기 있는 사람들 전부 못 버텨요."

"그 말을 어떻게 믿어요?"

구암이 다시 맞받아쳤다. 박 사장이 슬그머니 몸을 돌렸다.

"따, 따라오세요. 지, 직접 보여드릴게요."

이렇게까지 해야 하나. 구암을 바라보는 수락이네 가족과 노부부의 시선이 따가웠다. 그들의 눈빛에 구암은 잠시 주 춤했지만, 어차피 이렇게 된 거 확인이라도 하자는 심정으 로 박 사장을 따라나섰다.

"민도, 넌 여기서 집 지키고 있어."

"엄마."

"말 들어."

구암은 민도가 숙소의 문을 닫는 것까지 확인하고 나서 홀로 박 사장의 뒤를 따랐다.

태풍은 멎은 듯했지만 하늘에는 여전히 먹구름이 가득했 다. 구암과 박 사장 그리고 산장 투숙객들은 곧 컨테이너에 도착했다. 인적 없는 내부는 어제와 달리 을씨년스러웠다.

"자, 보, 보세요."

박 사장이 냉장고 문을 열었다. 코드를 아예 뽑아둔 건지 냉기가 전혀 느껴지지 않았다. 냉장고 안은 생각했던 것보다 더 허전했다. 위부터 아래까지 들어 있는 것이라곤 종류를 알 수 없는 풀들과 버섯 다발, 소금과 후추가 전부였다.

이 정도였나, 하는 실망한 구암의 표정을 읽고 수락 엄마가 간곡히 말했다.

"이런 것들만 먹었다간 모두 쓰러질 겁니다. 아이랑 나이 드신 분들만이라도 챙겨주세요."

"그럼 얼마나 여기서 더 머물게 해줄 건데요?"

구암이 횡한 냉장고에서 눈을 떼지 않은 채 물었다. 박 사장은 구암의 말이 끝나자마자 얼른 대답했다. 이 기회를 놓치면 안 되겠다는 필사적인 심정이 느껴졌다.

"하, 하루, 아니, 이, 이틀 정도는 더……."

박 사장이 조급해하며 말했다. 구암은 싸늘한 눈으로 박 사장을 보았다.

"말도 안 되는 소리 하지 말아요. 그래도 상황이 딱해 보이긴 하니까 가서 가족들이랑 상의는 해볼게요."

구암은 차갑게 말하고서 주저 없이 돌아섰다.

노부인이 안도하는 듯한 말투로 구암의 등에 대고 말했다.

"고마워요. 그럼 이따 저녁에 다시 찾아뵙겠습니다."

뒤이어 등 뒤에서 수락 아빠가 버럭 욕하는 소리가 들렸다. 그러거나 말거나 구암은 돌아보지 않았다. 사람들이 양심이 없네! 구암이 투덜거리며 숙소로 향했다.

기다리고 있던 민도가 조바심을 내며 물었다.

"아까 그 사람들은?"

"일단 시간 좀 벌어놨어. 저녁에 다시 오겠대."

구암이 피곤한 표정으로 대답했다.

"사장이랑 이야기하고 왔는데, 노인이랑 애한테만이라도 먹을 거 나눠주면 여기서 이틀 더 공짜로 머물게 해주겠대."

민도의 낯빛이 어두워졌다.

"그 사람들한테만 어떻게 나눠줘. 그리고 그 셋한테만 나눠줘도 우리는 하루에 한 끼 겨우 먹을걸."

"맞아. 차라리 다시 차 있는 데로 돌아가고 말지."

구암의 말을 듣고 곰곰이 생각하던 민도가 자리에서 일어나 아이스박스를 챙겼다.

"너 뭐 해?"

"엄마야말로 뭐 해. 빨리 짐 싸. 차라리 다시 차로 돌아가자. 아무래도 저 사람들 이상해."

민도가 빈정거리듯이 말했다.

"적어도 먹을 것만이라도 감춰두는 게 낫지 않겠어?"

"그러다가 구조대가 오면?"

"구조대가 안 올 수도 있잖아. 내가 게임에서 많이 봐서 알아. 이러다가 갑자기 약탈이 일어나면 위험해지는 건 우리야."

구암은 그게 무슨 말이냐며 농담이라도 들은 것처럼 웃었지만 민도의 표정은 진지했다.

구암은 민도를 올려다보며 잠시 고민하다가 차가 있는 곳으로 우선 아이스박스를 들고 가자는 아들의 의견을 받아들였다. 어차피 거기엔 재희와 우지가 있을 테니, 같이 할머니의 시신을 수습하고 앞으로 어디에 머무를지 고민해보는 것도 나빠 보이지 않았다.

민도는 음식들을 아이스박스에서 전부 꺼내 백팩 두 개에 나눠 넣었다. 그리고 구암과 사이좋게 하나씩 멘 다음 한동안 바깥을 살피다가 조용히 산장을 나섰다.

산장 입구를 막 벗어나려 할 때 길 한쪽에서 수락이 불쑥 나타났다.

"형아, 아줌마, 어디 가요?"

수락이 주먹을 꼭 쥔 채 천진난만하게 물었다.

민도는 괜히 죄지은 사람처럼 주위를 살폈다. 수락의 부모는 어디로 간 건지 보이지 않았다. 자신들을 감시하고 있다가 말릴 거라 예상했던 박 사장도 없었다.

구암은 아이를 그냥 못 본 척 지나쳤다. 민도 역시 더 이상 아이에게 관심을 주지 않았다. 하지만 수락은 민도와 구암이 산장을 벗어나 숲으로 들어갈 때까지 둘의 뒤를 종종거리며 쫓아왔다. 참다못한 구암이 멈춰 섰다.

"너 엄마한테 돌아가. 괜히 오해받기 싫으니까."

구암이 허리에 손을 얹고 겁을 주듯이 말했다. 민도도 수락을 향해 손을 내저었다.

"따라오지 마."

"엄마가 아줌마랑 형 따라가랬는데."

수락이 지금 아주 착한 일을 하고 있다는 듯이 말했다.

구암과 민도는 말없이 시선을 주고받았다. 생각지도 못한 답변이었기 때문이다. 엄마가 아이한테 그런 걸 시킨다고? 둘 다 그런 반응이었다.

민도가 괜히 주위를 한번 둘러보곤 수락에게 속삭였다.

"이대로 계속 따라오면 너 영원히 엄마랑 아빠 못 봐. 평생 우리랑 살래?"

수락은 아무 대답도 하지 않았다. 새카만 눈으로 민도를 가만히 올려다볼 뿐이었다.

민도는 고개를 가로저으며 걸음을 옮겼다.

눈치가 있는지 수락은 더 이상 따라오지 않았다.

먼저 출발한 구암을 따라가던 민도는 금세 찜찜하다는 듯 멈춰 섰다. 이내 뒤돌아 수락에게 다시 다가갔다. 민도는 가방을 뒤져 이번에도 가만히 올려다보기만 하는 수락에게 사탕 하나를 건넸다.

"이거 먹어. 그리고 엄마 아빠한테 돌아가."

수락은 말 잘 듣는 아이처럼 고개를 끄덕였다.

민도는 그제야 조금쯤 안심하고 서둘러 구암의 뒤를 따라갔다.

구암과 민도는 지난밤 한 번 왔던 기억을 더듬어 길을 찾았다. 두 사람은 어느새 깊은 숲으로 접어들었다.

"그런데 이 길 맞아?"

"엄마는 그새 까먹었어? 이쪽이잖아."

그때 먼 곳에서 재희의 울부짖는 소리가 들렸다.

구암과 민도는 소리가 들린 방향으로 조금씩 뛰기 시작했다. 예감이 좋지 않았다.

* * *

"엄마, 우리 엄마. 엄마, 불쌍해서 어떡해!"

우지는 울부짖는 재희를 먹먹한 심정으로 바라보다 간신히 자리에서 일어섰다. 조각난 할머니의 시신에 눈길을 주었다가 차마 계속 보지 못하고 눈을 돌렸다. 욕지기가 밀려왔다. 이대로 여기 계속 있다간 먹은 걸 모두 게워낼 것 같았다.

여행을 떠난 이후 뭐 하나 마음대로 되는 일이 없었다. 실은 살면서 내내 그래왔으니 지지부진한 하루의 연속일 뿐이었다. 노력해도 무엇 하나 제대로 이룰 수 없었던 삶이 여행을 왔다고 해서 달라질 일은 없었다.

집에서도 성공보다는 포기를 먼저 배웠다. 그래도, 그럴지라도 한 번쯤은 앞으로 나아갈 수 있도록 도와줘야 하는 거 아닌가? 그게 신이든 운명이든, 사람이든. 한 번쯤은 노력하지 않아도 보상 같은 것들이 저절로 눈앞으로 굴러오기를 바랐다. 그게 그렇게 나쁜 일은 아니지 않나.

우지는 괜히 발에 걸리는 돌부리를 걷어찼다. 발끝이 아팠다.

세오가 조금 떨어진 바위 위에 앉아 묵묵히 지켜보다가 물었다.

"너희 할머니야?"

"응, 어제 사고가 나서 돌아가셨어. 시신이라도 수습하려고 왔는데 이렇게 된 거야."

우지는 넋을 놓고 하늘을 올려다봤다. 다시 비가 내릴 모양인지 구름이 꾸역꾸역 모여들고 있었다. 바람이 스산하게 불었다. 불길한 일을 예고하듯 바람이 무거웠다.

한쪽에서 가방을 멘 구암과 민도가 나타났다. 두 사람의 안색이 유난히 창백했다.

"어떻게 된 거야?"

민도가 땀을 닦아내며 물었다. 우지는 할 수 있는 최선의 답을 내놓았다.

"짐승이 왔다 간 거 같아."

단순히 짐승이 습격한 것이라기엔 훼손 정도가 심했으나 달리 명쾌한 설명이 떠오르지 않았다. 어제 봤던 그 짐승일지도 모르지만, 그건 더더욱 알 길이 없었다.

우지는 헬리콥터를 봤던 일도 이야기해주었다. 구조 헬기를 쫓아 숲으로 갔으나 구조대는 아래가 보이지 않는 것처럼 멈추지 않고 먼 곳으로 사라졌다고.

잠시 정적이 찾아오자 가족들의 시선이 모두 재희에게 모였다. 재희는 피 묻은 손으로 부패하기 시작한 할머니의 시신을 그러모았다.

"여긴 내가 알아서 할 테니까 너희는 가서 쉬어."

정신이 반쯤 나간 재희는 무슨 짓을 저지를지 모를 만큼 상태가 좋지 않아 보였다.

곁에서 지켜보던 세오가 우지에게 말했다.

"아까 그 텐트에 간이 삽이 있을 거야. 가져올 테니까 기다려."

세오는 대답을 듣지도 않고 움직여 숲으로 들어갔다.

재희는 넋이 나간 사람처럼 맨손으로 무작정 바닥을 헤집었다. 민도도 재희 곁에 주저앉아 비에 젖어 축축해진 땅바닥을 차근차근 팠다.

"내가 알아서 할 테니까 신경 쓰지 마."

"그런 말은 나중에 해. 우선 할머니부터 묻자."

부자의 위치가 바뀐 것처럼 민도가 재희보다 의젓하게 말했다. 그러면서도 민도는 소리 없이 흐르는 눈물을 연신 닦아냈다.

굵은 나무를 짚고 연신 토하는 구암을 지켜보던 우지도 재희 옆으로 다가가 함께 땅을 팠다. 그들은 말없이 묵묵히 땅에 손을 집어넣었다. 그것만이 할머니를 애도할 길인 것처럼.

그다지 사이가 가깝지는 않았어도 가족들이 흩어지지 않도록 무진 애를 쓴 건 바로 할머니였다. 어쨌든 그녀는 집안에서 가장 오래 산 어른이었다. 그녀가 이상한 산장으로 가자고 가족들을 설득하고, 재희의 목을 졸랐다고 해도 그녀는 가족이었다.

피는 물보다 진했다. 그건 무시할 수 없는 사실 아닌가?

삽을 가져온 세오가 돌아온 뒤로 땅을 파는 속도가 빨라졌다. 구암도 이내 구덩이 파는 일을 거들었다.

잠시 멈췄던 비가 다시 내리기 시작했다.

*　*　*

우지와 민도, 구암과 재희 그리고 세오는 무릎 높이로 파낸 구덩이 안을 처연하게 내려다보았다. 그곳엔 조각난 몸을 겨우 인간의 형태로 맞춘, 부패한 시체가 놓여 있었다.

재희가 먼저 흙을 퍼 할머니의 시체 위로 떨어뜨렸다. 재희 다음엔 민도가 흙을 펐다. 시체가 조금씩 흙 사이로 모습을 감췄다. 땅이 평평해질 만큼 파묻은 뒤에야 모두가 숨을 골랐다.

"오늘은 그냥 하루 여기서 지내자."

구암이 중얼거리듯이 말했다. 우지는 흙을 발로 다지며 구암을 보았다.

"산장으로 돌아가지 말자고? 그 짐승이 다시 오면 어떡하려고."

"사람들이 숙소 앞까지 찾아와서 먹을 거 내놓으라고 성화였어. 짐승이야 여기 삽으로 쫓으면 되지만 사람들은 못막아."

구암은 궁지에 몰렸던 게 떠올랐는지 치를 떨었다.

민도가 피 묻은 손을 빗물이 고인 웅덩이에 씻으며 말했다.

"엄마랑 나랑 챙길 수 있는 대로 다 들고 여기로 피신 온거야. 나도 엄마 말에 동의해."

구암은 그제야 나무에 기대두었던 배낭을 가져와 가족 앞에 내려놓았다. 뒤늦게 감정을 추스른 재희가 세오에게 감사 인사를 건넸다.

"힘드셨을 텐데, 도와주셔서 감사합니다."

"아니에요, 어차피 저도 산장에 있기 싫었고요."

우지는 차라리 세오가 자신들을 도와 다행이라고 생각했다. 이 정도 수고를 해주었으니 세오가 원하던 대로 식량을 나눠주는 것을 가족들이 반대하지 않을 것 같았다.

무슨 생각이 들었는지 재희가 등을 돌려 차가 있는 곳으로 걸어갔다. 구암이 물었다.

"어디 가?"

"파라솔 가지러."

한참 동안 망가진 트렁크 안을 뒤지던 재희는 빈손으로 돌아왔다. 우지는 어떻게 된 일이냐고 눈으로 물었다.

"사고 때문에 부서졌나 봐. 망가져서 못 쓸 것 같아."

우지는 덤불 너머를 넘겨다보았다. 그곳엔 재희 말대로 부서진 파라솔과 함께 트렁크에 보관된 짐들이 어지럽게 흩어져 있었다. 우지는 그 부서진 파라솔이라도 가져와 차에 기대 설치했다.

우지를 포함해 다섯이나 되는 사람이 망가진 파라솔 아래서 비를 피했다.

"배고프다."

민도가 감상적인 투로 말했다. 세오가 그 말을 기다렸다는 듯 고개를 들었다.

"저도요."

구암이 가족들을 살펴보곤 배낭 안을 뒤졌다. 비스킷과 절인 체리를 꺼내놓고 구암은 그것을 다섯 명에게 공평하게 나눠주었다.

재희는 음식엔 손도 대지 않은 채 배낭을 품으로 가져와 안을 살폈다. 모든 재료를 꺼낸 그는 빨리 상하는 순서대로 음식을 늘어놓았다.

"아이스박스 없인 이것들도 금세 못 먹게 될 거야."

재희가 이번엔 젖은 땔감을 모으더니 옷을 찢어 자동차 기름 주입구에 밀어 넣었다. 기름이 묻은 옷에 라이터를 켜자 생각 외로 금세 불이 붙었다.

그러고서 재희는 생고기를 집어 나뭇가지에 꽂았다. 너무 성급하게 군다고 생각한 구암이 재희를 말렸다.

"그래도 내일 오전까지는 버텨야지."

"고기랑 데친 채소는 오늘 다 먹어야 해. 다른 것들은 그래도 좀 더 놔둘 수 있을 거야."

재희가 이런 일을 많이 겪어본 사람처럼 태연하게 중얼거렸다. 우지도 재희의 의견에 동조했다.

"아빠 말이 맞아. 지금 병원도 못 가는 상황인데 상한 음식 먹다 탈이라도 나면 큰일이야."

세오가 허리를 꼿꼿이 세웠다. 구암과 민도는 어느새 모닥불 앞에 앉아 고기가 익어가는 걸 지켜봤다. 우지는 턱 아래를 지그시 눌렀다. 어쩌나 맛있는 냄새가 나는지 침샘이 아플 정도였다.

그들은 고기를 한 입씩 베어 물었다. 미지근해진 캔맥주를 열자 거품이 났다.

"맛있게 먹어."

재희가 말했다. 구조되기 전까지 다시 없을 만찬이 될지도 모를 일이었다.

우지는 가족들에게 양보하기 위해 눈치 못 채게 가장 적은 음식만으로 배를 채웠다. 그것도 모자라 입맛이 없다며 곧 자리에서 일어섰다.

재희가 우지를 붙잡았다.

"어디 가려고?"

"그냥 잠깐이라도 혼자 있고 싶어서. 멀리 안 갈 테니까 걱정하지 마."

우지는 가족을 남겨두고 그들이 보이지 않을 만큼 걸었다. 한적한 숲길이 나오자 우지는 평평한 바위를 찾아 거기 주저앉았다. 조금 전까지 할머니의 시신을 수습하고 있었는데 맛있게 밥을 먹고 있는 자신의 모습이 어딘가 역겹게 느껴졌다.

이제 허기에도 익숙해져야 했다. 며칠 동안은 어쨌든 버틸 수 있을 것이다. 하지만 최악의 상황, 이를테면 숙소에 있는 이들이 찾아와 식량을 빼앗기라도 하면 구조되기만을 기다리며 굶주려야 할 수도 있었다.

우지는 혼자 살던 자취방이 그리웠다. 그저 평범하게 살고 싶었을 뿐인데, 삶은 여지없이 어두운 구렁텅이로 자신을 떠밀었다.

진형과의 관계도 마찬가지였다. 그와는 세무사 준비를 시작한 지 얼마 안 돼 학원에서 처음 만났다. 친구 사이로 지내다 차츰 가까워졌고 연인이 되었다. 그때까지만 해도 평범하게 살 수 있겠다는 작은 희망이 있었다.

진형은 취업 스터디에서 친한 멘토가 생긴 뒤로 급격히 변했다. 말이 줄었고, 이따금 대화를 나누어도 멘토인 형이 얼마나 잘난 사람인지 혼자 떠들 뿐이었다. 머지않아 진형은 우지가 얼굴도 보지 못한 그 형의 신봉자가 되어 그가 하라는 대로 다 했다. 새벽 다섯 시부터 일어나 운동을 했고 종일 공부에 빠져 살았다. 물론 겉으로 보기엔 그다지 문제가 될 일은 아니었다.

진형은 1년 사이 말 그대로 '갓생러'가 되었다. 모범적이라고 할 만큼 매사에 철저했다. 이런 페이스라면 무슨 일이라도 못 이룰 게 없을 것 같았다. 그러나 우지는 아무래도 이상하다고 생각했다. 우지가 아무리 그 형과 만나고 싶다고 해도, 진형의 반응은 늘 뜨뜻미지근했다. 때가 되면 만날 거라며 매번 회피하기 바빴다. 그보다 더 걱정스러운 건 따로 있었다. 시간이 갈수록 통통했던 몸이 몰라보게 수척해졌다는 것이었다. 생기로 반짝이던 두 눈 역시 빛을 잃고 퀭해졌다.

결정적으로 진형과의 관계에 문제가 생긴 건 작년이었다. 함께 늦은 시간까지 공부하다가 집으로 돌아가는 길이었다. 진형은 그날따라 말이 많았을 뿐 아니라, 몹시 불안해하며 자꾸만 뒤를 살폈다. 우지는 진형이 공부에 너무 매진하느라 기력이 많이 빠졌나 싶어 걱정하다가도 그의 이상한 행동을 보고 조금 겁을 먹었다. 우지의 집에 거의 다 왔을 즈음, 진형이 묘한 얘기를 꺼냈다.

"그 형이 그러는데, 결국 우리가 무언가에 실패하는 건 다 죄를 지어서래. 그 죄를 풀 방법은 하나뿐인데, 그게 뭔지 알아?"

"그게 뭔데?"

"대속할 사람을 찾는 거야."

진형은 그 말을 꺼내놓고는 갑자기 밝게 웃었다. 그러고는 인간으로서 절대 지어서는 안 될 중죄와 그에 따른 형벌 그리고 그 벌을 집행하는 사자들에 대해서도 한참이나 말을 늘어놓았다.

"형이 그러더라고. 인간이 짓는 죄 중 가장 큰 죄가 바로 가족을 죽이는 거라고. 그 죄는 어떤 방법으로도 씻을 수 없고, 온 가족이 그로 인해 고통스럽게 된대. 그러니까 그런 죄를 저지른 사람들이 죄를 대속하기 아주 좋은 대상이라는 거지."

"……그런 가족이 진짜 있을까?"

"글쎄, 어딘가에는 있지 않겠어? 어쨌든 사자들은 그 사람들을 벌하면서 자기 죄를 씻게 된대. 그 사람들도 예전에 자기 가족을 해한 과거가 있었던 거지."

진형은 그 뒤로 사자들은 사람일 수도, 사람이 아닐 수도 있으며 사자가 사람과 같은 모습이라고 해도 사람들은 그가 평범한 인간이 아니라는 사실을 알아챌 수 없다고 했다. 그들의 모습이 너무 순수하기 때문이라며.

"사자가 되는 것도 재밌지 않을까 했는데, 그건 또 아닌가 보더라고. 사자가 되면 계속 벌을 줘야 해서 힘든가 봐. 그래서 동료가 더 필요하대. 어때, 재밌지?"

진형은 마치 그 사자를 만나기라도 한 듯 태연하게 말했다.

우지는 진형의 이야기가 더 이어지기 전에 서둘러 집으로 들어갔다. 곰곰이 생각할 것도 없이 판단이 섰다. 그 멘토 형이라는 사람은 사이비 종교에 빠진 사람이 확실했다. 그리고 진형 역시 포교를 당한 게 틀림없었고.

우지는 그날 이후 자연스럽게 헤어질 생각으로 그와 차츰 거리를 두었다. 그런데 그해 11월, 진형의 합격 소식이 들려왔다. 대속이니, 중죄니 하는 이야기를 할 때만 해도 사이비에 빠져 시험을 포기한 줄 알았는데. 합격 발표와 동시에 그는 이전처럼 차분한 사람으로 돌아왔다. 오히려 더 다정해지기까지 했다.

하지만 우지는 진형의 태도가 부담스러웠다. 진형 홀로 시험에 합격했다는 사실 때문에 자괴감이 들기도 했다. 데이트 횟수가 줄어들면서 오해가 쌓였고, 돈 문제까지 얽히자 싸움이 빈번하게 일어났다. 그래도 진형은 끈질기게 우지에게 잘못을 빌고, 변함없이 사랑을 속삭였다. 그 때문에 지지부진한 관계를 차마 끊지 못했다.

진형은 우지뿐 아니라 우지의 가족까지도 챙겼다. 우지는 내심 그와 결혼까지 가겠구나 싶기도 했다. 진형은 세무사 시험을 합격한 뒤 취직하고서도 변리사 시험까지 준비했다. 회사에 다니면서 시험을 준비하는 게 보통 일이 아닌데도 진형은 자신만만했다. 일이 반드시 잘될 거라는 믿음이 확고했다.

우지는 솔직히 말해 진형의 그런 당찬 태도에 갈수록 끌렸다. 패배와 좌절로 점철된 자신과는 달라 보여 의지한 것도 사실이었다.

그러던 어느 날, 진형이 가족사진 촬영권 한 장을 우지에게 건넸다.

"이거 내가 친한 사람한테 얻은 촬영권인데, 써. 액자도 공짜로 준대."

유명한 사진관인 것 같지는 않지만 정말 괜찮은 곳인데 무료라고 하니까 조금 혹했다. 우지는 결국 그 촬영권을 가족들에게 내밀었다. 구암과 재희는 별 반응이 없었으나 할머니만은 이상할 정도로 기뻐했다.

"꼭 가자. 나 죽기 전에 찍어야지."

할머니의 닦달에 어쩔 수 없이 가족들과 함께 낡은 사진관으로 향했다. 가족사진을 찍은 순간은 잘 생각나지 않았으나 진형에게 감사 인사를 했던 기억만은 선명했다. 덕분에 가족사진을 찍었다고 했더니 그는 무척 기뻐했다.

"그래, 가족이라면 화목한 사진 한 장 정도는 있어야지."

진형은 흐뭇하게 웃고는 전화를 끊었다. 일을 핑계로 그가 연락을 멀리한 것은 그즈음이었다. 멀어질수록 오해가 쌓였고, 사소한 일에도 다투게 됐다. 우지가 시험에 떨어질 때마다 진형은 우지의 노력이 부족하다고 비난했다. 전의 다정했던 모습은 온데간데없었다.

"힘들 때일수록 더 노력해야지. 그 정도로 노력해서 뭘 이룰 수나 있겠어?"

우지는 진형의 말에 반박하는 것도 지쳐 그에게 모진 말을 뱉었다. 그러는 너는 사이비 종교인 만난 덕에 운이 트여서 좋겠다고. 그날 그렇게 다툰 이후 사이는 급격히 나빠졌다. 그에게서 다른 여자의 흔적을 발견하기도 했다. 진형은 끝까지 아니라고 잡아뗐다. 모든 건 취업 실패로 인해 나약해진 우지의 망상으로 치부됐다.

우지는 진심으로 상처받았다. 이번 가족여행을 앞두고 진형과 연락이 뜸해진 것은 그 때문이었다. 노력하지 않은 것도 아닌데, 가끔은 운명을 비난하고 싶을 만큼 인생이 풀리지 않았다. 꼭 누구에게 저주라도 받은 것처럼.

생각에 잠긴 사이 빗방울이 점차 굵어졌다. 우지는 고개를 들고 습관처럼 하늘을 올려다보았다. 주위가 벌써 어둑한 것이 먹구름이 몰려온 탓인 듯했다. 아까부터 기세가 심상치 않더니 또다시 태풍이라도 몰아칠 기세였다.

"여기서 뭐 해?"

세오였다. 언제 왔는지 눈앞에 팔짱을 끼고 우두커니 서 있었다. 그녀가 눅눅해진 비스킷을 건넸다.

"먹어. 네 동생이 누나 가져다주라고 한 거야."

우지는 얌전히 비스킷을 받았다. 절대 먹을 걸 양보하는 법이 없던 최민도가 무슨 일인가 싶었다. 비스킷은 정말이지 눅눅했다.

세오가 물었다.

"담배 피워?"

"작년까지는."

"난 3년 전에 끊었는데, 괜히 끊은 거 같아. 동생 말을 듣는 게 아니었는데."

세오가 시큰둥하게 말했다. 우지는 장난스레 웃었다.

두 사람은 큰 나무 아래서 풍경을 감상하듯 지긋지긋하게 내리는 비를 가만히 바라보았다.

"동생은 꼭 찾을 거야. 걱정하지 마."

우지가 위로하듯 말했다.

"그래, 나도 그렇게 믿어."

세오가 감상에 젖고 싶지 않았는지 털털하게 말했다.

"이제 돌아가자."

우지가 먼저 자리를 털고 일어섰다.

그런데 어디선가 커다랗고 기이한 울음소리가 났다.

우지는 반사적으로 번쩍 고개를 들었다. 울음소리가 들려온 곳은 숲 너머였다.

멧돼지일까? 아니면 인간의 형상을 한 그 짐승일까? 아니, 그 괴상한 짐승이라면 이렇게 비가 내리는데 나타날 수는 없을 것이다. 잠시나마 안심할 수 있었던 건 그 짐승이 물을 기피하니 이렇게 비가 내리는 지금은 나타나지 못할 거란 믿음 때문이었다.

가만 생각해보면 멧돼지 울음소리가 이렇게 클 수는 없었다. 꽥꽥거리는 소리가 비슷하긴 하지만 아무리 크게 울어도 이렇게 울려 퍼지지는 않을 것이다. 그렇다면 할머니의 시신을 처참히 망가뜨린 그 짐승일 수도 있었다.

소리는 그치지 않고 연이어 들려왔다. 어딘가 위협적인 울음이었다. 소리에 정신을 놓았던 두 사람은 뒤늦게 무엇을 해야 할지 퍼뜩 떠올렸다. 우지와 세오는 눈을 마주쳤다.

"빨리 움직여."

세오가 말했다. 두 사람은 서둘러 자동차 쪽으로 뛰었다.

음식을 정리해 배낭에 넣던 재희가 눈에 띄게 숨을 헐떡이는 두 사람을 번갈아 보았다.

"왜들 그래?"

"이상한 소리 못 들었어?"

우지가 물었다.

"무슨 소리?"

재희가 되물었다.

"위험한 동물이 근처에 있는 거 같아요. 위험하니까 차로 들어가요."

세오가 숲 쪽을 노려보며 말했다.

불안감을 느낀 재희가 배낭을 재빨리 여몄다. 쓸데없이 겁을 먹는다고 느꼈는지 구암이 미간을 찌푸렸다.

"아무 소리도 안 들리는데 무슨 말이야."

그 순간 기다렸다는 듯 기이한 울음소리가 지척으로 다가왔다.

우지는 서둘러 구암을 차 안으로 밀어 넣었다. 민도도 앞 좌석에 몸을 실었다. 세오와 우지는 구암과 함께 뒷자리에 앉아 문을 닫았다. 모두 숨을 죽인 채 소리가 들려오는 곳을 응시했다.

재희는 무슨 생각인지 아직까지 차에 타지 않고 서 있었다.

"아빠, 뭐 해? 빨리 타!"

재희는 여벌의 옷을 꺼내 아까처럼 주유구에 밀어 넣었다. 그것을 나뭇가지에 둘둘 감은 뒤 불을 붙이자 횃불처럼 환하게 불길이 타올랐다. 재희의 얼굴 위로 불씨가 나부꼈다. 스산한 바람이 집중을 분산시켰다. 짧은 번개가 연이어 쳤다. 땅을 울리는 천둥이 뒤따르며 빗줄기가 더욱 강해졌다. 횃불은 금세 크기가 줄었다.

"아빠, 얼른 타라고!"

우지가 외쳤다. 그 순간 보랏빛 장막이 눈앞으로 나타났다.

벽처럼 다가들었지만 실은 거대한 생명체였다. 신기루처럼 한순간에 나타난 커다란 몸체는 곳곳에 진한 주름이 져 있었다. 단단한 피부 곡면 위로 섬뜩한 빛이 돌았다. 살아있는 생명체에서 응당 느껴져야 할 부드러운 움직임이 아니었다. 마치 시체가 움직이듯, 네 발을 땅에 구르는 모습은 아무리 보아도 뻣뻣하고 부자연스러웠다.

그뿐만이 아니었다. 눈앞에서 보고 있는데도 전체적인 형태를 알아차리기 어려웠다. 이쪽이 머리인 줄 알고 시선을 두면 반대쪽에서 이빨이 번뜩였다. 얼굴을 찾아 눈을 굴리던 그때, 그것이 두 눈을 크게 떴다.

재희는 들고 있던 횃불을 놓쳤다.

우지는 숨을 죽인 채 숲에서 나타난 거대한 짐승을 떨리는 눈으로 응시했다.

저것을 뭐라 불러야 할까? 얼굴은 마치 돼지를 닮았지만 피부는 보랏빛이었고, 이빨은 여태 본 어떤 육식동물보다 더 크고 날카로웠다. 그것이 천천히 재희를 향해 다가왔다.

"여보!"

보다 못한 구암이 소리쳤다. 다시 하늘이 번쩍였다. 우지는 재희를 구하기 위해 차 밖으로 나가려 했다. 세오가 그런 우지를 붙잡았다.

괴이하게 생긴 짐승은 덜덜 떨고 있는 재희를 바라보더니 할머니의 시체가 파묻힌 땅에 코를 박았다.

냄새를 맡던 것도 잠시, 입을 쩍 벌려 바닥을 파헤치기 시작했다.

재희가 경악에 찬 얼굴로 소리를 질렀다.

"너 뭐 하는 거야, 떨어져!"

"아빠!"

재희가 망가진 파라솔을 짐승을 향해 휘둘렀다.

하지만 그런 정도로는 아무런 타격도 가하지 못했다.

괴물 같은 짐승은 신경도 쓰지 않고 땅을 헤집었고, 곧 할머니의 조각 난 시체 중에서 머리통을 커다란 입으로 집어삼켰다.

우지는 입을 틀어막았다. 짐승의 희고 커다란 이빨이 어둠 속에서 빛났다. 흙 묻은 할머니의 머리가 마치 사탕처럼 짐승의 입에서 부서졌다. 고압 프레스기에 눌린 것처럼 머리 밖으로 눈알이 튀어나왔다. 우지는 더 이상 보지 못하고 고개를 돌렸다.

구덩이에 입을 대고 있던 짐승이 다시 먹을 걸 찾는 것처럼 주위를 휘휘 둘러보았다. 파라솔을 흔들던 재희가 손을 멈췄다. 민도가 재빨리 차에서 내려 재희의 손을 잡고 뛰었다.

"다들 도망쳐!"

민도가 소리쳤다. 두 사람이 달리기 무섭게 짐승이 포효하며 자동차를 향해 달려들었다.

나머지 세 사람도 소스라치며 차 밖으로 뛰쳐나갔다. 우지는 구암의 손을 잡고 무작정 달렸다. 뒤쪽에서 묵직한 발소리가 들려왔다. 앞서가던 세오가 소리쳤다.

"이쪽으로 와요!"

우지는 다른 생각을 할 겨를도 없이 세오를 뒤쫓았다.

세오는 덤불을 지나쳐 풀이 가득한 좁은 길을 향해 달렸다. 나무가 빽빽이 나 있어서인지 뒤를 쫓아오던 짐승의 속도가 점차 느려졌다.

그들은 숨도 쉬지 않고 뛰었다. 세찬 빗물이 눈앞을 가렸다. 곧 멀지 않은 곳에서 산장 불빛이 아른거렸다. 저만치 앞서 뛰던 재희와 민도가 손짓했다.

"얼른 와!"

그들은 회귀본능에 의지해 정해진 길을 따라 달렸다. 그렇게 산장의 입구를 통과하고 나서야 숨을 골랐다.

구암이 괴로운 표정으로 헐떡이며 물었다.

"아까 그게 대체 뭐야?"

무릎을 짚은 구암의 손이 연신 덜덜 떨렸다.

민도가 파랗게 질린 구암을 부축했다.

"모르겠어. 하마같이 생겼던데."

"하마가 왜 이런 데 있어?"

우지가 신경질적으로 외쳤다. 수풀이 흔들리는 소리가 들릴 때마다 그 짐승이 튀어나와 들이닥칠 것만 같았다.

모두 산장 입구에 서서 자신들이 달려온 길을 노려보았다. 더 이상 도망갈 곳은 없었다. 그 괴이한 짐승이 다시 모습을 드러내면 이젠 모든 게 끝장이었다. 산장에 숨는 것도 무의미할 것 같았다. 그 거대한 몸집으로 팔을 휘두르면 숙소 하나가 통째로 날아갈 것만 같았다. 그리고 그런 일이 금방이라도 벌어질 것만 같은데…… 어찌 된 일인지 10분이 지나도록 잠잠했다.

그리고 10분쯤 더 지나자 그들은 하마를 닮은 그 괴물이 자신의 영토로 돌아갔을지도 모른다고 생각했다. 산장까지 들이닥치지 않는 데 무슨 이유가 있는 것 같기도 했다. 오히려 그러길 간절히 바랐다. 이곳만이 유일한 피난처니까.

다들 같은 생각인지 더 이상 흥분하는 사람은 없었다. 재희가 가장 먼저 들어서며 말했다.

"들어가자!"

그들은 후들거리는 다리를 끌고 비틀거리며 관리동을 지나쳤다. 구암은 민도가 팔짱을 끼고 부축해야 했다. 멀지 않은 곳에 사람들이 모여 있는 것이 보였다.

우지는 한 사람, 한 사람 빠지지 않고 그들의 얼굴을 들여다보았다. 불편하기 짝이 없던 그들이 지금만큼은 진심으로 반가웠다.

박 사장과 수락이네가 모여 있는 데는 노부부의 숙소 앞이었다.

우지는 빨리 위험한 괴물의 존재를 알려야 한다고 생각해 누가 말리기도 전에 그들을 향해 다가갔다.

"저기, 숲에 이상한 게……."

그 순간 수락 아빠가 거칠게 몸을 돌렸다. 우지네 가족을 확인하곤 성큼성큼 다가오더니 재희의 멱살을 잡았다.

"당신들, 지금까지 대체 어디 있다가 온 거야."

"이거 안 놔?"

재희가 황당한 얼굴로 수락 아빠를 밀쳐냈다.

거기서 그치지 않았다. 수락 아빠가 다시 달려들었고, 재희가 뿌리치며 물러났다. 말려야 했지만 다들 그럴 기력이 없었다.

실랑이가 이어지는 가운데, 우지는 멍하니 노부부의 숙소 입구를 바라보았다. 그녀의 시선이 좀 더 아래로 내려갔다. 사람들의 발밑이 붉었다.

우지는 홀린 듯 현관으로 다가갔다. 피비린내가 짙게 났다.

아이를 등 뒤에 숨긴 채, 수락 엄마가 서서히 뒷걸음질 쳤다. 그녀의 어깨 너머로 산장 내부가 보였다. 핏물이 현관 타일 틈을 따라 직선으로 내려왔다. 밖에서 본 것만큼이나 끔찍한 광경이었다.

우지는 비명을 삼켰다. 현관에는 노인이 새파랗게 질린 얼굴로 주저앉아 있었다. 그의 발밑으로 노부인이 보였다. 노부인은 엎어진 자세로 눈을 부릅뜬 채 미동도 없었다. 그녀의 등에는 식칼이 꽂혀 있었다. 우지는 뒷걸음질을 쳤다.

산장에 죽은 사람이 나타났다.

그것도 살해당한 게 분명해 보이는 사람이.

노부인이 처음이자 마지막 피해자가 맞는지는 아무도 확신할 수 없었다.

스산한 바람이 등 뒤를 스쳤다. 겁먹은 사람들을 비웃듯이.

소리 없는 경종이 사방으로 퍼지고 있었다.

한번 시작된 살해를 막을 수 있는 사람은 아무도 없다.

경종이 말하는 바는 그것 하나였다.

그것

컨테이너 안은 적막으로 가득했다.

수락은 과자 몇 개를 집어 먹은 뒤 엄마 품에서 잠깐 칭얼
거리다 잠이 들었다. 바깥에선 여전히 비가 내리는 중이었다.

누구도 함부로 입을 열 생각을 하지 못했다. 열린 문으로
는 노부부가 머무는 숙소가 언뜻 보였다. 침묵이 계속되는
게 거북했는지 재희가 한참 만에 가장 먼저 입을 열었다.

"진정되셨으면 설명 좀 제대로 해주시죠. 저희가 없는 동
안에 무슨 일이 있었던 건지."

내내 분을 참던 수락 아빠가 벌컥 음성을 높였다.

"뭘 더 말해요? 다 같이 배전함 확인하는 중이었는데, 돌
아오니까 사모님이 죽어 있었다고요."

예민해질 대로 예민해진 수락 아빠는 금방이라도 싸울 기
세로 사람들을 조마조마하게 만들었다.

"아니, 화내지 마시고요."

재희가 갑자기 화를 쏟아내는 수락 아빠를 달랬다. 하지만 오히려 그것이 불씨가 된 건지 수락 아빠는 더욱 흥분해 소리쳤다.

"그쪽이야말로 제대로 설명해요. 그 유튜버인가 뭔가 하는 놈이랑 당신 가족들이 사라지고 나서 갑자기 사모님이 돌아가신 건 알죠?"

눈을 게슴츠레 뜨고 지켜보던 구암이 기가 찬다는 듯 자리에서 벌떡 일어섰다.

"지금 누구를 살인자로 모는 거예요? 우리가 숲에서 무슨 꼴을 당하고 돌아온 줄 알고!"

"숲에 간 척한 건 아니고요?"

말이 없던 수락 엄마가 입을 열었다. 한순간 그녀에게 시선이 모였다. 그녀는 안 그래도 소심한 사람 같았는데, 사람이 죽은 끔찍한 장면을 직접 목격한 탓인지 평소보다 안색이 더 창백해 보였다.

"사모님이 그러셨어요. 자기가 머무는 숙소에 과도밖에 없어서 너무 불편하다고. 맞죠, 교수님?"

수락 엄마가 굳이 그를 지칭하며 부르자 고개를 숙이고 있던 노인이 반응했다.

"우리가 머무는 숙소엔 큰 식칼이 없었습니다. 박 사장, 내가 칼 하나 남는 게 있으면 달라고 했던 거 기억나죠?"

"네, 네!"

박 사장이 득달같이 고개를 끄덕였다. 그리고 그런 제스처가 전부였다. 이어지는 설명 같은 건 없었다.

우지는 그런 박 사장을 슬며시 흘겨보았다. 어리숙하면서도 방관적인 태도가 영 마음에 들지 않았다. 박 사장이 지금 이 상황이 얼마나 심각한지 정말 알고 있기나 한 건지 의심스럽기도 했다.

어떨 땐 말만 더듬는 사람인 듯하다가, 또 어떨 땐 다섯 살 아이같이 굴어서 혼란스러웠다. 확실한 건 여기 모인 모든 이들처럼 박 사장 역시 겁을 먹었다는 거였다.

"누군가가 칼을 가지고 와서 사모님을 죽인 거예요."

수락 엄마가 단정적으로 말했다. 그러면서 재희를 노려봤다.

재희는 그런 시선을 받자 공연히 용의자가 된 기분이 들었다. 그럴수록 주눅이 들 것 같아 먼저 당당하게 나섰다.

"그럼 각자 숙소부터 뒤져봐요. 누구네 집 식칼이 사라졌는지 보면 답이 나오겠죠."

이번엔 수락 아빠가 구암을 노려보았다.

"그것보다 사모님이 죽었을 때 득 보는 사람이 누구인지 찾는 게 먼저 아닌가? 먹을 걸 구걸해대니까 한 입이라도 줄이려고 했다든가."

"저보고 그러는 거예요? 이봐요!"

우지가 무작정 수락 아빠에게 다가들려는 구암을 끌어안으며 막았다.

우지는 생각했다. 서로가 말도 안 되는 제멋대로 추리를 이어나가고 있다고. 사람이 왜 죽었는지 알아내려 한다기보다 감정적으로 자기주장만 늘어놓는 것에 가까웠다. 이런 무의미한 전개가 계속 이어지면 서로에게 상처만 남을 뿐이었다. 그리고 노부인의 죽음을 파헤치는 것에만 매달릴 수는 없었다. 지금은 여길 나갈 방법을 찾는 게 급선무다. 그래야 살 수도, 진상을 알아낼 수도 있었다.

골몰하던 우지는 상황을 뒤바꿀 한마디를 내뱉었다.

"숲에서 구조 헬기를 봤어요."

사람들의 시선이 일제히 우지에게 쏠렸다.

"저흴 못 봤는지 바로 돌아가긴 했지만, 일단 확인만 하고 돌아간 걸지도 모르고 어쩌면 또 구조대가 올지도 몰라요. 운이 좋으면 내일 안으로 탈출할 수도 있을 거라고요."

내부는 금세 웅성거리는 말소리로 가득 찼다. 헬리콥터가 지나가는 소리를 듣지 못했으니 도무지 믿기지 않는 말이었지만, 기대감 때문인지 산장에 남았던 사람들 얼굴 위로 안도하는 기색이 어렸다.

정말 구조대가 올지도 모른다며 들뜬 분위기에 박 사장이 우지를 향해 불쑥 고개를 내밀었다.

"저, 정말이에요? 헤, 헬기를 봤어요?"

우지는 그의 형형한 눈빛을 보고 본능적으로 몸을 뒤로 뺐다. 엉거주춤한 자세로 우지가 고개를 끄덕이자 박 사장이 고개를 갸우뚱했다.

"이상하다. 이상하네. 이상하다. 이상하네."

박 사장이 빠르게 글을 읽기라도 하는 것처럼 중얼거렸다. 이상하다. 이상하네. 이상하다. 이상하네…….

이상하다니? 뭐가 이상하다는 건지 의미를 알 수 없는데, 아무도 묻지 못했다. 박 사장의 기이한 모습은 들뜬 분위기를 축 가라앉혔다. 연신 머리를 갸웃거리며 중얼거리는 박 사장을 보며 그들은 서로 눈짓을 교환했다.

수락 아빠가 조심스럽게 박 사장의 어깨를 흔들었다.

"사장님?"

박 사장이 숙였던 고개를 들고는 입을 꾹 다물었다. 그러고는 언제 중얼거렸냐는 듯 멍하니 허공을 보았다. 컨테이너 지붕을 두드리는 빗소리가 공허하게 울렸다.

한동안 좁은 실내에는 빗소리 말고는 어떤 소리도 나지 않았다.

흠흠, 하며 재희가 한 번 더 상황을 수습하기 위해 나섰다. 좁은 데다 습도도 높아지는 것 같아 일단 문을 열어놓고 말했다.

"어쨌든 여길 빠져나가는 것도 얼마 안 남은 것 같으니 잠자코 기다리죠."

"……혹시 불침번을 서는 건 어때요?"

그것은 세오의 의견이었다. 세오는 자리에서 일어서 노부부가 머물던 숙소 쪽을 내다보았다. 추적추적 내리는 비 때문인지 그 안에서 당장 귀신이 나온다고 해도 이상해 보이지 않았다.

"이미 한 번 살인사건이 일어났는데, 두 번 일어나지 않을 거란 보장은 없잖아요?"

세오가 무심코 한 말에는 몇 가지 함의가 있었다. 노부인이 누군가에게 살해당한 거라고 단정하는 것. 그리고 이들 중에 범인이 있다는 것. 굉장히 위험한 발언일 수도 있었지만, 어쩐지 다들 그의 말에 동의하는 분위기였다.

우지 역시 동의하면서도 찜찜한 기분이 드는 건 어쩔 수 없었다. 집단 착각 같은 건가? 그걸 인정해버리니 오히려 다들 수상해 보였다. 우지와 달리 다른 사람들은 빨리 이 상황을 정리하고 싶은지 순서를 정하기 위해 벌써 옥신각신했다.

그런데 노인이 갑자기 질겁하며 문밖을 가리켰다.

"저기 누가 서 있어!"

사람들의 시선이 일제히 열어둔 문 쪽으로 향했다.

어둠 속에서 누군가가 걸어오고 있었다.

우지가 황급히 문을 닫으려 했으나 세오가 그녀를 말렸다.

"기다려봐. 아는 얼굴 같아."

비를 뚫고 걸어오는 이는 젊은 남자였다. 우지가 문 쪽으로 다가갔다. 자세히 보니 그는 이리태, 호기롭게 산장을 떠나겠다고 소리쳤던 젊은 유튜버였다.

그가 어둠 속에서 몸을 떨고 있었다. 이리태가 조그만 목소리로 속삭였다.

"제발 저 좀 살려주세요. 숲에 누가 있어요."

이리태가 뒤로 감춘 오른손을 내밀었다. 그의 손가락들이 보이지 않았다. 마치 무엇엔가 남김없이 뜯어먹힌 것처럼.

* * *

집을 나갔다 돌아온 탕아는 외면받기 마련이지만, 이리태는 극진한 보살핌을 받았다. 의사였다던 노인은 잠자코 이리태의 상처를 살핀 후 깨끗한 천으로 그의 손을 지혈해주었고, 가지고 있던 진통제와 항생제도 나눠주었다.

이리태의 등장이 무슨 계기라도 된 듯 사람들은 역할을 나눠 일사불란하게 움직였다. 그만큼 이리태의 상태는 심각했다. 그가 넋을 놓은 채 몸을 떨고 있어도 무슨 일이 있었는지 설명해보라고 아무도 채근하지 않았다.

뭐가 되었든 이리태가 솔직하게 말하지 않기를 바라는 것도 같았다. 받아들일 수 없는 현실이 너무 빨리 다가오지 않도록.

불침번 순서는 숙소 번호 순서대로 정해졌다. 이제는 내부의 적뿐만 아니라 외부에 도사린 미지의 적도 신경 써야 할 판이었다. 다들 불안에 사로잡혀 있었다. 아무도 믿을 수 없지만, 또 서로를 믿지 않으면 안 되는 기이한 감정을 견디기 어려워했다.

남자들은 우선 심리적으로 절망에 빠져 있을 노인을 대신해 죽은 노부인 시신 위로 커튼을 덮어주었다.

사건 현장을 훼손해서는 안 된다는 기초적인 지식이 모두에게 있었기 때문에 그 이상은 아무것도 하지 않았다. 노인은 최소한으로 필요한 짐을 모두 싼 뒤 수락이네 숙소에 자신의 임시 거처를 마련했다.

숲속에 있다는 공공의 적이 그들을 한마음으로 움직이게 했다. 박 사장만이 자꾸만 피곤하다는 말을 중얼거리다가 슬그머니 컨테이너로 돌아갔다.

이리태는 자연스레 민도가 돌보았다. 사람들은 수락이네 산장 거실에 함께 둘러앉아 쭈그려 앉은 이리태를 가만히 지켜보기만 했다.

"그래서 숲에서는 누가 있었던 겁니까?"

이만큼 가만 놔두었으면 되었다고 판단했는지 수락 아빠가 넌지시 물었다.

이리태는 여전히 넋이 나간 표정으로 바닥만 내려다보았다. 피를 많이 흘려서인지 안색이 창백했다. 몇 시간 전까지 활달했던 사람이라고는 믿을 수 없을 정도로 침울했다. 이리태는 한참이나 더 지나서야 감사하다는 말부터 꺼냈다.

"정말 고맙습니다. 여러분이 없었으면 전 죽었을 거예요."

"어쩌다 이렇게 된 건지, 이제 설명할 수 있겠어요?"

재희가 조심스레 물었다. 이리태가 가슴에 차고 있던 액션 캠 스트랩을 풀었다. 그의 안색이 전보다 한층 더 어두워졌다. 그가 어렵게 입을 열었다.

"……숲에서 이상한 걸 봤어요."

"이상한 거라니?"

"사람인지 짐승인지……. 아니, 그게 꼭 하마 같기도 했는데……."

구암의 손이 멈칫했다. 재희의 표정도 굳었다. 우지는 숙소 창을 통해 숲을 응시했다. 컴컴한 숲은 비의 장막으로 가려져 있었다.

하마……. 컨테이너에서는 미처 꺼내지 못했던 이야기였다. 우지네와 세오는 잠자코 이리태의 말을 기다렸다. 수락 엄마만이 의아한 표정을 지었다.

"하마라고요?"

"정확하지는 않아요. 그게 사람인지 동물인지도 모르겠어요. 어쨌든 그게 말을 하더라고요."

우지는 이리태의 말에 얼굴을 찡그렸다. 그게 말을 했다고? 어떻게 그런 일이 가능하지? 괴물이 존재한다는 것부터가 말이 안 됐지만 괴물이 말을 한다는 건 더욱 예상치 못했던 일이었다.

이리태가 몸을 웅크렸다. 물꼬가 트이자 그는 보았던 것들을 멈추지 않고 이야기하기 시작했다.

"막 숲에 도착했을 때는 아무 문제 없었어요. 그런데 차를 세우고 얼마 있지 않아서 그게 나타났어요."

이리태는 지프 안에서 숙식을 해결할 생각이었다. 운전석을 뒤로 젖히고 한숨 잠이 들 준비를 했다.

이제는 콘텐츠가 아니라 생존이 문제였으니 체력을 비축해야 한다는 생각도 있었지만, 사실 그렇게까지 비장하진 않았다. 적당한 타이밍에 구조대가 올 거라고 믿었기에 카메라를 차 안에 설치해두고 이런저런 말들을 홀로 떠들어댔다.

그러다가 이상한 소리를 들었다.

처음 낯선 소리를 들었을 때 이리태는 그게 근처에 서식하는 동물이 내는 소리라 여겼다. 야생 토끼나, 청설모 같은 것들.

아주 잠깐 멧돼지나 삵 같은 위험한 동물일 수도 있겠단 걱정이 들었지만, 호기심이 일어 카메라를 들고 차 밖으로 내렸다. 위험한 동물이 있다고 해도 재빨리 차로 들어가면 될 거라고 생각했다.

차 밖에는 상상을 뛰어넘는 미지의 생명체가 있었다.

"사실 처음엔 멧돼지라고 생각했어요."

그것도 아주 큰 멧돼지라고. 하지만 주름진 남청색 피부와 큰 코 그리고 돼지 같은 기이한 울음소리는 멧돼지의 외형과는 큰 차이가 있었다.

그것은 이리태가 악, 소리를 지른 순간 갑자기 달려들어 이리태의 차를 덮쳤다. 간신히 몸을 숙여 뒹군 덕분에 이리태는 차에서 떨어질 수 있었다.

차의 앞부분이 순식간에 찌그러졌다. 덩치에 비해 엄청난 속도를 가진 데다 힘까지 가공할 정도였던 괴물은 그야말로 공포 그 자체였다.

이리태는 그 모든 장면이 액션캠에 담겼다고 했다.

"너무 어두워서 형체가 제대로 보이지는 않았지만 확실해요. 찍혔어요."

우지네와 세오를 제외하고 산장에 머물러 있던 나머지 사람들은 입을 다물지도 못한 채 이리태의 이야기를 듣기만 했다. 수락이네도 노인도, 이리태의 말을 정말 믿어야 할지 모르겠다는 표정이었다.

세오가 물었다.

"그 상황에서 어떻게 도망친 거예요?"

"웬 여자가 도와줬어요. 그런데…… 그 사람이 어떻게 됐는지는 저도 몰라요."

여자라는 말이 나오자 세오가 본능적으로 반응했다. 그녀는 이리태의 액션캠을 빼앗아 찍힌 비디오들을 확인했다. 사람들이 세오의 등 뒤로 하나둘 모였다.

조그만 화면에 가장 먼저 보인 건 어둠 속에서 빛나고 있는 커다란 두 눈이었다. 근처 어디에도 여자의 모습은 찍히지 않았다. 곧 카메라에서 그것의 기이한 울음소리가 들렸다.

그걸 봤을 때가 떠올랐는지 민도가 겁먹은 얼굴로 소곤거렸다.

"누나, 저거 맞지. 우리가 봤던 거."

"……그래."

집단 환각 같은 게 아니었다. 그것은 확실히 숲속에 있었다.

구암이 소름 끼친다는 듯 카메라에서 물러섰다.

이어지는 화면은 그다지 볼 만한 게 없었다. 이리태가 도망을 치며 들고 뛰느라 선명하게 잡힌 장면이 더 이상 없었다.

"이제 어떡해. 저게 산장까지 오면 우리 또 위험해지는 거 아냐?"

"또라니, 저 하마인가 뭔가 하는 걸 본 게 저 친구 하나가 아니에요?"

수락 아빠가 물었다.

우지가 고개를 끄덕였다.

"……저희도 아까 숲으로 갔다가 비슷하게 생긴 걸 봤어요. 죽을 뻔했는데 겨우 살아 돌아온 거고요."

사실 저런 이상한 괴물을 본 게 그때가 처음이 아니라고 말하고 싶었지만 그랬다간 다들 더 혼란에 빠질 것만 같았다.

노인이 헛웃음을 지었다. 그는 아무래도 모두 이상한 착각에 빠졌다고 믿는 것 같았다.

"내가 여든이 넘었는데 평생 그런 이상한 짐승이 우리나라에 살고 있다는 이야기는 들어본 적이 없어요. 차라리 귀신을 봤다고 하면 모를까."

수락 아빠가 노인의 의견에 처음으로 반대했다.

"그래도 이렇게 찍혔으니 무시할 수는 없잖아요. 조심하는 게 좋을 것 같습니다. 우선 이만 자리 정하고 쉬세요. 오늘은 제가 불침번 서는 날이니까."

수락 아빠의 말은 모두를 다시 현실로 불러왔다.

지금은 숲에 살고 있다는 미지의 동물보다 살인자가 더 두려운 시점이었다. 숲으로 들어가지 않는 이상 보았다는 괴물로부터는 안전할 것 같았다. 그게 심리적인 안전감일 뿐이더라도. 오히려 이곳에서 두려운 것은 사람들 사이에 숨어 있는 괴물이었다.

마지막까지 액션캠을 들여다보던 세오가 모여 있는 이들에게 뜻밖의 의견을 제안했다.

"숲 밖이든 안이든 위험한 건 마찬가지라는 건 저도 동의해요. 그래서 말인데, 혹시 이 집에서 함께 자는 건 어때요?"

"우리가 왜 그래야 하는데?"

우지가 못마땅한 투로 물었다. 우지는 까탈스러운 수락 엄마와 함께 엮이고 싶지 않았다. 세오는 우지를 비롯해 다른 사람들의 차가운 태도를 느꼈을 텐데도 꿋꿋이 말을 이었다.

"우리 안에 위험한 사람이 있는지 감시하는 게 중요하잖아. 같이 자면 다른 사람이 허튼짓하지 않는지 감시할 수도 있고. 위험한 일이 생기면 서로 도울 수도 있을 거야."

세오의 말에 수락 아빠가 날을 세웠다.

"하, 차라리 혼자 있으니까 무섭다고 말하지? 경호원이 필요한 거면 다른 데서 알아봐요. 난 우리 가족이랑 떨어질 생각 없으니까."

"그러면 수락이네는 빼고 하죠. 저희끼리 해도 돼요."

세오는 의견을 굽히지 않았다. 노인은 잠시 갈등하는 듯하더니 세오의 의견에 찬성했다.

"저 아가씨 말도 일리가 있어요. 혼자서 있는 것보다 차라리 다 같이 뒤섞여서 자는 편이 안전할지도 모르고."

"그러면 대가를 지불한 사람만 받아줘야죠. 저 사람들은 박 사장한테 아무것도 안 냈잖아요."

수락 엄마가 따지듯이 말했다.

재희가 신경질적으로 지갑에 있는 신용카드를 모두 꺼냈다.

"통신 연결되면 한도까지 다 긁어서 가져가도 좋으니까 여기서 제대로 머물게요. 이제 됐습니까?"

이리태도 어쩔 수 없이 지갑을 꺼냈다.

"저도 얼마든지 낼게요. 돈이든 노동력이든."

두 사람이 이렇게 나오자 누구도 더는 할 말이 없었다.

"그러면 박 사장한테 직접 말하고 오세요."

재희와 이리태는 군말 없이 함께 컨테이너로 향했다.

남은 사람들은 각자 머무는 곳에서 이불이며 베개며 자는 데 필요한 것들을 챙겨 왔다. 여자, 남자로 구분해 두 개의 산장에서 나눠 잘까 했으나 혹시 모를 사태를 대비해 수락이네 산장에서 함께 자는 것으로 합의를 보았다. 남자들은 거실에서, 여자들은 가장 큰 안방에서 모여 자기로 했다.

내내 긴장돼 있던 분위기가 살짝 풀렸다. 그들은 서로의 몸에서 나는 악취를 견디며 빗물에 적신 수건으로 뒤늦게 몸을 닦아냈다. 오늘만은 시간이 느리게 흘러가는 것 같았다.

아내의 죽음에 대한 충격에서 조금 안정을 찾았는지 노인이 넌지시 질문을 꺼냈다.

"그런데, 다들 여기는 어쩌다가 놀러 왔습니까? 전에 제대로 듣지는 못한 것 같아서요. 전 사실 아내 이야기만 듣고 왔습니다. 여기가 영험한 산이라, 제사만 잘 지내면 죽은 사람도 볼 수 있다나. 아내가 딸을 먼저 보내고 마음이 심란한 것 같아 왔는데 일이 이렇게 될 줄은 몰랐네요."

노인의 눈시울이 다시 붉어졌다. 아내의 죽음이 그에게 얼마나 큰 고통을 안겨주었을지 짐작하기도 어려울 것이다. 그러나 불안정하기는 모두가 마찬가지였다. 지금 느끼는 기이한 감정만으로도 굉장한 스트레스를 받았다. 다들 태연을 가장할 뿐이었다. 차라리 외부의 누군가가 살인을 저질렀다고 밝혀지면 훨씬 안심될 것 같았다. 그 괴물이라든가.

"아이랑 추억 만들려고 왔어요."

수락 엄마가 간단히 말했다.

사람들의 시선이 수락 엄마의 곁에 앉은 세오에게 쏠렸다. 아무것도 털어놓을 것 같지 않던 세오가 의외로 순순히 대답했다.

"그냥 동생이랑 놀러 온 거예요. 이렇게 산속 깊숙한 곳에 있는 산장이 요새 흔하지 않기도 하고."

다음에는 우지네 가족에게로 시선이 모였다. 민도가 가족을 대표해 설명했다.

"이전에도 한 번 말했지만, 저희는 할머니 친구 아들이 여기 사장님이라고 해서 놀러 온 거뿐이에요. 할머니가 오고 싶다고 하셔서요."

우지가 민도의 옆구리를 쿡 찔렀다. 누군가가 할머니는 어째서 오지 않았느냐고 묻기 전에 우지는 구암과 함께 자리에서 일어섰다. 할머니가 사고를 당해 끔찍하게 죽었으며 할머니의 시신을 그 괴물이 먹어 치웠다는 이야기는 하고 싶지 않았다. 해도 아무도 믿지 않을 것이다.

때마침 컨테이너에 갔던 재희와 이리태가 돌아왔다. 재희는 김이 빠진 표정이었다.

"피곤하다더니 먼저 자고 있네요. 자는 사장 깨워서 제대로 돈 내겠다고 설명하고 카드도 다 놓고 왔습니다. 이제 아무 말 마세요."

재희는 먼저 거실 구석에 가 앉았다. 이리태는 레토르트 식품을 가지고 부엌으로 향했다.

"사장이 저희더러 나눠 먹으래요. 아무것도 없는 줄 알았는데 유통기한 지난 게 나왔다나. 일단 이걸로 저녁이라도 때우고 자요."

곧 카레와 짜장 냄새가 거실에 진동했다. 음식 냄새 탓인지 우지는 뒤늦게 허기를 느꼈다.

두 사람에게 햇반 한 개가 주어졌다. 박 사장이 어째서 이런 호의를 보인 건지는 몰라도 사람들은 서둘러 식사를 마쳤다. 양이 턱없이 적어 여전히 배가 고팠지만 아무것도 안 먹었을 때보다는 힘이 났다.

민도와 재희가 먼저 이불을 펴고 잘 준비를 했다.

우지와 구암도 안방으로 향했다. 두 사람이 안방에 들어서자 이어서 세오와 수락 엄마가 들어왔다. 수락 엄마의 품엔 곤히 잠든 수락이 안겨 있었다.

네 여자와 한 아이가 자기에 비좁았지만 함께 붙어 자려니 안도감이 드는 것 같기도 했다. 문과 가장 가까운 쪽에 수락 엄마와 수락이, 그 옆으로는 구암이 자리를 잡고 누웠다. 우지가 구암의 옆에 자리 잡자 세오가 그 옆에 자기 베개를 놓았다.

우지는 꼭 수학여행이라도 온 것 같다고 생각했지만 조금 전 보았던 노부인의 시신을 떠올리자 금세 몸에 한기가 들었다.

노부인은 처음 시신이 발견됐던 노부부의 숙소에 홀로 남겨져 있었다. 노인이 부인의 곁을 지키겠다는 걸 말리느라 모두 진땀을 뺐다. 노부인의 시체를 저대로 둘 수 없겠다고 말하는 노인의 얼굴 위로 재희가 겹쳐 보였다.

우지는 마음이 착잡했다. 여행을 떠난 뒤로 말이 안 되는 사건들이 연이어 일어나고 있었다.

"대체 누가 죽인 걸까?"

우지가 혼잣말처럼 속삭였다. 세오가 우지가 있는 쪽으로 고개를 돌렸다.

구암은 잘 준비를 하느라, 수락 엄마는 잠든 수락을 챙기느라 우지의 목소리에 귀 기울이지 않았다.

"모르지. 남편이 범인일 수도."

세오가 들었는지 같이 속삭였다.

우지는 그럴 리는 없다고 생각했다. 놀라서 정신을 놓은 노인의 모습은 진짜였다. 예상보다 빨리 차분해지긴 했어도 그는 대부분의 시간 동안 넋이 나가 있었다. 분명 아내의 죽음을 받아들이지 못하는 것이었다. 결국 외부인이거나 수락 아빠 혹은 수락 엄마, 그도 아니면 박 사장이 범인이란 이야기였다.

우지가 머리를 굴리는 사이, 수락 엄마가 자기 자리에 누운 채 말을 걸었다.

"저, 아까는 죄송했어요. 제가 좀 예민하게 굴었죠?"

뜻밖의 사과에 구암이 누운 채로 손을 내저었다.

"됐어요. 어린애 데리고 다니느라 고생할 텐데."

"남편도 그렇고 저도 그렇고 애 지키느라 좀 초조해져서 요."

수락 엄마의 목소리에서 힘이 빠졌다. 안되어 보일 정도였다. 우지는 수락 엄마가 마냥 히스테릭하기만 한 사람은 아닌 것 같아 안심했다. 순순히 사과하며 사정을 고백하는 바람에 안방 분위기가 금세 훈훈해졌다.

수락 아빠와 함께 있을 때는 몰랐지만, 수락 엄마는 말이 많고 부드러운 성격이었다. 세오는 이미 잠이 들었는지 별 반응이 없었다.

우지도 곧 쏟아지는 수마에 몸을 맡겼다. 구암과 수락 엄마의 수다가 조그맣게 들려왔다. 그들은 주로 아이를 기르는 일을 두고 이야기를 나누다 금세 잠들었다.

오래간만에 찾아온 평화 때문인지 방 안은 곧 아늑한 고요에 잠겨들었다. 아무 일도 일어나지 않을 것 같다는 근거 없는 믿음이 불쑥 들 만큼, 조용하고 따스한 밤이었다.

* * *

다음 날, 우지가 눈을 떴을 때 적막이 가장 먼저 귀를 메웠다. 깨어나고도 한참이나 귀가 멍했다.

이른 새벽이었다. 우지는 한동안 컴컴한 방 안을 쏘아보며 자기가 어디에 있는지 고민했다.

방 밖에서는 남자들의 코 고는 소리가 났다. 너무 깊게 잠들었던 탓인지 머리가 아팠다. 기억을 되짚자 전날 겪었던 사건들이 하나둘 떠올랐다.

노부인이 살해당한 일과 이리태가 다친 채로 돌아온 일, 남은 생존자들끼리 수락이네 숙소에서 함께 머물게 된 일까지.

전부 아주 먼 과거에 일어난 일 같았다. 그래도 무사히 다음 날 눈을 떴으니 감사하게 생각해야 할까?

우지는 바닥을 딛고 일어서려다가 멈칫했다. 축축한 액체가 손바닥 아래로 느껴졌다. 수락이 밤사이 오줌을 싼 걸까. 어둠 속에서 손을 들어 냄새를 맡았다. 쇳내가 났다. 어린 시절 철봉에 오랜 시간 매달려 놀았을 때 맡아보았던 냄새였다.

우지는 솟구치는 불안을 무시했다. 세오가 옆에서 기침을 터트렸다. 우지는 앉은 채로 뒷걸음질 쳐 창문 가까이로 붙었다.

아니겠지. 아닐 거야. 그렇게 생각하면서도 점점 짙어지는 쇳내 때문에 욕지기가 치밀었다.

우지는 떨리는 손을 가누지 못하다가 겨우 커튼을 열어젖혔다. 아침 햇살이 방 안으로 들이쳤다. 동시에 방 안의 풍경이 한눈에 들어왔다. 우지는 입을 틀어막았다.

우지가 누워 있던 곳과 가장 먼 침구 근처에 검붉은 웅덩이가 고여 있었다. 긴 머리칼이 그 웅덩이에 절여져 굳어가고 있는 장면이 아침 햇살 아래서 빛났다.

다리에 힘이 풀린 나머지 우지는 일어날 생각을 못 한 채 벽에 등을 기댔다. 발밑에 무언가가 걸렸다. 내려다보니 피에 젖은 하얗고 날카로운 조각 하나가 놓여 있었다. 화분에서 나온 것으로 보이는, 끝이 날카로운 도자기 파편이었다.

기척을 느꼈는지 구암이 몸을 뒤척였다.

"아, 머리야⋯⋯. 뭐야, 벌써 일어났어?"

"엄마, 돌아보지 마!"

우지가 저도 모르게 소리쳤다. 구암의 흰 침구도 붉게 젖어 있었다.

구암이 무슨 일이냐는 듯 눈짓하며 몸을 일으켰다.

"왜 그러는데?"

구암이 의식하지 못한 채로 뒤돌았다.

"보지 말라니까!"

수락이 칭얼거리며 몸을 뒤척였다. 아이의 조그만 배 위에 얹어진 하얀 손이 바닥으로 추락했다.

수락 엄마는 눈을 커다랗게 뜨고 있었다. 벌어진 입술 사이로 희고 단단한 앞니가 보였다. 구암은 눈을 떼지 못하다가 뒤늦게 비명을 질렀다.

"까아악!"

거실에서 일제히 분주하게 움직이는 소리가 났다. 우지는 벽에 붙은 등을 떨어뜨리지 못했다. 다리에 힘이 하나도 없어 일어설 엄두도 나지 않았다.

가장 먼저 방문을 연 건 재희였다.

"왜 그래, 무슨 일이야?"

구암이 떨리는 손으로 수락 엄마가 누워 있는 곳을 가리켰다. 재희는 문턱에 선 채 말을 잇지 못했다.

노인과 민도, 이리태, 수락 아빠가 차례차례 얼굴을 들이밀었다.

왠지 불길한 기분을 느낀 수락 아빠가 재희를 밀치고 방안으로 들어왔다. 끔찍한 광경에 눈이 먼저 휘둥그레 커졌다.

그가 수락 엄마를 와락 들어 올렸다. 그녀의 머리가 아래쪽으로 힘없이 꺾였다. 목 위로 난 한 뼘 정도 되는 상처에서는 아직도 피가 흐르고 있었다.

노인이 황급히 다가와 수락 엄마의 맥을 쟀다. 반쯤 뜨인 눈꺼풀을 열고 동공 반응을 확인하던 노인은 허탈한 표정으로 고개를 숙이더니 손을 뗐다. 지혈이나 응급 처치는 시도조차 하지 않았다.

수락 아빠가 떨리는 목소리로 소리쳤다.

"여보, 정신 차려. 수락 엄마! 교수님, 이 사람 좀 도와주세요."

노인은 이를 악문 채 고개를 흔들었다.

소란스러운 소리에 뒤늦게 깨어난 수락이 눈을 비비며 몸을 일으켰다.

"아빠, 왜 그래?"

수락 아빠는 수락의 목소리를 듣자마자 엄마의 시신을 보지 못하게 얼른 아이의 눈을 가렸다.

"누가 애 좀 데리고 나가주세요."

수락 아빠가 전에 없던 간절한 태도로 부탁했다.

이리태와 민도가 허겁지겁 수락이를 데리고 방을 벗어났다.

수락 아빠의 눈에 핏발이 섰다. 분노가 그의 이글거리는 눈빛에 선연했다. 그는 아내를 끌어안은 채로 둘러선 사람들을 하나씩 노려보았다. 이미 이 방 안에 살인마가 있다고 결론 내린 듯했다.

"어떻게 된 거예요, 이게? 누구예요. 누가 이런 짓을 한 거냐고!"

"저희도 몰라요. 일어나니까 이미 이렇게……."

황망하기는 마찬가지였던 우지가 목소리를 쥐어짜내 말했다. 그 이상은 더 설명할 것도 없었다.

수락 아빠가 울분을 토해냈다.

"어떻게 몰라. 어떻게 모를 수가 있어. 옆에서 사람이 죽었는데!"

아내를 품에서 내려놓은 수락 아빠가 일어나 우지를 향해 다가섰다. 주먹이라도 휘두를 것처럼 위험해 보였다. 재희가 그 앞을 막아섰다.

"지금 뭐 하는 거예요? 아무것도 모른다잖아요!"

"당신 아내가 죽었어도 그렇게 말할 수 있어? 어?"

수락 아빠가 재희를 밀쳐냈다. 노인까지 나서 수락 아빠를 막아섰다. 이런다고 무슨 수가 생기는 것도 아니었고, 흥분을 가라앉히지 않으면 정말 무슨 일이 일어날지 몰랐다.

"진정해요. 우선 여기서 나갑시다."

수락 아빠의 귀에 노인의 말이 들어올 리 없었다. 오히려 그는 노인을 밀쳐내고 바닥에 떨어져 있는 도자기 조각을 주워 들었다. 그리고 뾰족한 그것을 사방으로 휘둘렀다. 누구든 입을 연다면 당장 그 조각으로 찔러버릴 태세였다.

수락 아빠와 구암, 노인이 문 쪽으로 물러섰다. 미처 도망치지 못한 우지와 세오만이 방구석으로 몰렸다. 수락 아빠가 두 사람 쪽으로 한 발 한 발 다가섰다.

"누구야? 너야, 아니면 너?"

조각 끝이 우지와 세오 사이를 오가다 우지 쪽에서 멈췄다. 수락 아빠가 우지에게 달려들려는 순간 구암이 그의 등을 밀쳤다.

"악!"

휘청거리다 그가 손에서 날카로운 조각을 놓쳤다. 그 바람에 베였는지 손에서 붉은 피가 뚝뚝 떨어졌다.

세오가 떨어진 조각을 발로 차 구석으로 밀어냈다.

"이거, 여기 산장에 놓여 있던 화분 조각이에요."

우지가 세오와 눈을 맞추며 말했다. 세오의 시선이 문가에 서 있는 노인에게로 향했다.

"할아버지네 부인도 산장에 있던 식칼로 죽었다고 하지 않았어요?"

"그게 지금 뭐가 중요한데. 닥치고 어제 무슨 일이 있었는지 설명부터 해!"

수락 아빠가 절규하듯 외쳤다. 그는 머리를 움켜쥐고 울부짖었다. 모두 잠시 그를 내버려두었다.

그가 흐느끼는 것을 잠자코 지켜보던 세오가 냉정히 말을 이었다.

"아까 그러셨잖아요. 사람이 옆에서 죽었는데 어떻게 모를 수 있냐고요. 저 최근 들어서 이렇게 잘 잔 적 처음이에요. 꼭 약 먹은 것처럼요."

"……그건 나도 마찬가지야."

우지가 말했다. 꼭 약 먹은 사람처럼 잠이 왔고, 일어났을 때도 평소에도 없던 두통에 머리가 깨질 것처럼 아팠다. 구암과 재희, 노인도 같은 증상을 느꼈는지 서로 눈빛을 주고받았다.

모두가 동감하는 사실이었다. 아무리 피곤했다고는 하지만 하나같이 너무 깊이 잠들었고, 깨어났을 때는 머리가 지끈거리는 통증을 느꼈다.

침묵이 흘렀다. 세오는 밖으로 나가 쓰레기통을 들고 왔다. 통을 뒤집어엎자 어제 나눠 먹었던 레토르트 음식 봉지가 쏟아져 나왔다.

민도가 거실에서 수락이를 진정시키고 있는 사이, 이리태가 무슨 상황인지 확인하기 위해 세오의 뒤를 따라 들어왔다.

"저희가 어제 먹었던 저녁이에요. 누가 작정하고 약을 탔으면 옆에서 사람이 죽어도 몰랐을 수 있죠."

그 순간 사람들의 시선이 재희와 이리태에게로 향했다. 이리태가 당황한 얼굴로 손을 내저었다.

"전 아무것도 안 했어요. 그냥 사장이 준 걸 가져왔을 뿐이라고요!"

"제가 하고 싶은 말은 이 방에 있는 사람만 용의자가 아니라는 거예요. 박 사장도 충분히 용의자가 될 수 있다고요."

"그래? 진짜 그렇게 생각해?"

수락 아빠는 흥분을 참지 못한 얼굴로 문을 박차고 나갔다. 그의 붉게 충혈된 눈이 컨테이너에서 멈추었다. 이내 주먹을 움켜쥐고 컨테이너로 뛰었다.

다른 사람들도 우르르 그의 뒤를 따랐다. 민도와 구암만이 수락을 데리고 원래 머물던 3호실로 돌아갔다.

숙소 밖으로 나오자 축축한 공기가 온몸을 감쌌다. 비는 잠시 소강상태였다.

우지는 말려드는 모양으로 둥글게 모여 있는 숙소들을 보다가 몸을 감쌌다. 땅에서부터 기분 나쁜 한기가 올라오고 있었다. 땅은 질척여 걷기에도 좋지 않았다. 마치 누군가가 걷지 못하게 발목을 붙드는 것 같았다.

수락 아빠는 노크도 없이 컨테이너 문을 확 열어젖혔다. 박 사장은 그 안에 없었다. 그러나 그가 어디에 있는지는 쉽게 짐작할 수 있었다. 일정한 간격으로 나무를 찍어대는 소리가 들렸기 때문이다. 아니나 다를까 그는 건물 뒤쪽에서 작은 손도끼로 장작을 패는 중이었다.

몰려온 사람들을 발견한 박 사장이 해맑은 표정으로 물었다.

"뭐, 도, 도와드릴까요?"

앞장선 수락 아빠가 천진하게 웃고 있는 박 사장을 향해 되물었다.

"어제 우리 숙소로 온 적 있습니까?"

"아, 아뇨. 이, 이, 이거. 전기 아, 안 되니까 바, 밤에 불, 불 대신 쓰려고! 이거 계속, 해, 했는데!"

박 사장이 그러다가 또 비시시 웃음을 흘렸다. 사람들이 이렇게 경직된 얼굴로 모여들었는데도 당황하는 기색 같은 건 조금도 없었다. 심지어 무슨 일인지 궁금해하는 것 같지도 않았다. 그저 자기 세계에 빠져 있는 덜떨어진 사람. 수락 아빠는 결국 고개를 설레설레 저었다.

수락 아빠는 추궁하기를 포기한 듯 굳은 얼굴로 세오를

노려보았다.

"……이런 사람을 보고도 그런 말이 나와? 사장이 범인이라고?"

우지는 조금 더 빤히 박 사장의 표정을 살폈다. 아무리 봐도 그는 연기하고 있는 게 아니었다. 박 사장은 수락 아빠가 사람들에게 언성을 높이자 그제야 어리둥절한 표정으로 눈치를 봤다. 차가운 바람이 숲에서 불어왔다.

수락 아빠가 박 사장에게 무슨 일이 벌어졌는지 말하려는데, 박 사장의 시선이 숲 쪽으로 스르르 움직였다. 다들 그가 보는 곳으로 고개를 돌렸다. 무언가 이상하다는 것을 눈치 챘다. 박 사장이 속삭이듯 중얼거렸다.

"또, 또, 또 왔어. 왔나? 왔다."

우지도 가늘게 눈을 뜨고 그가 보고 있는 쪽을 유심히 살폈다. 숲 쪽에는 아무것도 없었다. 수풀의 흔들림도 느껴지지 않았다. 우지의 머릿속을 채운 것은 그 하마처럼 생긴 괴물이었다. 갑자기 튀어나올까 봐 꼼짝도 못 하고 숲만 노려봤다. 그러나 계속 지켜봐도 변화는 없었다.

아무 일도 일어나지 않아 맥이 빠지려는 즈음, 갑자기 박 사장이 머리를 감싸며 몸을 비틀거렸다.

"왔다. 왔어. 아빠!"

우지가 엉겁결에 부르르 떠는 박 사장을 부축했다. 박 사장이 우지를 거칠게 힘으로 떨어뜨렸다.

우지는 넘어질 뻔했다가 어렵게 중심을 잡고 섰다. 박 사장은 몹시 겁에 질려 있었다. 그가 뭘 보는 건지 몰라 우지역시 덩달아 겁이 났다.

"왜 그래요? 뭐 때문에 그러는 거예요?"

"아, 아빠가 그랬어요. 저, 저, 하마 눈! 눈을 찔러야 한다고! 찌르라고! 찔러!"

박 사장이 발작하듯 소리쳤다. 그러다가 다음 순간 그는 보이지 않는 저 숲 너머 어딘가를 응시했다.

"아빠, 죄송해요! 그만! 아빠, 그만 때려요! 아빠!"

박 사장이 히스테릭하게 소리쳤다. 이번에는 전혀 말을 더 듣지 않았다. 그의 눈이 까뒤집혔다. 꼭 누군가에게 목이 졸리기라도 한 듯 숨을 쉬지 못하더니 아래로 목을 푹 꺾었다. 서늘한 침묵이 흘렀다.

우지가 박 사장의 어깨 위로 천천히 손을 가져다 댔다.

"……사장님?"

박 사장은 선 채로 정신을 잃은 것만 같았다. 아무런 미동도 없던 그를 보다 말고, 우지는 모로 허리를 숙였다. 박 사장의 얼굴을 보기 위해서였다. 박 사장은 멍하니 바닥을 보고 있었다.

"사장님?"

우지가 다시 한번 부른 순간 그가 고개를 확 들어 올렸다. 우지는 악, 비명을 지르며 물러섰다.

박 사장은 이리저리 두리번거리다가 갑자기 도끼를 들고 수락이네가 머물던 산장으로 달려갔다. 수락 아빠가 어떻게 할 새도 없을 만큼 돌발적이고 민첩한 움직임이었다.

뒤늦게 박 사장의 뒤를 쫓아 우르르 내려가는데, 박 사장이 품에 수락 엄마의 시체를 안고 나왔다. 그의 표정이 처절하게 일그러져 있었다.

박 사장은 숲을 돌아보며 정신이 나간 사람처럼 소리쳤다.

"저리 가! 저리 가!"

그 순간 익숙한 울음소리가 들렸다.

그것이었다.

숲 한쪽이 우수수 흔들리는가 싶더니, 그 사이로 어두운 보라색이 엿보였다. 그것의 피부 색깔이었다. 어두운 숲 안쪽에 불이 켜지듯 노란 안광이 덤불 사이로 드러났다. 그것의 눈이었다.

주춤주춤 물러서던 세오가 다급하게 우지를 자기 쪽으로 끌어당겼다.

수락 아빠가 아내의 시신을 보고 비명을 질렀다.

"여보!"

우지는 짧은 순간이지만 수락 엄마의 텅 빈 두 눈과 시선이 마주쳤다. 그 눈이 경고하는 것만 같았다. 어서 도망가라고. 그녀의 몸이 생명이 있는 것처럼 꿈틀거리는 듯한 착각도 들었지만 그건 박 사장 때문이었다.

박 사장이 시신을 끌어안은 채로 비틀거리며 한 발씩 떼어놓았다. 온몸이 후들거리는 게 겁에 질려 간신히 버티는 것처럼 보였다.

설마 산장 안까지 들이닥칠 줄은 몰랐는데, 그 거구의 짐승은 온전히 모습을 드러냈다. 모두 입을 쩍 벌린 채 아무 소리도 내지 못했다. 다리에 쇳덩어리를 매단 것처럼 한 발 뒤로 떼는 것조차 어려웠다.

꿈틀거릴 때마다 짐승의 보랏빛 피부가 더욱 선명하게 느껴졌다. 푸르르, 소리를 내며 고개를 흔들자 입에서 나온 침이 사방으로 튀었다.

그것이 단숨에 다가와 박 사장에게로 거대한 아가리를 들이밀었다. 박 사장이 뒤로 넘어지며 수락 엄마와 손에 든 도끼를 놓쳤다. 시신이 나동그라지고, 짐승의 눈이 먹잇감을 노리듯 눈을 부라렸다. 시신이 두어 바퀴 구르다 멈추자 스으, 고개를 숙이더니 순식간에 수락 엄마의 다리를 물었다. 다리가 으깨지는 소리가 섬뜩하게 울렸다.

짐승은 수락 엄마를 문 채로 사람들을 노려보며 천천히 뒷걸음질 쳤다. 수락 엄마의 시체가 땅에 검붉은 길을 내며 숲으로 끌려갔다.

그제야 사람들이 비명을 내질렀다. 노인은 몸을 떨며 주저앉았다. 이리태가 넘어진 노인을 부축했다. 수락 아빠는 아내가 사라진 숲에서 눈을 떼지 못했다.

"그거 놔! 놓으라고!"

수락 아빠가 짐승이 사라진 숲을 향해 소리를 질렀다. 그는 눈앞에 떨어져 있는 박 사장의 손도끼를 집어 들었다. 다리를 덜덜 떨면서도 당장 숲으로 달려갈 기세였다.

프로펠러 소리가 들린 건 그때였다.

"헬기다."

세오가 손가락을 허공에 흔들며 소리쳤다.

정말로 헬기였다.

헬기가 그들의 머리 위를 선회하고 있었다.

사람들은 헬기에서 쏟아지는 환한 빛을 받자 기쁜 건지 슬픈 건지 알 수 없는 묘한 소리를 질렀다. 낭떠러지 끝에 몰린 그들에게 구원의 빛이 떨어지고 있었다.

차분한 건 헬기를 허탈하게 보낸 적 있는 우지뿐이었다. 그녀는 정신을 차리고 근처에 있는 작은 돌멩이를 집어 하늘로 던졌다. 하지만 돌이 헬기에 닿기엔 거리가 턱없이 멀었다. 그래도 우지는 계속해서 돌을 던졌다.

사람들도 우지를 따라 돌멩이를 들어 헬기를 향해 던졌다. 다들 웃음을 터트렸다. 괴물에게서, 이 산장에서 벗어날 수 있을 것이라는 희망이 그들을 순식간에 사로잡았다.

헬기가 고도를 더 낮추자 이리태가 외쳤다.

"다들 나와요!"

그는 손가락이 남아 있는 왼손으로 있는 힘껏 헬기를 향해 돌을 던졌다. 돌이 헬기의 하부에 닿는 소리가 들렸다. 헬기는 마치 그에 반응하듯 제자리를 맴돌며 조금씩 낮아졌다.

그야말로 절호의 기회였다.

이곳을 탈출할 다시 없을 기회.

"여기요! 여기 사람 있어요!"

재희가 기쁜 표정으로 목소리를 높였다. 그들이 서 있는 곳에는 시야를 가로막을 만한 나무나 수풀이 없었다. 헬기가 점점 더 고도를 낮췄다. 모여 있는 사람들을 발견할 수밖에 없는 거리였다.

수락 아빠는 웃을 수도 울 수도 없는 표정으로 숲과 헬기를 번갈아 보았다. 모두가 하늘 위 헬기에 정신이 팔린 탓에 오직 수락 아빠만 짐승의 존재를 인지하고 있었다.

수락 엄마를 문 짐승이 나무에 몸을 가린 채 멈춰 서서 수락 아빠를 보더니, 눈이 마주치자 그제야 숲속으로 다시 몸을 돌렸다.

아무리 그래도 네가 사는 게 중요하지?

괴물의 육중한 등은 마치 그런 말을 던지는 듯했다.

수락 아빠가 이러지도 저러지도 못하고 괴로워하는 사이, 사람들은 계속해서 허공을 향해 돌을 던졌다.

잠깐 보이지 않던 세오가 컨테이너에서 휘발유가 든 기름통을 가지고 나왔다.

"라이터. 라이터 있는 사람 없어요?"

세오가 입고 있던 옷을 손에 말고 휘발유에 푹 적셨다.

수락 아빠는 숲으로 들어가길 포기하고 주머니에서 라이터를 꺼내 던졌다. 세오가 휘발유에 젖은 옷을 들고 나무에 올라탔다. 라이터가 켜졌다. 옷에 불이 붙었다.

불길은 금세 나뭇가지 위로 옮겨붙었다. 바람이 불자 불씨가 순식간에 커졌다. 헬기가 내려앉을 것처럼 더욱 고도를 낮췄다. 사람들은 환호성을 내질렀다.

재희가 우지의 몸을 끌어안았다. 됐다. 됐어. 발견한 거야. 우리를 본 거야! 사람들은 정신없이 외치며 계속해서 손을 흔들었다.

이리태가 목청을 높였다.

"여기요! 그래, 여기예요!"

헬기가 지상 20미터쯤까지 내려왔다. 밑에 있는 사람들의 얼굴까지 낱낱이 다 보일 거리였다. 불씨는 계속해서 크기를 키웠고 헬기는 선회하며 가까워졌다.

우지도 정신없이 손을 흔들었다. 심장이 뛰는 소리가 귀에 들릴 것 같았다.

금방이라도 내려앉을 것 같던 헬기가 어쩐지 다시 고도를 높이기 시작했다. 내려올 때는 아주 조금씩이더니 금세 지상에서 멀어져갔다. 요란하던 프로펠러 소리도 작아졌다. 어찌 된 영문인지 알 수 없어 다들 고개만 쳐든 채 입을 헤 벌리고 있었다.

영영 헬기는 착륙하지 않을 것 같았다.

모여 있는 사람들을 발견하지 못한 것 같았다.

그렇다고 해서 할 수 있는 일은 없었다. 헬기의 몸체가 점점 멀어지는 모습을 무력하게 올려다볼 뿐이었다.

이리태만이 목소리를 높였다.

"안 돼, 멈춰! 저기요!"

이리태의 얼굴이 터질 듯 붉어졌다. 그러는 사이에도 헬기는 멀어졌다.

사람들은 망연자실한 얼굴로 하늘을 보았다. 우지는 재희의 품에서 빠져나왔다. 나뭇가지가 타닥타닥 타들어가는 소리가 머리 위로 들렸다.

땅 위로 빗물이 떨어졌다. 이번에도 지긋지긋한 소나기였다. 뺨에 흘러내리는 빗물은 모두의 눈물 같았다. 모여 있던 사람들은 아무런 대화도 하지 않고 하나둘 컨테이너로 향했다.

우지는 끝까지 미련을 버리지 못하고 하얀 장막으로 가려진 하늘을 살폈다. 하지만 수백 마리의 새가 힘차게 날아오르는 듯하던 프로펠러 소리는 다시는 들리지 않았다.

우지는 깨달았다.

이곳 사람들은 태풍이 시작된 뒤로 내내 위험반원 안에 갇혀 있는 것이다. 태풍은 한 번도 멎은 적이 없었다. 오히려 더 몸집을 키울 뿐이었다. 산장에 갇힌 사람들의 공포심을 먹고 자란 것처럼.

이 순간 진짜 괴물은 숲속을 배회하고 있는 짐승이 아니었다.

괴물은 태풍이었고, 그들을 보지 못하고 지나친 헬리콥터였으며, 누군가가 구하러 와줄 거라고 철석같이 믿고 있던 사람들이었다.

결국 모든 것은 믿음의 문제였다.

일이 잘 풀릴 거라고 믿었기 때문에 또다시 배신당한 것이다.

우지도 사람들을 따라 컨테이너로 들어갔다. 거세진 빗줄기가 그들의 불행을 싸늘히 비웃는 것만 같았다.

* * *

비좁은 컨테이너에 둘러앉은 사람들은 침묵했다.

세오만이 무언가 확인할 게 있다며 홀로 자리를 비웠다. 무슨 일이 생길지 모르니 개인행동을 삼가자는 것이 무언의 규칙이었는데, 그걸 지적하기에는 누구도 기운이 남아 있지 않았다.

숙소에 남아 있던 민도와 구암, 수락이 뒤늦게 컨테이너에 합류했다.

민도는 숙소 안에서 괴물의 울음소리를 들었는지 안색이

창백해져 있었다. 민도에게서 질문이 쏟아졌다.

"어떻게 된 거야? 설마 그게 또 왔어?"

"……그 괴물이 수락이 엄마를 데려갔어."

"뭐?"

아무도 헛것을 보았다거나, 환각일지 모른다는 말은 내뱉지 않았다.

우지는 구조 헬기가 왔으나 헬기가 자신들을 발견하지 못했다는 사실을 차분히 설명했다. 민도는 믿기지 않는다는 표정으로 재차 되물었다.

"왜? 왜 그랬는데?"

"우리도 몰라. 그냥 가버렸어."

구암이 수락을 꼭 끌어안았다. 수락은 이 상황이 이해되지 않는다는 듯 천진한 얼굴로 눈을 깜빡였다.

침묵을 뚫고 이리태가 입을 열었다.

"아까 그 헬기, 왜 우리를 못 본 걸까요? 정말 코앞에 있었잖아요. 꼭 우리가 없는 것처럼 그대로 사라졌어요."

"구해주기 싫었나 보지. 알 게 뭐야. 미친 새끼들 같으니."

수락 아빠가 컨테이너 바닥에 침을 퉤 뱉고 발로 뭉갰다.

박 사장은 창백한 얼굴로 소파 구석에 앉아 지켜보기만 했다.

우지는 연신 흘깃거리며 박 사장의 얼굴을 살폈다. 그는 평소처럼 멍한 얼굴을 하고 있었다. 어떻게 괴물이 올 걸 알

앗는지, 중얼거리던 말들은 대체 무슨 뜻인지 묻고 싶었다. 하지만 박 사장에게 아무리 말을 걸어도 대답이 돌아오지 않아 대화 자체를 포기한 상태였다.

잠시 뒤 세오가 돌아왔다. 그녀의 손에는 깨진 화분이 들려 있었다. 수락 엄마의 곁에서 발견됐던 조각의 출처가 분명했다.

"이거 제 숙소에서 나온 거예요."

수락 아빠가 고개를 들었다. 사람들 사이로 미묘한 긴장이 흘렀다.

"……무슨 말을 하고 싶은 겁니까?"

노인이 물었다. 세오는 들고 있던 화분을 테이블에 내려두었다.

"할머니 등에 꽂혀 있던 식칼은 수락이네 산장에서 나온 거 같아요. 어제 보니까 부엌에 식칼이 없더라고요."

"그게 뭐가 어쨌다는 건데?"

우지가 답답하다는 듯 물었다. 세오는 담담히 화분 조각에 시선을 고정했다.

"수락이네 산장에서 나온 칼이 할머니를 죽이고, 그다음에 수락이 엄마가 죽었어. 또 수락이 엄마 곁엔 내 숙소에서 나온 듯한 화분 조각이 있었고. 꼭 순서를 말하는 거 같지 않아?"

"순서?"

"그래, 죽는 순서 말이야."

세오가 눈을 치떴다. 우지는 등골이 오싹해졌다.

세오가 너무나 확신에 차 말했기에 말도 안 된다고 대뜸 반박하고 나서는 사람은 없었다. 모두 세오의 말을 믿는 걸까? 우지는 사람들의 지친 표정을 하나하나 들여다보았다. 누구도 그녀의 말을 신뢰하는 눈치는 아니었다. 그저 지금 너무 무기력해진 상태라 그들의 마음에 별다른 파문을 일으키지 못하는 것뿐이었다.

우지만이 세오의 말을 진지하게 받아들였다. 설령 그녀의 말이 헛소리라고 해도 조심해서 나쁠 건 없었다.

민도가 눈치를 보다가 손을 들어 올렸다.

"저, 애도 듣고 있는데 그런 이야기는 이따 하면 안 될까요?"

모든 시선이 아이를 일별했다. 수락은 의기소침해진 표정으로 구암의 품에 얌전히 안겨 있었다.

재희가 끙, 소리를 내며 자리에서 일어섰다.

"……일단 각자 숙소에 들어가서 좀 쉽시다. 이런다고 답이 나오는 것도 아니고."

재희가 일어나자 민도도 그 뒤를 따랐다.

수락이 구암의 품에서 빠져나와 아빠 곁에 섰다. 수락 아빠가 아이를 꼭 끌어안았다. 박 사장만이 얼빠진 얼굴로 소파에 앉아 있었다.

컨테이너를 나온 우지는 축축한 공기를 들이마시듯 깊이 심호흡했다. 답답한 곳에 갇혀 있는 것 같다가 나오니 조금은 속이 후련해지는 것 같았다.

세오가 태운 나무는 새카맸다. 내리는 비 덕분에 불이 더 번지지 않고 그대로 꺼진 모양이었다.

멍하니 나무를 보고 있는데 세오가 곁을 지나쳤다. 우지는 그녀를 붙들었다. 빗물이 그들의 얼굴 위로 하염없이 떨어졌다.

"······정말 그렇게 생각해?"

"뭐가?"

"식칼이나 파편이 정말 살해 순서를 알려주는 거라고 생각하냐고."

"지금은 추측이지. 내일 아침이면 알게 될 거야. 내가 죽으면 그다음 차례가 누구인지 잘 기억해둬."

우지는 그 말이 전혀 농담처럼 들리지 않았다.

"오늘은 그럼 우리 숙소에서 자."

"불편해서 싫어. 그리고 이리태랑 얘기도 좀 해봐야 해."

"왜?"

"걔가 봤다는 여자, 아무래도 내 동생 같아."

"아, 그 여자······."

잊은 기억이 떠올랐다. 어제 이리태는 웬 여자가 자기를 구해줬다고 말했었다.

세오가 미련 없이 숙소로 들어가려 하자 우지는 그녀를 한 번 더 붙들었다. 산사태가 있던 날, 네 동생일지도 모르는 여자를 보았다고 이야기해줄 생각이었지만 쫓아오던 여자를 외면했던 게 마음에 걸려 입이 쉽게 떨어지지를 않았다.

"그럼 저녁이라도 먹고 가. 휴대폰 찾아준 값은 치러야지."

세오가 그 말에 걸음을 멈췄다. 이유는 모르지만 구조대가 사람들을 보고도 코앞에서 떠났으니, 외부의 도움을 기다리는 일은 묘연하기만 했다. 어제와 오늘은 어떻게 끼니를 대충 넘겼지만 내일부터는 달라질 것이었다.

"부모님은 내가 설득할 수 있어. 우리랑 있으면 그래도 먹을 거 걱정은 안 해도 될 거야."

"……왜 날 이렇게까지 챙기는 건데?"

"같이 있으면 오래 살 수 있을 거 같아서."

"뭐?"

"아까 나무 태우는 거 보고 그렇게 생각했어. 관찰력도 좋은 거 같고, 행동력도 있고. 나도 그냥 가만히 넋 놓고 있는 건 아니거든."

이상한 일들이 계속해서 일어나고 있는 와중이니 내부에 가족을 제외하고 한 명이라도 믿을 만한 사람이 있다면 분명 도움을 받을 수 있을 것이다. 우지에겐 세오가 적격인 사람으로 보였다.

세오는 잠시 고민하는 양 머뭇거리더니 짐을 챙겨 오겠다며 숙소로 돌아갔다.

빗줄기가 그사이 강해져 시야가 점점 흐려졌다. 우지도 숙소로 돌아가기 위해 발을 돌렸다. 그런데 노인의 숙소에서 수락 아빠와 노인이 함께 나오는 게 눈에 띄었다.

우지는 무심코 몸을 숨겼다.

수락 아빠와 노인은 커튼으로 둘러싼 노부인의 시체를 끌고 나와 둘둘 만 커튼을 양 끝에서 잡고 산장의 후미진 구석으로 향했다. 괴물이 벌인 끔찍한 짓을 보고 난 터라 노부인을 땅에 묻으려는 모양이었다.

노인은 수락 아빠를 묵묵히 거들었다. 두 사람은 이렇다 할 대화를 나누는 것 같지는 않았다. 수락 아빠가 걷다 말고 누가 보고 있지는 않은지 주변을 둘러봤다. 그 모습이 조금 이상해 우지는 그들을 훔쳐보는 걸 그만두지 못했다.

우지는 지금이라도 숙소로 돌아갈까 했으나, 할머니의 쪼개지던 머리통이 떠오르자 그럴 수 없었다. 노인과 수락 아빠가 모르는 게 하나 있었다. 그것이 시체 냄새를 기가 막히게 맡는다는 것이다. 그러니 웬만큼 깊게 파묻지 않으면 땅에 묻어도 별 소용은 없을 것이다.

왜 그 괴물이 노부인의 시체를 먼저 가져가지 않았는지는 몰라도, 어쨌든 노부인의 시신은 그 괴물을 이 산장 안으로 다시 불러오는 미끼가 될 수도 있었다.

우지는 결국 발걸음을 떼 두 사람을 쫓았다. 적어도 멀리 떨어진 곳에 시체를 묻으라고 조언해줄 생각이었다.

컨테이너를 지나친 수락 아빠와 노인은 숲과 인접한 평지에 노부인의 시신을 내려놓고 널브러진 삽을 주워 들었다. 컨테이너 뒤편과 대각선 방향으로 마주하고 있는 땅이었다. 여전히 거센 비가 두들기듯 땅을 때렸다.

우지가 다가가려는 그때, 수락 아빠가 입을 열었다.

"이렇게 된 거 그냥 빨리 수락이부터 보냅시다. 그 이상한 괴물한테 개죽음당하려고 교수님한테 연락한 게 아니란 말이에요. 편하게 다 같이 가는 거, 그게 우리 목표였잖아요."

우지는 수락 아빠의 묘한 말에 본능적으로 컨테이너 뒤로 몸을 숨겼다. 발밑의 작은 나뭇가지가 뚝 부러졌지만 빗소리가 우지의 발소리를 덮어주었다. 두 사람은 우지의 낌새를 알아차리지 못했다.

노인이 주위를 두리번거리더니 목소리를 낮췄다.

"예상 못 한 타이밍에 둘 다 죽어버려서 어차피 약품이 많이 남아. 서두를 거 없어."

수락 아빠는 노인의 말이 들리지 않는지 땅을 파내며 고통스러운 얼굴로 중얼거렸다.

"이런 일이 벌어질 거라고는 생각 못 했어요. 어쩌다가, 왜 수락이 엄마가……. 애초에 그 코인방에 들어간 게 문제였어요. 그러지만 않았어도 여기까지 올 일은 없었을 텐데……."

수락 아빠가 후회하는 듯 울먹이자 노인이 순간 매섭게 소리를 높였다.

"지금 그런 말 할 때야! 나도, 당신도 전 재산 다 잃은 사람인 건 마찬가지잖아. 미친 살인마 짓이든 뭐든, 이제 다 끝난 일이야."

"교수님……."

"박 사장이 저렇게 모자란 놈인 줄 알았으면 장소 제공해 준다는 말만 믿고 여기까지 덜컥 오지도 않았을 거야. 어차피 꼬인 거 지금부터 잘 풀어보자고. 예전 일은 다 잊고."

노인의 목소리가 아이를 달래듯 부드러워졌다.

"아니면 우리라도 새로 시작해볼 수 있지. 이렇게 아내를 떠나보내니까 나도 마음이 조금 약해졌어. 박 사장이 투숙 명목으로 받은 귀금속들, 약속받은 돈들, 그것들 다 우리 비밀 지켜주라고 내가 판 깔아준 거잖아."

"……그 돈 받았으니, 박 사장도 조용히 있을까요?"

"그래! 아무리 멍청해 보여도 돈 이야기만 나오면 헤벌쭉 웃던데, 뭘. 그리고 우리가 진짜로 누구를 죽이기나 했나? 자네 아내도, 내 아내도 다 남이 죽여준 거지. 사망 보험금도 꽤 나올 거라고."

수락 아빠가 고민되는지 고통스러운 얼굴로 머리를 감쌌다.

우지는 두 손으로 입을 가렸다. 너무 놀란 나머지 신음 같은 목소리가 새어 나올 뻔했다. 소름 끼치는 감각이 등을 타고 올라왔다. 우지는 너무도 혼란스러웠다. 그러니까…… 그들은 이곳에 단순히 놀러 온 게 아니었다. 수락이네와 노부부는 산장에 온 목적이 따로 있었다. 그것도 아주 어둡고, 불쾌한 목적이.

수락 아빠가 비에 섞여 한없이 흐르는 땀을 닦으며 고개를 저었다.

"아내 보험금으로 갚을 수 있는 정도의 빚이 아니에요. 저는 처음 계획했던 대로 할 거예요. 애초에 첫날 수락이부터 보내야 했는데, 대체 왜 약이 안 든 건지……."

"자네 의견이 그렇다면 어쩔 수 없지. 어쨌든 마음 약해지지 마. 오히려 잘됐잖나. 이제 마무리만 잘 지으면 돼. 응?"

그제야 수락 아빠가 마음을 추스르는 것 같았다. 그는 얼굴을 손으로 세게 문지르곤 무른 땅을 발로 찼다.

우지는 몸을 더욱 웅크렸다. 노인이나 수락 아빠가 자신이 서 있는 쪽으로 시선을 던질까 두려웠다.

"알겠어요. 그런데 좀 무뎌서 이 삽으로는 안 될 거 같아요. 사장한테 여분이 있는지 좀 물어볼게요."

수락 아빠가 걸어오는 소리가 들렸다. 우지는 깜짝 놀라 컨테이너 문 쪽을 향해 재빨리 걸음을 옮겼다. 기척을 느낀 수락 아빠가 멈칫했는지 발소리가 멎었다. 우지는 그 순간 코너를 빠르게 돌았다.

눈앞에 박 사장이 나타났다.

우지는 흠칫 놀라 아무런 반응도 할 수 없었다. 언제부터 여기 있었던 걸까? 아니, 언제부터 두 사람을 훔쳐보는 자신을 지켜보고 있었던 걸까? 비명이 나오지 않은 게 용할 정도였다. 우지는 어떻게 해야 할지 몰라 애먼 입술만 질끈 물었다.

그런데 박 사장이 묘한 미소를 짓더니 입술 위로 가만히 손가락을 올렸다.

수락 아빠가 다시 문 쪽으로 성큼성큼 걸어오는 소리가 들렸다.

"혹시 사장님이세요?"

수락 아빠의 음성이 등 뒤에서 들리는 듯 가까워졌다. 박 사장이 대뜸 컨테이너 안쪽을 가리켰다. 우지는 수락 아빠와 마주치기 전에 재빨리 컨테이너 문 뒤로 몸을 숨겼다. 경첩과 문 사이로 난 틈으로 수락 아빠와 박 사장의 모습이 보였다.

수락 아빠는 컨테이너 문 앞에 멈춰 서 있는 박 사장을 굳은 얼굴로 보고 있었다. 박 사장이 수락 아빠에게 해맑게 인사를 건넸다.

"수, 수락 아빠. 아, 안녕하세요!"

"사장님, 여기 혹시 다른 분은 없었나요?"

"다, 다, 다른 분이요? 다, 다른 분 찾아드려요? 부, 불러요!"

수락 아빠가 답답한 듯 한숨을 내쉬었다.

"……아니에요. 혹시 삽 남는 거 있나요?"

"이, 있어요! 저, 저기 커, 컨테이너 뒤에!"

"저, 그런데 사장님이 좀 도와주시면 좋겠는데요."

"도, 도울게요. 도, 도와!"

박 사장과 수락 아빠의 발소리가 멀어졌다.

가슴을 움켜쥐고 있던 우지는 조금씩 나눠 숨을 내뱉었다. 두 사람이 어느 정도 컨테이너에서 멀어졌을 즈음 문 뒤에서 걸어 나왔다. 수락 아빠나 노인과 마주치기 전에 서둘러 산장으로 돌아갈 생각이었다.

그때 어디에선가 시선이 느껴졌다. 우지는 무심코 컨테이너에 있는 창 쪽을 돌아보았다.

창 바깥에 노인이 서 있었다.

우지는 숨을 급하게 들이켰다. 지저분한 창 너머로 노인의 굳은 얼굴이 비쳤다. 노인이 창문에 어찌나 바싹 얼굴을 붙이고 있는지 그의 표정과 눈빛, 주름 하나하나마저 분명하게 눈에 각인됐다.

그는 우지를 노려보고 있었다. 노인이 창문에서 얼굴을 뗀 순간 우지는 컨테이너를 빠르게 벗어났다.

머리칼이 빗물에 축축하게 젖었다. 어둠이 그녀를 뒤쫓았다.

우지는 뒤를 살폈다. 노인은 컨테이너 옆에 서서 신 뒤축을 펴고 있었다. 그의 여유로운 태도 때문인지 더욱 겁이 났다. 노인은 분명 자신을 쫓아올 생각이었다. 우지는 숨이 멎도록 달렸다.

3호실에 거의 도착한 그때, 등 뒤에서 낮은 비명이 울렸다. 우지는 소스라치며 뒤돌았다. 컨테이너 옆은 텅 비어 있었다. 우지는 숨을 헐떡이며 주위를 살폈다. 노인의 모습은 어디에서도 보이지 않았다. 갑자기 증발해버린 듯했다.

우지는 노인이 일부러 자신을 끌어들이기 위해 연기하는 것일지도 모른다고 생각했다. 공포에 사로잡혀 서둘러 가족들이 있는 숙소 안으로 뛰어 들어갔다.

닫힌 문을 등지고 선 우지의 머릿속에 처음으로 선명한 의문들이 떠올랐다.

할머니가 이 산장을 택한 진짜 이유는 뭐지?

이곳에 모인 사람들은 저들처럼 전부 무언가를 숨기고 있는 걸까?

만약 이곳 사람들이 우연히 모인 게 아니라면, 혹시 사람들 사이에 어떤 공통점이 있다면…….

우지는 번뜩 정신을 차리고 황급히 문을 잠갔다. 빗방울이 우지의 턱을 타고 내려가 바닥에 뚝뚝 떨어졌다.

우지는 흘러내리는 빗물을 거칠게 닦아냈다.

"나 왔어……."

우지가 들어온 걸 그제야 알아챈 구암과 재희가 현관으로 나왔다.

우지는 쓰러지듯이 주저앉았다.

그녀는 처음으로 가족들의 존재가 반가웠다.

여행을 시작한 뒤로 일어난 일 중에 가장 믿을 수 없는 일이었다.

4
대속

구조대가 오면 상황은 달라질 거라고, 머지않아 이곳에서 나가게 될 거라고 믿었다.

하지만 막상 구조 헬기는 두 번이나 그냥 지나쳤다. 구조를 기다리는 사람을 확인하고도 돌아갔다는 점. 그 사실의 여파는 컸다. 가장 바랐던 미래가 쓰레기통에 처넣어진 것이나 다름없었다.

괴물 때문에 산장을 벗어날 수도 없었고, 식량은 점점 떨어지고 있었다. 사람이 둘이나 죽어나간 마당에 또 다른 피해자가 나오지 않으리라는 보장이 어디 있나?

무엇보다 피해자들을 죽인 게 사람인지 아닌지도 알아내지 못했다. 이런 와중에 노인과 수락 아빠는 시신을 파묻으며 그들 가족이 얽힌 수상한 대화를 늘어놓았다. 그리고 그들의 은밀한 대화를 엿들은 걸 들키기까지 했다.

우지는 찜찜한 기분을 가누지 못했다. 정확히 말하면 겁에 질려 있었다. 해결하지 못한 일들이 시간이 갈수록 사라지기는커녕 더욱 쌓여갔다. 당장이라도 수락 아빠와 노인이 나누던 수상한 대화를 가족들에게 알리고 싶었지만 그러다 일이 엉뚱하게 흘러가 그들에게 표적이 될까 봐 두려웠다.

우지는 긁어 부스럼을 만들기보다는 우선 침묵하고 지켜보기로 마음먹었다. 자세한 내막을 모르니 섣불리 행동할 수 없었다.

"왜 그래?"

구암이 우지의 옆구리를 쳤다. 구암은 세오의 갑작스러운 방문이 떨떠름한 듯 표정이 굳은 채였다. 세오는 우지보다 먼저 숙소로 와 있었다. 우지는 고개를 저었다.

"아무것도 아냐."

"아무것도 아니긴. 아까 들어오고부터 계속 얼굴이 새파란데."

"……엄마, 민도랑 같이 둘만 남아 있던 날 기억해? 그때도 노부부랑 수락이네도 같이 있었어?"

"원래 아는 사이인 건지, 뭔지. 그날도 같이 찾아와서 먹을 거 내놓으라고 따지긴 했지. 그건 왜?"

우지는 대답하지 않고 그저 고개를 가로저었다. 아무래도 생각할 시간이 좀 더 필요했다.

우지는 말린 건어물과 햇반 두 개, 김치를 가져와 식탁에 놓았다. 다섯 명이 나눠 먹기엔 턱없이 적은 양이었지만 간단한 요기는 될 것 같았다.

세오는 누구보다 빨리 식탁에 앉아 젓가락을 들었다. 체면을 차릴 생각도 없는지 음식을 입에 바쁘게 밀어 넣고는 남은 음식이 든 배낭을 흘끗거렸다.

"먹을 게 이것뿐이에요?"

"그럼, 뭐. 더 줘?"

"주시면 좋죠."

구암이 코웃음을 쳤다. 민도와 재희는 세오에게 음식을 모두 빼앗길까 봐 얼른 식탁으로 와 앉았다.

우지는 마른오징어 다리를 질겅질겅 씹다가, 용기를 내 입을 열었다.

"나 아까 진짜 이상한 광경을 봤어."

"여기 이상한 게 뭐 한둘이야? 밥이나 먹어."

"아니, 엄마. 그 노인이랑 수락 아빠가 모여서……."

쾅, 소리와 함께 현관문이 흔들렸다. 얼마 안 되는 음식을 나눠 먹던 이들은 얼어붙은 채 문 쪽을 보았다. 민도가 가족들 눈치를 보다가 슬며시 일어섰다.

"뭐야. 누구야?"

"뭘 하려고, 앉아 있어."

민도는 재희가 붙잡은 손을 뺐다.

"누가 왔는지는 알아야 할 거 아냐."

민도가 가까이 다가가려고 하자 쾅, 하는 소리가 연속으로 이어졌다. 문고리가 부서질 것처럼 헛돌았다.

구암이 외쳤다.

"누구세요! 누군데 이래!"

방문객은 대답하지 않았다. 인터폰은 물론이고 도어스코프 역시 없는 곳이라 문을 열지 않고서는 바깥에 서 있는 이를 확인할 수 없었다.

문을 내려치는 소리가 별안간 멎었다. 기세 좋게 일어났던 민도가 꺼림칙한 표정으로 가족들을 돌아보았다.

"문…… 열어도 되는 걸까?"

"조용히 있어. 내가 갈게."

우지는 곧장 일어나 현관문에 다가섰다. 문에 귀를 대고 바깥에서 나는 소리를 들었다. 아무것도 들리지 않았다.

우지는 조심스레 잠금장치를 풀었다. 문고리를 잡은 손에 꽉 힘을 주고 기다렸다. 바깥은 여전히 고요했다. 문을 억지로 열려는 시도도 하지 않았다. 그녀는 천천히 손잡이를 돌렸다. 문이 열리기 직전, 세오가 경고했다.

"꼭 열어야겠어? 함정이면 어떡해."

"밖에서 또 무슨 일이 생긴 걸 수도 있잖아."

"진짜 그런 거면 말을 했겠지. 안 그래?"

세오가 다급히 다가와 문을 열지 못하도록 우지의 손을 현관문에서 떼어냈다. 그런데 바깥에서 뜻밖의 목소리가 들려왔다.

수락이의 음성이었다.

"거기 아무도 없어요? 저 좀 도와주세요."

세오와 우지는 서로를 마주 보았다.

의심할 것도 없었다. 분명 수락이의 목소리였다. 우지는 세오를 밀치고 문고리를 다시 잡았다. 다만 혹시 모를 사태를 대비해 이중 걸쇠를 건 뒤 문을 살며시 열었다.

문틈으로 차가운 냉기가 느껴졌다. 밖에서는 여전히 비가 내리고 있었다. 축축한 흙냄새가 현관 안으로 밀려들었다.

흐릿한 포치 조명 아래 수락이가 홀로 서 있었다. 우산이 없는데도 비에 젖지 않았는지 피부가 보송했다.

"수락아, 왜 여기……."

그 순간 현관문 틈으로 창백한 안색의 여자가 얼굴을 들이밀었다.

우지는 비명을 지르며 주저앉았다.

세오는 영문도 모르고 재빨리 현관문을 닫았다.

재희가 달려와 우지를 일으켜 세웠다.

"왜 그래, 뭘 봤는데?"

"저기, 밖에 여자가……. 그 여자가 서 있었어."

"누구를 말하는 거야?"

"그 여자 있잖아. 우리 차 쫓아왔던 여자!"

우지는 몸이 덜덜 떨렸다. 첫날 테라스에서 봤던 광경도 헛것이 아니었다.

하지만 왜? 왜 그 여자가 계속 눈앞에 보이는 걸까? 우지의 말을 들은 세오가 걸쇠를 풀고 문을 열었다.

"열지 마!"

우지가 소리쳤다. 현관문은 이미 활짝 열린 뒤였다.

바깥엔 수락이만 홀로 서 있었다. 여자의 모습은 어디에도 보이지 않았다. 추적거리는 빗소리가 공허하게 울렸다.

"어디에 누가 있다는 거야?"

세오가 다그치듯 물었다. 우지는 넋이 나간 채 고개를 흔들었다.

"아냐, 분명 있었어. 내가 봤는데……."

수락이 우지를 응시했다. 우지는 수락의 검은 눈동자를 보며 왜인지 으스스한 느낌을 받았다.

"……누나, 저 좀 도와주세요."

"뭘 도와달라는 거야?"

우지 대신 세오가 물었다. 하지만 수락은 집요할 정도로 우지만 바라보았다.

우지는 수락의 표정 없는 얼굴을 마주하고 있으려니 머리가 점점 멍해졌다. 어린아이가 아니라 아주 나이 든 노인을 마주하고 있는 것 같았다. 수락이 소곤거렸다.

"누나가 도와줘야 해요. 하마가 또 화내기 전에."

"……하마라고?"

우지는 숲속에 사는 괴물을 떠올렸다. 그 괴물이 또 화낸다는 건 무슨 뜻이고, 뭘 도와야 한다는 걸까?

저벅저벅, 발소리가 들린 건 그때였다. 누군가가 3호실을 향해 급히 걸어오고 있었다.

수락이 뒤도는 듯하다가 갑자기 산장 뒤편으로 달음박질쳤다.

"기다려. 어디 가는 거야!"

우지도 현관문을 박차고 밖으로 나왔다. 순간 번개가 치더니 천둥이 그 뒤를 따랐다.

수락은 어디로 간 것인지 마치 유령처럼 사라져 보이지 않았다. 대신 랜턴을 들고 있는 수락 아빠와 이리태의 모습이 어둠 속에서 드러났다.

수락 아빠는 화가 난 것도 같고, 겁에 몹시 질린 듯도 한 표정이었다.

우지는 그를 보자마자 수락이 이야기를 꺼냈다.

"저기, 좀 전에 수락이가……!"

수락이의 이름을 꺼내자 그가 우지의 팔을 힘주어 잡았다.

"수락이를 봤어요?"

"네?"

"수락이가 사라져서 찾고 있었어요. 혹시 본 겁니까?"

"조금 전까지만 해도 현관 밖에 서 있었는데, 갑자기 사라졌어요."

수락 아빠는 우지의 말을 듣자마자 3호실 주변을 미친 듯이 뒤졌다. 그러나 수락의 흔적은 보이지 않았다. 수락 아빠가 비에 젖은 머리칼을 뒤로 넘겼다.

"……사람이 또 죽었는데 애는 대체 어디로 간 거야?"

"사람이 죽었다니요? 누가요?"

수락 아빠가 우지를 섬뜩한 얼굴로 응시했다. 뒤에서 조용히 서 있던 이리태가 노부부가 머물던 숙소 근처 나무를 떨리는 손으로 가리켰다.

"저기 좀 봐요."

이리태는 자기는 차마 볼 수 없다는 듯 고개를 들지 못했다. 그의 검지가 어둠 속에서 바들바들 떨렸다. 번개가 다시 내리쳤다.

우지는 지붕을 벗어나 쏟아지는 빗줄기 아래로 섰다. 차가운 빗물이 연신 귓바퀴를 따라 흘러내렸다.

이리태가 가리킨 곳은 높다란 나무였다. 함부로 타고 올라가리라고 생각할 수 없는 아주 높은 나무. 꼭대기 가지에 무언가가 매달려 흔들렸다. 우지는 그것이 무엇인지 한눈에 알아차리지 못했다. 거대한 누에고치 같은 실루엣이었다. 또다시 번개가 내리치고 나서야 우지는 고치의 정체가 무엇인지 알 수 있었다.

조그만 머리통이 우지의 눈에 각인처럼 박혔다. 우지는 저도 모르게 신음을 흘렸다.

"어째서……."

천둥이 거세게 울려 퍼졌다. 다시 번개가 치자 이번엔 나무에 매달린 형체가 선명하게 드러났다. 축 늘어진 다리 위로 두 팔이 뻣뻣이 굳어 있었다. 목에 달린 굵은 밧줄이 시계추처럼 흔들거렸다. 멀리 떨어져 있는데도 시신을 코앞에서 보는 것처럼 시야가 선명했다.

우지는 노인의 시신을 멍하니 쳐다보았다. 노인은 눈도 감지 못하고 죽어 있었다. 몇 시간 전까지만 해도 컨테이너 근처에서 아내의 시신을 묻던 그가 어째서 죽은 채 발견된 것일까?

번개로 인해 주위가 다시 몇 초간 밝아졌다. 우지는 순간 노인과 눈이 마주친 것 같아 주춤 물러섰다. 뒤늦게 나온 재희가 우지의 팔을 끌어당겼다. 우지를 돌려세워 감싸안았다.

"여보, 우지 좀 데려가!"

우지는 구암과 민도가 부축해 산장 안으로 데리고 들어가는 동안에도 홀린 듯 노인의 시신을 바라보았다. 노인은 여전히 눈을 뜬 채 저 먼 어딘가를 응시하고 있었다. 무언가를 기다리고 있는 것처럼.

* * *

바닥에 사람들의 빗물이 뚝뚝 떨어졌다.

우지네와 세오, 이리태와 수락 아빠까지 모인 부엌은 몹시 비좁았다. 평소라면 몇 번이고 욕부터 내뱉었을 수락 아빠마저 묵묵히 있자 사람들은 서로 눈치를 살폈다. 모두 탈진할 만큼 지쳐 있었다.

여자들은 산장 안을, 남자들은 산장 바깥으로 나가 주위를 뒤졌지만 수락은 발견되지 않았다. 그것이 나타날지 모른다는 두려움을 안은 채 빗속을 한 시간 넘게 뒤졌다. 그러다 수락 아빠가 잠시 수색을 쉬자며 사람들을 불러 모았다. 이렇게 무작정 찾는 건 더 이상 의미도 없고 너무 지쳤으니 잠시 비를 피하고 쉬었다가 다시 찾아 나서기로 한 것이다.

숙소에 모인 모두는 똑같이 겁에 질린 기색이었다.

이리태가 창백한 얼굴로 손톱을 깨물었다.

"이상한 괴물까지 나타난 마당에 연쇄살인이라니……. 이러다가 저희 다 죽는 거 아니에요?"

이리태가 절망적으로 말하자 구암이 신경질적으로 반응했다.

"연쇄살인이란 말 함부로 하는 거 아니에요. 그리고 우리가 죽기는 왜 다 죽어?"

"벌써 세 명이에요. 처음엔 할머니, 다음엔 수락 엄마 그리고 그 재수 없는 할아버지까지 죽었잖아요. 우리라고 갑자기 죽지 않는다는 법 있어요?"

민도가 구암의 반응에 더 흥분해버린 이리태를 진정시켰

다. 지겨울 만큼 쉬지 않고 내리는 비에 집 안에는 냉기가 가득 찼다.

내내 벽에 기대서 있던 세오가 이리태의 맞은편 자리로 와서 앉았다.

"설명 좀 해봐요. 어쩌다가 시체를 발견한 거예요?"

대답은 이리태가 아닌 수락 아빠의 입에서 흘러나왔다. 그는 멍하니 창밖을 살폈다.

"잠깐 눈 뗀 사이에 수락이가 사라져서 제가 먼저 리태 씨한테 도와달라고 했어요."

수락 아빠는 이리태와 함께 수락을 찾기 위해 산장 주위를 돌아다니다가 노인의 숙소 문이 열려 있는 게 이상해 안까지 들어가보았다고 했다. 혹시 그 안에 수락이 있을지도 몰랐기 때문이다.

"아까 사모님을 땅에 묻어서 그런지 평소 같지 않게 말이 없으셨거든요. 들어갔더니 집 안은 엉망이고, 화분은 언제 깨진 건지 거실에 조각들이 널브러져 있었어요."

우지는 화분이 깨졌다는 말에 흠칫했다. 만약 수락 엄마가 죽었을 때 곁에 떨어져 있던 화분 조각이 세오의 숙소가 아니라 사실 노인의 숙소에서 나온 거였다면…….

거기까지 생각이 미치자 우지는 먼저 세오의 표정부터 살폈다. 세오는 무언가에 골몰하는 듯 인상을 찌푸린 채 가만히 있었다.

수락 아빠가 계속 말을 이었다.

"수락이는 그 안에 없었어요. 교수님도 보이지 않았고요. 아무래도 이상해서 관리동에도 찾아가봤는데 박 사장은 이미 잠들어 있더군요. 비탈길 위쪽도 살펴봐야겠다 싶어서 올라가니까 나무에 뭐가 매달려 있는 게……."

수락 아빠가 머리를 싸매고 어깨를 들썩거렸다.

구암이 우지를 툭 쳤다. 구암은 눈으로 수락 아빠가 지금 어떤 상태인지 묻고 있었다. 아들이 사라진 것만으로도 충분히 괴로울 텐데, 그것만이 전부는 아닌 것 같았기 때문이다.

우지는 몇 시간 전, 수락 아빠와 노인의 대화를 들었기에 그가 어째서 이렇게까지 혼란스러워하는지 짐작이 갔다. 노부부와 수락이네가 이곳에 놀러 온 건 평범한 가족여행이 아니었다. 모종의 이유가 있어서였다. 그것도 아주 끔찍한 이유가.

자기 가족과 함께 극단적인 선택을 하려고 했던 사람이 아이를 위하는 척 구는 것도 우스웠다. 우지는 귀신처럼 사라져버린 수락이나 죽은 채로 발견된 노인보다, 슬픈 표정으로 앉아 있는 눈앞의 남자가 더 무서울지도 모른다고 생각했다.

수락 아빠는 가족을 끔찍하게 아끼는 가장의 탈을 썼지만 뒤에서는 아내와 아이를 살해하고 자신 역시 죽고 싶어 했다. 그런 사람이라면 어떤 무서운 짓도 서슴없이 저지를 수 있었다. 우지는 섬뜩한 기분을 떨치려고 노력했다.

잠자코 있던 세오가 창 근처로 다가갔다. 그녀는 캄캄한 바깥을 꼼짝하지 않고 쏘아보았다. 비가 내리는 중이라 흔들리는 나무 몇 그루만이 보일 뿐이었다. 이따금 번개가 내려칠 때만 높은 나무에 매달린 노인의 시체가 언뜻 드러났다.

"저분 목에 걸려 있는 밧줄은 어디서 난 걸까요."

"지금 그게 중요해요?"

이리태가 짜증스레 말했다. 우지가 끼어들었다.

"현장에서 발견된 물건들이 다음 희생자와 관련 있는 것 같아서 그래요."

우지는 노부인과 수락 엄마가 죽은 현장에서 발견된 물건들에 대해 언급하며 세오의 가설을 설명했다.

노부인의 등에 꽂혀 있던 칼이 수락이네 산장에서 발견됐고, 수락 엄마는 노인의 산장에 있던 화분 조각에 목이 베여 죽었다. 그리고 노인의 시체는 밧줄에 매달린 채로 나무에서 흔들리는 중이었다. 세오가 심각한 표정으로 말했다.

"이런데도 연관이 없다고 말할 수 있을까?"

이리태의 표정이 어두워졌다.

"……그게 진짜면 곤란해요. 안 그래도 제 방의 커튼 밧줄 장식이 사라져서 의아했는데, 저게 제 방에서 나온 물건이면 어떡해요."

침울해 있던 수락 아빠가 천천히 자리에서 일어섰다. 조금은 기운을 차린 모습이었다.

"이런 말도 안 되는 이야기 할 시간에 수락이나 다시 찾으러 가야겠네요. 그리고 그쪽, 입조심해요. 당신들 가족이 죽었어도 그딴 말이 입에서 나올 거 같아?"

우지가 세오를 두둔했다.

"뭐라도 도움이 될까 싶어서 머리를 맞대자는 거잖아요."

수락 아빠는 분노를 표출할 상대를 찾았다는 듯, 목소리를 높였다.

"어떤 미친놈이 사람들을 계속 죽이고 있는데, 머리를 맞댄다고 무슨 소용이 있어요?"

"뭐라도 해봐야죠! 그리고 사람이 죽인 거라고 어떻게 확신하세요?"

우지가 응수하듯 물었다. 수락 아빠는 답답하다는 티를 내느라 미간을 잔뜩 찌푸렸다.

"사람이 죽인 게 아니면, 뭐? 괴물이 그랬다는 겁니까?"

"네, 애초에 사람이 아닐 수도 있죠."

세오가 곧바로 말했다.

수락 아빠가 더 말할 필요도 없다는 듯 자리에서 일어섰다.

"말이 되는 소리를 좀 해요! 그 괴물이 식칼을 등에 꽂고, 잠자는 중에 몰래 들어와 내 아내 목을 그었다고? 교수님을 저 가지에다가 매달고?"

"그건……."

"다들 입조심해요. 헛소리할 시간에 수락이나 찾으러 가는 게 나을 것 같으니까."

수락 아빠가 등을 돌려 현관으로 향했다. 그가 축축하게 젖은 신발을 다시 신는데, 세오가 창밖을 가리켰다. 수락 아빠를 제외한 모두가 창밖으로 시선을 돌렸다.

1층 테라스 밖에서 어린아이가 뛰어놀고 있었다. 감쪽같이 사라졌던 수락이었다.

수락 아빠가 놀란 얼굴로 뛰어나갔다. 그가 수락에게 어디 갔었냐고 타박하는 소리가 집 안까지 들렸다.

우지는 발코니에 서서 수락과 수락 아빠를 관찰하듯이 지켜보았다. 수락은 이상하게도 아까처럼 비 한 방울 맞지 않은 멀끔한 모습이었다. 순간 섬뜩함을 느낀 우지는 현관으로 나와 그들에게 달려갔다.

우지가 다급히 달려오는 걸 보고 수락 아빠가 수락을 등 뒤로 감췄다.

"뭐 할 말이라도 있습니까?"

"네, 아직 이야기 안 끝났어요."

"뭐요?"

"……저 다 들었거든요. 그쪽이랑 저 죽은 할아버지랑 나누던 이야기."

도박이었다. 수락 아빠의 반응을 떠볼 수 있는 도박.

수락 아빠의 얼굴에서 표정이 사라졌다.

우지는 스산한 숲 어귀를 바라보았다. 당장이라도 그것이 나타나 노인의 시신을 가져가지 않을까, 컨테이너 근처에 묻힌 노부인을 파먹지 않을까 걱정했지만 하마를 닮은 그것의 기적은 느껴지지 않았다. 구조대가 올 기미도 안 보인다는 것 역시 마찬가지였다.

우지는 들이치는 비를 피해 한 걸음 뒤로 물러섰다. 어쩌면 모두 이곳에 모인 이유가 있을지도 몰랐다.

"서로 오해하기 전에 다시 제대로 대화하고 가요. 우리가 왜 이런 일을 당하고 있는지 알아야……."

"헛소리 마. 애초에 너희 가족이 오면서 생긴 문제였어."

"그게 무슨……?"

"너희가 오면서부터 이상한 일이 생겼다고. 갑자기 폭풍이 몰아친 것도, 저 여자애 동생이 사라진 것도, 그 괴물이 나타난 것도 모두!"

수락 아빠가 화난 얼굴로 소리치더니 수락의 손을 잡고 자기 숙소를 향해 내려갔다. 흥분해 무언가에 쫓기듯이 돌아가는 걸 보며 우지는 답답한 양 크게 숨을 들이마셨다.

도대체 무슨 비밀을 감추고 있는 걸까? 그게 뭐길래 밝혀지는 걸 두려워하는 걸까?

어느새 이리태와 세오까지 밖으로 나와 있었다. 두 사람의 대화를 들었는지 이리태가 수락 아빠를 뒤따라갔다. 이상한 기류를 눈치챈 세오가 이리태를 따라갔다.

우지 역시 그들을 뒤쫓으려고 하자 민도가 급하게 뛰어나왔다.

"누나는 어디 가는데!"

"넌 거기서 엄마, 아빠랑 기다리고 있어. 문단속 잘하고!"

수락이네가 머물던 숙소 문은 활짝 열려 있었다. 수락 아빠는 숙소에 들어가 정신없이 짐을 챙기는 중이었다. 이리태가 그런 수락 아빠를 말리려고 했다.

"아저씨, 이 밤에 어디를 가려고요!"

"여기서 기다려봤자 개죽음만 당하는 거야. 그 괴물이 무서워서 여기 계속 있겠다고? 다들 미친 거 아냐?"

수락 아빠는 대충 챙긴 짐 가방을 어깨에 메고 수락을 품에 안았다. 가방에서 조그만 약병이 떨어졌다.

이리태가 바닥에 떨어져 뒹구는 플라스틱 약병을 주워 들자 수락 아빠가 황급히 빼앗았다.

"손 치워!"

수락 아빠는 약병을 가방에 대충 쑤셔 넣었다.

우지가 그의 앞을 막아섰다. 수락 아빠가 도망치지 못하게 들었던 이야기를 모두 까발릴 생각이었다.

"진짜 수락이 죽이려고 했어요? 온 가족이 여기에 다 죽으려고 온 거냐고요!"

그러자 수락 아빠가 우지를 밀치며 소리쳤다.

"그래, 그랬다! 그래서, 뭐?"

넘어지려는 우지를 이리태가 가까스로 부축했다.

"아저씨!"

"너희가 뭘 알아. 우리가 무슨 일을 겪었는지, 교수님 부부가 어떤 마음으로 여기 왔는지 뭘 아냐고!"

수락 아빠의 얼굴이 터질 듯 붉게 달아올랐다.

"교수님네는 무너지려는 우리를 여기로 이끌어주신 분들이야. 서로 편하게 갈 수 있도록, 우리가 얼마나 애써 준비했는지 알아!"

그는 말릴 새도 없이 짐을 챙기더니 수락을 품에 안고 숙소를 나와 성큼성큼 산장을 빠져나갔다. 산장 입구에 잠시 멈춰 서더니 이내 다시 걸음을 놓았다.

수락 아빠는 금세 어두운 숲속으로 사라졌다. 그가 더 이상 보이지 않자 더 깊은 숲에서 괴물이 내는 게 틀림없는 울음소리가 들려왔다.

이리태가 소리쳤다.

"아저씨, 그러다가 죽어요! 수락이도 아저씨도 둘 다 죽는다고요!"

우지는 수락이라도 데려와야 할 것 같아 그들을 따라나서려고 했다. 세오가 그런 우지를 붙들었다.

"저 사람들 따라갔다가 무슨 일 나려고. 정신 차려!"

"하지만……."

우지는 이미 장막을 쳐버린 숲 너머를 보았다. 괴물의 울음소리는 멈추지 않고 계속됐다. 셋은 숲에서 눈을 떼지 못했다. 수락 아빠를 어떻게든 말렸어야 했다는 후회는 금세 가셨다. 너무 많은 일들이 생겼고, 평생 한 번 겪기도 어려운 일들을 연달아 겪었다. 이제는 누가 무슨 선택을 하든 그게 옳은지 틀린지도 판단할 수 없는 지경에 이르렀다. 그래서 수락 아빠를 붙잡지 못했는지도 몰랐다.

빗줄기가 조금씩 가늘어지는 게 느껴졌다. 우지는 하늘을 올려다보았다. 이곳에서 일어나는 변화라곤 사람들이 하나씩 죽어가고 있다는 것 그리고 비가 내리거나 내리지 않는다는 것뿐이었다.

우지는 이리태, 세오와 함께 다시 숙소로 돌아갔다. 다시 한곳에 모이자 세오가 우지를 추궁했다.

"아까 들었다는 이야기, 좀 더 자세히 해봐. 다른 사람들도 알아야지."

"……그게."

"왜 무슨 일인데 그래?"

우지는 현관에 불안한 얼굴로 서 있는 재희를 보았다. 구암과 민도가 재희 뒤에서 겁을 먹은 채 서 있었다. 우지는 내내 담아왔던 말을 어렵게 끄집어냈다.

"그 노부부랑 수락이네, 원래 알던 사이 같아. 그리고 그 사람들 여기 그냥 놀러 온 게 아니야."

"그냥 놀러 온 게 아니면, 뭔데?"

구암이 물었다. 우지는 말을 고르려다가 실패했다. 노인과 수락 아빠가 나누던 대화를 아무리 되짚어보아도 결론은 하나뿐이었다.

"그 사람들, 여기서 다 같이 죽으려고 했던 것 같아."

우지의 말이 끝나자마자 구암과 재희가 욕을 뱉어냈다.

"미친 새끼들. 그래놓고 우리한테 먹을 거 내놓으라고 그렇게 지랄한 거야?"

"굶어 죽는 건 자기들이 생각했던 방식이 아니었나 보죠."

세오가 신랄한 투로 대꾸했다.

우지도 허망한 대화를 들으면서 문득 의문이 들었다. 노부부와 수락이네가 저지르려던 일을 혹시 박 사장도 알고 있었을까?

컨테이너에서 두 사람의 대화를 엿듣던 때, 박 사장이 태연히 자신을 컨테이너에 숨겨주었던 게 불현듯 떠올랐다. 의심이 꼬리를 물고 이어지자 이리태와 세오도 달리 보였다. 우지는 두 사람을 티 나지 않게 흘끗거렸다. 저들도 이 산장에 정말 쉬기 위해 온 게 맞을까?

우지는 어지러울 정도로 기운이 빠지고 잠이 몰려왔지만 마음속에 있는 한마디 말을 기어코 내뱉었다.

"있잖아, 우리가 여기 이렇게 모인 이유가 있는 게 아닐까?"

"이유라니, 무슨 이유?"

구암이 물었다. 우지는 피곤한 얼굴로 눈두덩이를 문질렀다.

"나도 모르지. 그냥 우연일 수도 있고."

우지는 할머니가 죽기만을 바랐던 아빠와 방관했던 엄마를 떠올렸다.

두 사람의 얼굴이 가족을 살해한 뒤 죽으려고 했던 수락이 가족과 노부부의 얼굴 위로 겹쳤다.

* * *

우지는 무거운 몸을 벽에 기대고 좀 쉬고 싶었지만 잠이 들지 못했다. 그건 다른 사람들도 마찬가지였다. 우지네와 이리태, 세오는 부엌과 거실에 흩어져 앉아 어서 아침이 오기만을 기다렸다. 지금은 침묵이 이 공간의 주인이었다. 누구 하나 대화를 나눌 만한 기력도, 의지도 없었다.

시간이 갈수록 사람들이 고개를 꾸벅이기 시작했다. 이리태만이 고개를 빳빳이 세우고 발코니 창을 노려보았다.

우지는 깜빡 잠이 든 세오를 보다가 이리태에게 손짓했다.

"그쪽도 잠깐 눈 좀 붙여요."

"아뇨, 오늘이 제가 불침번 설 차례잖아요."

담담하게 말했지만 이리태의 얼굴에서는 숨길 수 없는 두려움이 묻어났다.

그는 이곳에서 홀로 쫓겨나는 게 두려운 듯, 필사적으로 도움이 되기 위해 노력했다. 이제 이 산장에서 살아남은 이는 우지네와 세오, 이리태 그리고 태평하게 컨테이너에서 잠자고 있을 박 사장뿐이었다.

우지는 몸을 웅크리며 휴대폰을 확인했다. 여전히 통신은 터지지 않았고, 보냈던 메시지들은 모두 전송이 실패된 채로 남아 있었다. 우지는 잠들지 않기 위해 진형과 주고받았던 메시지들을 역순으로 확인했다.

1년 전을 기점으로, 진형이 어딘가 달라지고서부터는 연락하는 횟수가 확연히 줄었다. 근래 나눈 대화는 서로의 안부 인사뿐이었다. 그래도 여행을 시작했던 날만큼은 달랐다. 진형은 우지가 목적지로 잘 가고 있는지 꼬박꼬박 확인했다. 그렇게 진형과 대화했던 내용을 쭉 살피던 우지는 무언가 이상한 점을 알아차렸다.

우지는 그에게 가족과 어딜 가는지 목적지를 정확히 밝힌 적이 없었다. 그런데도 진형은 '공마산 쪽에 볼거리가 많다는데 잘 다녀와'라는 메시지를 보냈다. 통화 중에 무심코 목적지를 이야기했던 걸까? 그때는 대수롭지 않게 여겼던 사실이었다. 괜한 의심인지도 몰랐다.

조금씩 잠이 몰려왔다. 우지는 꾸벅꾸벅 졸기 시작했다. 이리태만이 여전히 홀로 눈을 뜬 채로 창밖을 살폈다.

그는 불안한 얼굴로 커튼을 흘끗거렸다. 노인의 목을 감고 있던 그것이 어디서 났는지 이리태는 알고 있었다. 그는 조그만 목소리로 중얼거렸다.

"다음에는 나야. 다음에는……."

깊은 밤, 이리태의 목소리를 들은 사람은 아무도 없었다.

스산한 바람만이 곧 찾아올 악몽 같은 시간을 환영했다.

***

그 시각, 수락 아빠는 수락을 안은 채 끊임없이 달렸다.

그 괴물을 본 시점부터 진작 이곳에서 달아났어야 했는데, 결심이 너무 늦었다. 아이와 아내를 죽이고 자살하겠다던 끔찍한 계획을 세운 벌인지도 몰랐다.

그는 한참을 달리던 끝에 잠시 멈춰 섰다.

손전등 불빛이 숲 이곳저곳을 할퀴었다. 그는 주위에 아무도 없는 걸 확인한 뒤 수락을 숲에 내려놓았다. 수락 아빠는 패닉에 빠진 채로 수락의 얼굴을 부드럽게 쓸어내렸다.

"조금만 참아. 수락아, 이제 다 끝이야. 아빠가 이번에는 절대 실수 안 할게."

"왜?"

"응?"

수락이 아빠를 쳐다보았다.

"왜 그랬어?"

"어?"

"교수님은 무슨 교수님. 의료 사고로 빚더미에 앉으니까 딸 사고사로 위장해서 죽이고 보험금 타 먹은 미친놈인 거 알고 있었잖아."

"수락아?"

"그 부인도 자기 남편이 저지른 짓 알면서 눈감아줬고. 왜 그런 사람들이랑 친하게 지낸 거야? 왜 그 노인 말만 믿고 여기까지 온 건데?"

수락 아빠의 얼굴에서 초조함이 사라지고 멍한 표정이 떠올랐다. 수락의 표정엔 변화가 없었다.

"너, 그걸 어떻게……."

"코인 하느라 돈 다 날린 거 쪽팔리니까 사기라고 거짓말하고, 빚도 못 갚겠으니까 가족들 죽이고 자살할 생각을 해?"

수락이 스산한 음성으로 숨도 쉬지 않고 말했다. 수락 아빠가 창백한 안색으로 수락을 끌어안았다.

"수락아. 수락아, 오해야. 너, 그런 말 어디서 들었어? 어?"

"모자란 새끼. 병신 같은 새끼. 빚 하나 해결 못 해서 너만 믿고 사는 아내랑 자식까지 끌어안고 죽으려고 해?"

"아빠가 미안해. 아빠가 잘못했어, 수락아!"

수락이 씩 웃으며 조그맣게 속삭였다.

"그런데 그거 알아? 네 아내도 네가 사실 죽기만을 바랐어. 너 사망 보험 몰래 가입된 것도 몰랐지?"

수락 아빠는 말을 더듬었다. 수락이 자기 아들 같지 않았다. 아니, 아이 같지 않았다. 수락 아빠가 수락에게서 차츰 물러섰다. 돌연 수락이 수락 아빠의 등 뒤를 노려보았다.

"야, 방해하지 마."

수락 아빠는 뒤에서 다가오는 발소리를 들었다. 수락이 다시 말했다.

"방해하지 말라고 했지. 죽었으면 그냥 꺼져. 여기저기 들쑤시지 말고."

수락 아빠의 귓가로 풀이 넘어지는 소리가 사락사락 들렸다.

그는 손전등을 들고 천천히 뒤를 돌아보았다. 그 순간 낯선 여자의 손이 수락 아빠의 어깨를 확 끌어안았다.

"……가. 끽! 나가……. 끼익!"

끽끽거리는 기괴한 목소리가 수락 아빠의 귓가로 서늘하게 달라붙었다. 수락 아빠는 비명도 지르지 못하고 얼어붙었다.

"뭐야, 어?!"

수락 아빠는 손전등을 정신없이 휘둘렀다. 여자는 그런 와중에도 무언가 말을 하기 위해 애썼다. 위협하려는 게 아니라 알려주고 싶은 것이 있다는 듯 몸짓이 간절해 보였다.

그때 나무 사이로 거대한 보랏빛 형체가 보였다.

여자가 괴물을 먼저 보았다. 그녀는 비명을 지르더니 등을 돌렸다. 그리고 숲을 향해 순식간에 달아났다.

수락 아빠도 그제야 괴물을 발견했다. 그것은 이미 너무 가까이 와 있었고, 피하거나 도망갈 엄두도 나지 않았다.

괴물은 수락 아빠를 기다리기라도 한 것처럼 느긋하게 몸을 흔들며 그를 향해 달려들었다. 수락 아빠는 온몸에 힘이 풀려 제자리에 주저앉고 말았다.

"살려줘, 제발 살려줘!"

괴물이 사정없이 수락 아빠를 덮쳤다.

수락은 아빠의 머리가 괴물의 커다란 입 사이에서 으깨지는 광경을 아무런 동요 없이 지켜보았다. 두려워서 얼어붙은 것이 아니었다. 조금도 두려움이 없어 보였다.

정신없이 버둥거리던 수락 아빠의 사지가 축 처졌다. 괴물은 수락 아빠의 머리를 뜯어내 몸통과 분리하더니 고개를 마구 흔들었다. 머리가 뽑힌 수락 아빠의 시체가 바닥으로 털썩 떨어졌다. 괴물은 날카로운 이빨로 머리를 씹어댔고, 그 입가에서 피가 철철 흘러내렸다. 식도로 다 넘기고 나서는 허공을 향해 포효를 터트렸다.

그리고 숲 안쪽으로 몸을 움직였다.

수락은 털끝도 건드리지 않은 채.

오히려 수락은 그것이 숲 너머로 멀어지자 손을 흔들기까지 했다. 천진한 아이 같은 모습이었다. 수락은 괴물이 눈앞에서 사라지자 몸만 남은 아빠의 시체로 다가가 발로 한번 걷어찼다. 맥없이 뒤집힌 시체는 꼼짝도 하지 않았다.

수락이 중얼거렸다.

"이제 몇 명 안 남았다."

이번에는 목표물을 하나도 놓치지 않을 것이다. 저번 같은 실수를 반복할 수는 없었다. 이 산장을 벗어나 평범한 인간으로 죽어버리는 것도, 인간도 귀신도 아닌 존재가 되어 다른 사람을 도우러 다니는 것도 그냥 두고 보지는 않을 거다.

수락은 행복한 표정으로 다시 숲길을 따라 걸었다. 달빛 하나 없는데도 길이 훤하게 보이는 것처럼 막힘이 없었다.

"셋 중에 하나만 남겨야 해. 셋 중에 하나. 셋 중에 하나……."

수락의 명랑한 목소리가 울려 퍼졌다. 다음 가져갈 목숨이 정해지기까지 이제 얼마 남지 않았다. 수락은 그 사실이 퍽 기쁜지 웃음을 흘렸다.

* * *

우지는 오랜만에 단잠을 잔 것처럼 개운함을 느꼈다. 눈을 뜨는 것과 동시에 얼핏 비명을 들은 것 같았다. 또 사고가 일어난 걸지도 모르지만 잠들기 전까지 극도로 예민한 상태였으니 환청일 거라고 생각했다.

몸은 그 어느 때보다 가벼웠다. 우지는 두근거리는 마음으로 안방을 둘러보았다. 옹기종기 모여 자는 이들 중에 죽은 사람은 아무도 없었다. 우지는 안도의 한숨을 쉬었다. 바닥에 흥건하게 핏물이 고여 있는 상상을 지울 수 있어 다행이었다. 다만 옆에서 함께 잠들었던 세오가 보이지 않았다.

우지는 거실로 나갔다. 이미 해가 떠 있었다. 불침번을 서겠다던 이리태는 언제 잠이 들었는지 코까지 골며 곤히 자고 있었다. 때마침 세오가 현관에서 큰 페인트 통을 들고 들어왔다.

"빗물이 받아져 있더라고. 씻을래?"

세오가 횡재라도 한 것처럼 말했다. 우지는 기름진 머리를 긁적이다가 고개를 끄덕였다. 안 그래도 슬슬 물이 동나고 있었다. 수도꼭지의 물줄기는 이미 많이 약해진 상태였다.

그들은 말없이 함께 머리를 감았다. 샴푸는 여행용뿐이라 부족했지만 괜찮았다. 머리를 감을 수 있다는 것만으로도 행운이라고 여겼다.

세오가 목소리를 낮추고 말했다.

"조금 전에 나갔다가 사장을 봤어."

"그런데?"

"그 사람, 뭔가 숨기는 거 같아."

세오가 빗물을 퍼 거품을 뒤집어쓴 머리에 부었다. 우지도 머리에 물을 부었다. 바짓단이 금세 축축해졌다.

세오가 자리에서 일어나더니 긴 머리를 한곳으로 모아 물기를 짜냈다.

우지는 열려 있던 욕실 창문을 닫았다. 다른 가족들은 아직 깨지 않았는지 기척이 없었다.

우지는 세오에게 눈짓했다. 그들은 욕조 난간에 앉아 서로 마주 보았다.

"뭘 숨기는 것 같았는데?"

세오가 말을 고르더니 목소리를 조금 더 낮췄다.

"컨테이너 옆에 빗물받이가 있던 거 같아서 근처까지 내려갔는데, 말소리가 들렸어."

세오는 이른 아침에 깨어 밖으로 나가 산장 근처를 둘러보았다고 했다. 아직 너무 어린 수락이 숲에서 밤새 잘 버티긴 했을지, 그 괴물에게 잡아먹힌 건 아닌지 걱정하던 탓이었다. 혹시 돌아올까 싶어 한참 동안 숲을 지켜보았지만 그런 일은 일어나지 않았다.

10여 분쯤 지켜보다가 세오는 컨테이너로 향했다. 박 사장에게 무엇이라도 도움을 받기 위해서였다.

그는 메아리산장의 주인이자 관리자였음에도 지금까지 아무런 도움도 되지 않았다. 어쩌면 가장 확실한 도움을 주어야 하는 사람이었지만, 모두들 그의 어눌한 행색 때문에 기대하지 않는 듯했다. 그러나 이젠 달랐다. 협박이라도 해서 그를 앞세워 숲으로 들어가야 했다. 수락이네를 찾으려면 숲의 지리를 가장 잘 아는 사람, 박 사장의 도움이 필요했다.

그나저나 그는 수락이네가 사라진 걸 알기나 할까?

빗물이 든 통을 근처에 내려놓은 세오는 문을 두드리려다가 멈칫했다. 낯선 소음이 들려왔기 때문이다. 꼭 녹음된 것 같은 음성이었다. 세오는 컨테이너 창을 통해 내부를 슬쩍 들여다보았다.

가장 먼저 보인 건 박 사장이었다. 창이 작은 컨테이너 내부는 아직 어두웠지만 그가 잠들어 있다는 것 정도는 확인할 수 있었다. 공벌레처럼 몸을 만 채였다. 하체 위에만 큰 담요가 덮여 있었다. 그와 마주 보는 곳에는 선반과 그 위에 얹어진 조그만 TV가 있었다.

세오는 창에 조금 더 붙어 섰다. TV 화면에서는 뉴스가 흘러나왔다. 상단엔 날짜와 시간이 떠 있었는데, 연도와 월은 분명히 보였지만 날짜만은 글씨가 작아 잘 보이지 않았다.

세오가 이마를 창에 바짝 붙여 댔다. 날짜가 흐릿하게 눈에 들어왔다. 세오는 날짜를 확인한 순간 몸을 휘청였다. 그 때문에 유리창이 덜컹거렸다. 박 사장이 소리를 들었는지 퍼뜩 몸을 일으켰다.

세오는 얼른 창에서 물러났다. 그가 담요를 걷고 창 쪽을 돌아봤을 때 세오는 이미 컨테이너 뒤편에 서 있는 나무에 몸을 숨긴 뒤였다.

컨테이너 문이 열렸다. 박 사장이 밖으로 나와 두리번거리더니 어디론가 걸어갔다. 세오는 떠나지 않고 계속 박 사장을 훔쳐봤다. 그는 컨테이너 옆 간이 창고로 향했다. 간이 창고는 캠핑 데크를 만들려다 남은 부자재를 쌓아둔 곳이었다.

박 사장은 괜스레 이리저리 살피고 나서야 간이 창고 문을 열었다. 문 안쪽의 기름통이 세오의 눈에 가장 먼저 띄었다. 그는 기름통을 구석으로 치웠다. 제법 힘을 주는 걸로 봐서 기름이 가득 차 있는 것 같았다.

안쪽엔 방수포로 덮어놓은 듯한 커다란 무언가가 있었다. 세오는 좀 더 몸을 숙여 창고 가까이 다가갔다. 방수포 아래로 조금 드러난 유선형의 몸체가 보였다. 박 사장이 천을 가다듬는 동안 물체의 실루엣이 선명히 드러났다. 철로 된 몸체와 깎아지른 듯 날카로운 뒷부분, 무엇보다 거대한 바퀴가 세오의 시선을 붙들었다. 그것은 사륜 오토바이였다.

이런 산쯤은 아무렇지 않게 오르내릴 만큼 커다란 오토바이가 창고 구석에 세워져 있었다. 세오는 그 사실을 확인한 다음에야 숙소로 돌아왔다. 전부 조금 전에 일어난 일이었다.

"내가 잘못 본 게 아니라면 TV에서 나오던 거, 분명 오늘 뉴스였어. 내가 날짜 세고 있었으니까, 정확해. 통신도 다 끊겼는데 어떻게 TV가 나와? 사장이 외부랑 연락할 수 있는 수단이 있는데 숨기고 있는 게 아닌 이상."

"어두운 데서 본 거라며. 확실하지도 않잖아. 그리고 사장이 왜 TV가 다시 연결된 것도 숨기고, 오토바이도 숨겨놔? 여기 고립된 사람이 할 짓이 아냐."

우지가 말했다. 세오가 웃었다.

"내가 하고 싶은 말이 바로 그거야."

"뭐?"

"네가 그랬잖아. 여기 모인 사람들 다 이유가 있는 거 같다며. 박 사장이 사실 정신도 멀쩡하고 뭔가 내막을 알고 있는데도 여기서 안 나가고 있는 거라면 어떡할래."

그를 잡아둔 이가 괴물이든, 다른 사람이든 그건 중요한 게 아니었다. 세오는 혹시, 하고 운을 띄우면서도 우지로서는 생각하지도 못한 추측을 꺼내놓았다.

"혹시 이 산장 말이야. 아예 다른 시공간일 수도 있지 않을까?"

우지는 멍하니 입을 다물었다. 거기까지는 생각해본 적이 없었다. 아니, 그런 허무맹랑한 생각은 할 수도 없었다.

"다른 시공간이라고?"

"그래, 여기 이상한 게 한둘이 아니야. 비는 계속 내리고, 통신은 안 터지고, 그 괴물까지 나타나고. 무엇보다 구조대가 우리를 못 봤잖아. 안 그래?"

우지는 고개를 끄덕였다. 아무리 생각해도 구조대는 이곳 사람들을 보고도 그냥 떠난 게 아니라, 못 본 것이었다. 보았다면 두 번이나 홀연히 떠난 것을 설명하기 어려웠다. 하지만 세오의 주장 또한 쉽사리 납득할 수는 없었다.

"말도 안 되는 소리야. 그런 일이 어떻게 일어나?"

"너도 확인했잖아. 휴대폰 날짜, 태풍에 갇혔던 때에 멈춰 있지 않아?"

"⋯⋯."

우지는 대꾸하지 못했다. 세오도 다시 무언가를 곱씹는 듯 더 밀어붙이지 않고 멈췄다. 차라리 말이 안 되는 일이라고 넘길 수 있다면, 그건 그것대로 안심이 되는 일이었다.

세오가 먼저 자리에서 일어섰다.

"어쨌든 난 다른 사람은 안 믿어. 오토바이를 타면 너랑 나, 둘 정도는 도망칠 수 있을 거야. 다른 사람들은 구조대랑 같이 구하러 올라오면 돼."

"우선은 상황을 지켜보자."

"난 내 동생을 꼭 찾아야 해. 그러려면 내 힘만으로는 어려워. 수색대가 필요하다고."

세오가 다짐하듯 숨을 깊이 들이마셨다. 그녀의 뻣뻣하고 긴 머리칼에서 물이 뚝뚝 떨어졌다.

"내일 새벽에 컨테이너 옆 창고로 와. 기다릴게. 오늘 말한 내용은 너희 가족들에게 말해도 좋아. 한 사람이라도 더 도우면 일이 수월할 거야."

세오가 먼저 욕실을 나가 현관으로 갔다. 우지가 따라 나와 그녀를 붙들었다.

"어디 가려고?"

"내 숙소에. 짐 챙겨놔야지. 이따가 다시 너희 숙소로 갈게."

세오는 당장이라도 떠날 것처럼 조급하게 굴었다.

우지는 발코니에 서서 세오의 떠나는 뒷모습을 살폈다. 세오의 뒷모습 너머 우거진 숲을 보자 수락의 앳된 모습이 자연스레 떠올랐다. 적어도 수락 아빠가 아이만은 데리고 가지 못하게 더 적극적으로 말렸어야 했다. 탈 게 있다는 걸 더 빨리 알았다면, 그때 바로 아이를 구하러 숲으로 갈 수 있었을 것이다.

우지는 생각했다. 사륜 오토바이에는 어떤 연료가 들어갈까? 만약 연료가 없다면, 창고에 있다던 것이 연료가 아니라면 오토바이를 훔쳐내도 어디로도 가지 못할 텐데. 쓸 만한 기름은 버려두고 온 차에 남은 것밖에 생각나지 않았다.

오랜만에 해가 높게 뜬 시간이었다. 이런 때에 괴물이 나타난 적은 없었다. 우지는 본능적으로 무언가를 할 수 있는 건 지금뿐이라고 생각했다.

우지는 망설이다가 민도를 깨웠다.

"야, 일어나. 갈 데가 있어."

민도가 부스스한 얼굴로 잠에서 깼다.

우지는 민도에게 세오가 말해준 사륜 오토바이에 대해 알려주었다. 아직 덜 깼는지 인상을 찡그리고 있던 민도가 반색했다.

"그거라면 괴물을 피해서 산 아래로 내려갈 수 있을지도 몰라."

민도가 호기롭게 말했다. 그는 서둘러 옷을 갈아입고 숙소 밖으로 나갔다. 우지도 기름을 받을 통을 들고 따라나섰다.

우지는 나오기 전에 구암과 재희가 아직 코를 골며 푹 잠들어 있는 걸 보았다. 우지는 잠시 생각에 잠겼다. 주름살이 가득한 얼굴을 보니 안타까운 마음이 샘솟기도 했지만, 괴물이 다시 나타났을 때 그들을 위해 자신을 희생할 수 있을지는 확신이 서지 않았다. 우지는 복잡한 마음으로 시선을 거두고 민도를 뒤쫓았다.

두 사람은 함께 비탈길을 따라 내려갔다. 세오가 숙소 문을 열어놓고 무언가 부산히 정리하고 있었다.

우지는 잰걸음으로 서둘렀다. 길을 잘 외우는 민도 덕에 숲을 헤쳐나가는 건 그리 어렵지 않았다.

얼마나 걸었을까. 숲을 빠져나오니 익숙한 자동차가 보였다. 차 옆면에는 이전에 괴물에게 당한 흔적이 고스란히 남아 있었다. 역시 그날의 기억은 헛것이 아니었다.

문제는 기름을 어떻게 주유구에서 빼느냐는 것이었다.

"내가 한번 살펴볼게."

민도가 차 뒤에 있는 사이 우지는 차 안으로 들어갔다. 바닥에 차 키가 버려져 있었다. 민도가 뒤쪽에서 외쳤다.

"누나, 시동 한번 켜봐."

우지는 시동 버튼을 눌렀다. 차체가 덜덜거리며 고장 난 것 같은 기계음이 났다. 당장 터져도 이상하지 않을 불안한 소음이었다.

민도가 어, 하고 목소리를 높였다.

"누나, 기름이 새고 있어. 통 가져와!"

우지는 시동을 다시 끄고 통을 가지고 차 뒤로 향했다. 민도의 말대로 차 뒤편에서 기름이 새어 나오고 있었다. 휘발유 냄새와 함께 끈적한 액체가 통 아래로 느리게 떨어졌다.

기름을 받는 동안 우지의 고민은 깊어졌다. 민도를 데리고 기름까지 가지러 왔지만 세오의 말이 진짜인지는 여전히 확신할 수 없었다.

문제는 그것만이 아니었다. 잠겨 있는 창고에는 또 어떻게 들어가야 할까? 오토바이를 발견했다고 정말 안전하게 숲을 떠날 수 있을까?

그때 우지의 눈에 연료계가 들어왔다. 연료 게이지의 디지털 바늘이 바닥에 닿아 있었다. 우지는 핸들에서 고개를 들었다.

"야, 기름 다 나왔나 봐."

"누, 누나, 이리 나와. 얼른!"

민도가 소리쳤다. 우지는 얼른 운전석 밖으로 나갔다. 민도가 숲 저 먼 곳을 가리켰다.

그곳에 어린아이 하나가 서 있었다. 뒤로 서 있어 얼굴은 안 보였지만, 입고 있던 옷이 같으니 수락이가 틀림없었다. 어제 아빠한테 안겨 사라질 때도 파란색 점퍼 차림이었다.

수락은 무언가를 쫓듯 바삐 걸어가고 있었다.

우지는 자리에서 팅기듯 일어났다. 아이를 데려와야 했다. 수락 아빠는 보이지 않았지만, 지금은 그까지 생각할 틈이 없었다. 아이를 두 번 다시 혼자 둘 수는 없었다.

우지는 숲을 향해 내달렸다. 민도가 기름이 든 통을 들고 우지의 뒤를 쫓았다.

"누나, 어디가!"

"데리고 가야지! 애까지 죽일 거야?"

우지는 며칠 사이 익숙해진 숲길을 따라 뛰다 말고, 멈춰섰다. 수락이 있다고 생각했던 곳엔 수락의 점퍼만이 걸려있었다.

우지는 순간 고민에 빠졌다.

민도가 차마 숲 안으로 따라 들어오지 못하고 멀리서 우지를 불렀다.

"누나, 얼른 나와! 또 그게 나오면 어떡하려고 그래!"

우지는 수락의 이름을 차마 부르지 못했다. 나무가 빽빽이 자라 있어서 주위에는 햇볕이 들지 않았다. 사락사락, 잎사귀 흔들리는 소리가 귓가를 간지럽혔다. 당장 뭐가 튀어나온다고 해도 이상하지 않을 만큼 서늘한 긴장감이 느껴졌다.

수락을 찾으러 더 깊이 들어가야 하나 망설여졌지만 그랬다간 오히려 민도가 혼자 위험해질 수도 있었다. 우지는 점퍼를 챙겨 들고 민도가 있는 곳으로 서둘러 돌아갔다.

민도는 짧은 시간 두려움을 느낀 듯 함부로 혼자 나선 우지를 타박했다. 우지는 민도와 함께 산장으로 돌아가는 동안에도 섬뜩한 기분을 떨칠 수가 없었다.

분명 조금 전 본 건 수락이었다. 민도도 보았으니 그건 환상이 아니었다. 그런데 어째서 수락의 옷만 발견된 걸까? 수락을 더 찾으려고 노력하지 않았다는 후회가 스멀스멀 기어 올라왔다. 이곳이 다른 시공간인 건 아니냐고 묻던 세오의 목소리도 떠올랐다.

정말 세오의 말대로 이곳이 진짜 현실 세계가 아니라면, 이 환영 같은 세계에서 탈출할 수 있는 구멍도 어딘가에 있을 것이다. 입구가 있으면 출구가 있기 마련일 테니까. 그 근거 없는 믿음으로 우지가 주먹을 불끈 쥐었다.

* * *

우지와 민도가 다시 산장으로 돌아와 숙소에 도착했을 때, 재희는 이리태와 함께 거실을 서성이고 있었다.

우지와 민도를 보자마자 재희가 목소리를 높였다.

"너희 말도 없이 어디까지 다녀온 거야. 말을 하고 가야지!"

"일이 있었어. 받아."

재희는 민도가 건넨 기름통을 확인하고 의아해했다.

"이건 뭐야?"

"우리 차 연료. 쓸 데가 있어서."

우지가 대신 말했다.

재희가 경악한 표정으로 그들을 훑어보았다.

"또 숲에 갔다 온 거야? 괴물이라도 만났으면 어쩌려고 그래!"

"다 이유가 있었어."

우지는 구암이 누워 있는 소파를 흘끗 살폈다. 피곤해서인 지, 구암은 미동도 없이 소파에서 잠들어 있었다.

우지는 이리태를 향해 노골적으로 눈치를 줬다.

"저, 그쪽은 언제까지 여기 있을 생각이에요?"

이리태가 슬쩍 재희의 눈치를 보았다.

"이제 나가려고 했어요."

이리태는 미리 나눈 얘기가 있는지, 현관을 벗어나기 전 재희에게 조심스레 물었다.

"그러면, 아까 상의한 대로 오늘 밤도 여기서 같이 잘게 요. 진짜 그래도 되는 거죠?"

"그래요. 아까도 누가 찾아올까 봐 무섭다며."

재희는 귀찮은 듯하면서도 순순히 대답해주었다. 지금 같 은 상황에 적을 둬서 좋을 건 없으니, 그로서도 많이 노력하는 듯했다.

이리태가 나가자마자 우지는 재희를 향해 몸을 기울였다.

"세오가 박 사장이 뭔가 숨기고 있는 거 같대. 그래서 민도랑 기름을 가지러 다녀온 거야."

"……그건 또 무슨 말이야?"

재희가 물었다. 우지는 누가 들을까 목소리를 낮췄다.

"오늘 새벽에 봤는데, 박 사장이 컨테이너 뒤쪽 창고에 사륜 오토바이를 숨겨놨다더라고."

"사륜 오토바이 한 대로 뭘 어쩌겠다는 건데?"

"우리가 여기서 꼼짝도 못 하는 건 결국 그 괴물 때문이잖아. 오토바이라도 있으면 어떻게든 따돌릴 수 있지 않겠어?"

"그놈 따라오던 속도 기억 못 해? 산길에서 그런 오토바이를 능숙하게 타고 내려가는 게 쉬울 것 같아? 무리야. 그대로 잡힐걸."

재희가 반박했다. 그의 반응이 시답지 않자 우지는 마음이 답답해졌다.

"여기서 계속 죽여달라고 기다리고 있어? 가만히 있다가 고립돼 죽는 건 이제 우리야. 오토바이를 훔쳐서라도 나가야지."

"어떻게든 훔쳐서 나간다 치자. 도중에 기름 떨어지면, 그땐 어떡할 건데?"

재희가 말했다. 가만히 듣던 민도도 그 말에 동조했다.

"아빠 말이 맞긴 하네. 기름이 넉넉한 것도 아니고. 중간에 멈추면 진짜 큰일인 거 아냐?"

"그러면 어떡할 건데. 여기서 계속 있어?"

우지는 이 소란에도 깨지 않고 누워 있는 구암 쪽으로 시선을 돌렸다. 구암은 몸을 웅크린 채 꼼짝도 하지 않았다. 이 정도 소란이면 깨어났어야 했는데, 아직 기절한 듯이 자고 있다는 게 이상했다.

우지가 구암 곁으로 가 그녀의 어깨를 확 젖혔다.

"엄마도 뭐라고 말 좀 해봐!"

구암의 몸이 순순히 뒤집혔다. 우지는 깜짝 놀라 손을 뗐다.

구암의 몸이 불덩이 같았다. 우지는 구암의 이마를 손으로 짚었다. 자세히 보니 구암은 턱이 도드라질 정도로 이를 꽉 깨물고 있었다. 뒤늦게 구암의 입에서 신음이 샜다.

심상치 않다는 걸 감지한 재희가 구암을 살폈다.

"야, 이구암. 구암아."

재희가 구암의 몸을 흔들었다. 구암은 흔들리다가 눈을 희미하게 뜨기만 할 뿐 대답은 하지 못했다. 터트리듯 기침만 내뱉었다.

재희가 찬물을 가져다 달라고 하자 민도가 뛰쳐나갔다. 우지는 재희를 도와 구암의 몸을 침낭으로 감쌌다. 그래도 구암은 사시나무처럼 팔을 떨었다.

우지는 배낭을 뒤집어 안에 있는 짐들을 모두 바닥에 쏟아냈다. 상비약 파우치에는 벌레 물린 데 쓰는 약과 연고 몇 개, 두통약 정도뿐이었다.

우지는 두통약 두 개를 재희에게 건넸다. 재희가 구암의 상체를 받쳐 약을 먹였다. 구암이 대번에 물을 토했다. 세 번의 시도 끝에 그녀가 간신히 약을 삼켰다.

민도가 냄비에 담은 찬물을 내밀었다. 재희가 수건에 물을 적신 뒤 열이 오른 구암의 이마와 상체를 문질렀다. 세 사람은 숨도 쉬지 못했다. 구암이 이렇게 아픈 모습을 보인 건 여행을 떠난 이후 처음이었다.

"아빠, 어떡해."

민도가 울먹거리며 물었다. 재희도 뾰족한 수가 없어 얼굴만 연신 문질렀다.

"우선 기다려보자."

"세오는 내일 새벽에 오토바이를 훔쳐서 여기를 나갈 생각이래. 그때 엄마부터 같이 보내면……."

"우지야, 너 그 여자 말 진짜 믿을 수 있어? 이런 상황에 박 사장 눈 밖에 날 일 벌일 이유가 뭐야 대체."

재희가 심각한 얼굴로 물었다. 우지도 그 말에는 반박하지 못했다. 우지는 세오의 말을 모두 믿었다기보다는 그저 믿고 싶었을 뿐이었다.

다만 이 상황을 타개하지도, 맞서지도 못하는 재희를 보면 가슴이 답답했다. 우지가 보기에 재희는 항상 그랬다. 언제

나 상황에 순응했다. 적어도 지금같이 급박한 상황에서만은 다른 모습을 보여주기를 바랐지만, 재희는 재희였다. 반면 세오는 언제나 주체적으로 움직였고, 우지에게 이 지옥 같은 상황에서 벗어날 수 있을 거라는 희망을 품어주었다.

우지는 구암의 머리맡에 앉아 그녀의 상태를 살폈다.

지금 할 수 있는 일은 그뿐이었다. 서서히 해가 산 아래로 떨어지고 있었다.

* * *

우지는 날이 어두워질 때까지 구암의 땀만 닦고 있는 재희를 보며 마음을 가다듬었다. 우지의 마음은 이제 확실히 재희가 아니라 세오 쪽으로 기울고 있었다. 무능한 아버지보다 위험을 감수하는 낯선 여자를 믿는 편이 더 낫다. 우지가 내린 결론은 그것이었다.

주위가 어둑해지기 시작하자 민도가 랜턴을 켰다.

아스라한 등 아래로 구암의 창백한 얼굴이 비쳤다. 구암의 열은 쉽사리 떨어지지 않았다. 호흡은 갈수록 가빠졌다.

이리태는 시간이 늦어졌는데도 우지네 숙소로 오지 않았다.

민도가 창문으로 이리태가 머무는 숙소를 살폈다. 해가 떠 있을 때와 달리 산장 주위로 스산한 어둠이 깔렸다. 바깥으로 섣불리 나가고 싶지 않을 만큼 짙은 어둠이었다.

"랜턴 방금 켜진 거 보니까 오늘은 그냥 저기서 자려나 봐."

"그래도 걱정되니까 데려와. 한동안은 같이 자게. 박 사장 네 컨테이너는 어때?"

"그냥 조용해 보이는데?"

우지는 박 사장의 동태를 살피러 컨테이너로 내려가볼까도 고민했다. 그러나 괜히 긁어 부스럼 만드는 꼴이 될까 봐 어쩌지 못하고 거실만 초조하게 맴돌았다.

"그러고 보니, 저 인간, 처음엔 우리한테 돈인지 뭔지 다 뜯어내겠다더니 어제오늘은 왜 이렇게 조용해?"

우지는 언젠가 박 사장이 돈 대신 뭐든 받아 가겠다고 했던 말을 떠올렸다. 그 '뭐든'에는 무엇까지 포함된 걸까?

밖을 내다보던 민도가 몸을 움찔했다. 컨테이너에서 박 사장이 나오는 게 보였다. 그는 큰 삽을 하나 들고 숲 쪽으로 걸어가는 중이었다.

민도가 섬뜩한 얼굴로 중얼거렸다.

"뭐야? 뭘 하러 가는 거지?"

우지는 민도의 곁에 서서 창밖을 살폈다. 컨테이너 문은 무방비로 활짝 열려 있었다. 우지는 그 문을 가만히 노려보았다.

세오가 말했던 창고 문을 열려면 열쇠가 필요했다. 박 사장이 컨테이너를 비운 이때가 기회였다. 세오의 말이 진짜

든 아니든, 박 사장이 숨기고 있는 게 있다면 알아내야 했다. 그가 숨기고 있는 무언가가 남아 있는 사람들에게 득일지 실일지는 두고 봐야 하는 문제였지만.

우지는 망설이다가 밖으로 뛰쳐나갔다. 재희가 다급하게 그녀를 불렀다.

"우지야, 어디 가려고!"

우지는 재희가 부르는 것도 무시하고 달렸다. 민도가 랜턴을 들고 우지를 뒤쫓았다.

"누나!"

"조용히 하고 숙소 근처에서 얌전히 망이나 봐. 혹시 사장 오는 것 같으면 랜턴을 높게 들어서 신호 줘."

민도는 따라오지도, 그렇다고 3호실로 돌아가지도 못한 채로 포치 근처에 서 있었다.

우지는 숲으로 난 길을 계속 보면서 내려갔다. 박 사장이 그 길로 돌아오는지 확인해야 했다. 컨테이너에 다다라서는 망설이지 않고 안으로 들어가 내부를 살폈다.

혼자 들어가서 보니 안 보이던 것들이 보였다. 먼저 수납장이 꽤 많았다. 우지는 우선 닥치는 대로 수납장을 모두 뒤졌다. 이상하게도 수납장 안은 모두 비어 있었다.

그러다 눈에 띈 건 컨테이너 가장 안쪽, 박 사장의 업무 책상 옆에 놓인 조그만 서랍장이었다. 그 서랍장에만은 잡동사니들로 가득했다. 하지만 빈 음료수 캔, 과자 봉지 등 쓰레기 따위에 불과했다. 이대로 아무 소득 없이 나가야 하나 싶어 초조해하던 그때, 가장 아래쪽 서랍에서 열쇠 꾸러미를 발견했다.

"찾았다!"

우지는 저도 모르게 목소리를 높였다.

서둘러 서랍장을 닫고 나가려는데 같은 칸 안쪽 구석에 있는 사진 꾸러미가 눈에 들어왔다. 우지는 그것에서 눈을 떼지 못했다.

"……이게 뭐지?"

가장 위에 있는 사진은 사진관에서 찍은 듯한 수락이네의 가족사진이었다. 하지만 이상하게도 수락이는 보이지 않았다. 그리고 사진관 배경이 어딘가 눈에 익었다.

홀린 듯 다음 사진을 보니 이번에는 이리태와 이리태의 동생으로 보이는 남자가, 또 다음 사진에는 세오와 그녀의 동생으로 보이는 여자가 찍혀 있었다.

모두 한 사진관에서 찍은 듯한 가족사진이었다. 배경과 구도 역시 똑같았다. 사진에 인쇄된 현상 날짜는 각기 달랐지만 모든 사진이 최근 1, 2년 안에 찍혔다는 게 공통점이었다. 정말로 이상한 일이었다. 무작위로 모인 사람들이 같은 사진관에서 가족사진을 찍을 확률이 과연 얼마나 될까?

우지는 다음 사진을 정신없이 살폈다. 노부부와 노부부의 딸로 보이는 여자가 사진 속에서 어색하게 웃고 있었다. 우지는 설마, 하며 다음 사진을 확인했다.

가장 마지막에 있는 사진은 우지네와 할머니가 함께 찍은 가족사진이었다.

우지는 그 사진을 보자 입가가 떨렸다.

"이걸 어떻게……."

그 사진은 분명 진형이 준 무료 사진 촬영권으로 찍었던 가족사진이었다. 어떻게 박 사장이 이 가족사진을 가지고 있는 걸까?

그때 컨테이너 입구 쪽에 랜턴 빛이 퍼졌다. 그리고 멀리서 누군가의 발소리가 들렸다.

우지는 재빨리 서랍을 정리했지만 나가지 못하고 책상 아래에 몸을 숨겼다. 다가오던 발소리가 이미 컨테이너 앞까지 가까워졌기 때문이다.

묵직한 발소리로 미루어 그는 분명 박 사장이었다.

우지는 몸을 웅크린 채 숨을 죽였다. 박 사장은 콧노래 같기도 하고 혼잣말 같기도 한데 알아들을 수 없는 말을 중얼거리고 있었다. 그가 바닥을 밟을 때마다 삐걱거리는 소리가 났다. 소파 주위를 배회하던 그가 우지가 숨어 있는 책상 앞에 멈춰 섰다.

"내, 내, 내가 여, 열쇠를 어, 어디 뒀지?"

박 사장은 자리를 옮기지 않고 책상 위를 뒤적였다. 우지는 입을 틀어막았다. 심장이 터질 것처럼 요란한 소리를 내며 뛰었다. 등이 순식간에 식은땀으로 젖었다.

계속 여, 열쇠, 여, 열쇠, 하고 말하며 책상 앞을 떠나지 않던 박 사장이 서랍을 뒤지기 시작했다. 우지는 더욱 안쪽으로 몸을 웅크렸다. 눈에 자연히 눈물이 맺혔다. 첫 번째 서랍, 두 번째 서랍, 세 번째 서랍이 연이어 열렸다.

우지는 두 눈을 꼭 감았다. 돌연 서랍을 뒤지는 소리가 멎었다. 우지는 감았던 눈을 슬며시 떴다. 그러자 박 사장의 웃고 있는 얼굴과 마주쳤다.

"어, 찾았다!"

"꺄악!"

우지는 벌떡 일어나 박 사장을 밀쳐내고 컨테이너 문으로 돌진했다. 문이 살짝 열려 있던 덕에 컨테이너 밖으로 몸이 빠져나왔다.

때마침 랜턴을 들고 뛰어오던 민도가 서둘러 우지를 부축했다.

"누나, 빨리!"

우지는 겁에 질린 채 민도에게 이끌려 달렸다. 조금쯤 멀어진 뒤 살짝 돌아봤는데, 어쩐지 박 사장은 쫓아 나오지 않았다. 숨을 고를 겸 뒷걸음질로 물러나면서 보니 그는 컨테이너 문 앞에 서서 제자리뛰기를 하고 있었다.

"찾았다! 찾았다! 네가 다음 술래! 네가 다음 술래!"

우지와 민도는 소름이 끼쳐 다시 뒤돌아 뛰었고, 그들이 숙소 안으로 들어갈 때까지도 박 사장의 신난 외침은 멈추지 않았다.

"왜 그래, 무슨 일이야?"

재희가 당황해 물었다.

우지는 창백한 얼굴로 바닥에 주저앉았다.

조금 전 컨테이너에서 여기 묵고 있는 모든 사람의 가족 사진을 보았다고 말한다면 과연 누가 믿을까? 처음부터 박 사장은 우리가 올 걸 알고 있었나? 어디서부터 계획된 것일까? 박 사장 혼자 벌인 일일까? 애초에 사람이 한 일은 맞나? 만약 사람이 아닌, 이형의 존재가 저지른 일이라면 무엇 때문에 산장에 사람을 가두고 차례차례 죽이는 걸까?

우지는 좀처럼 진정하지 못했다. 재희가 우지의 주머니에서 흘러나온 열쇠를 가리켰다.

"말 좀 해봐! 그 열쇠는 뭐야?"

"……아, 창고 열쇠 같아서 훔쳐 왔어."

"뭐? 너 제정신이야? 혼자 그런 짓을 벌이면 어떡해!"

재희가 덩달아 흥분해 우지를 나무랐다. 민도가 숨을 헐떡이며 창밖을 쏘아보았다.

"진짜 제정신이 아닌 건 저쪽이야. 저 사람, 누나가 열쇠를 훔쳐 간 거 알면서도 저러는 거잖아."

민도는 박 사장이 이쪽 숙소로 오지는 않을까 싶어 창문 너머를 계속 살폈다. 하지만 박 사장은 웃는 얼굴로 한동안 즐거

워하다가 컨테이너로 들어가더니 문을 굳게 닫아버렸다.

오히려 그게 더 섬뜩했다. 안에서 홀로 무슨 짓을 벌이려는 걸까?

하나같이 안절부절못하던 그때, 창밖으로 세오가 짐 가방을 들고 우지네로 걸어오는 게 보였다.

재희가 인상을 찡그리며 내키지 않는다는 듯 물었다.

"설마 저 친구도 오늘 여기서 잔대?"

"정보 제공자가 저 사람인데, 옆에 있어야지."

재희가 그 말을 듣자마자 문 앞을 가로막았다.

"난 분명히 말했어. 내려가고 싶으면 저 여자 혼자 내려가라고 해."

우지는 답답하게 나오는 재희를 보고 한숨을 쉬었다. 지금 벌어지고 있는 일련의 일들과 박 사장이 관련이 깊다는 건 확실했다. 이제 할 수 있는 일은 흩어지는 게 아니라 서로 힘을 모아 이 산장을 빠져나가는 것뿐이었다. 우지는 재희를 적극적으로 설득했다.

"내가 사장 컨테이너에서 뭘 발견한 줄 알아? 우리 가족사진을 봤어. 사장이 앞으로 무슨 짓을 할지도 모르는데, 같은 편이라도 더 만들어야 한다고!"

"가족사진이라니? 네 남자 친구가 공짜 사진 촬영권 생겼다고 줘서 찍은 그거?"

"그래, 그 사진이 저 사장한테 있었다니까!"

"그게 저 사람한테 왜……."

혹시 처음부터 예정된 범행이었나?

재희와 민도의 얼굴 위로 비슷한 의문이 떠올랐다. 다만 박 사장이 여태 일어난 살인사건의 범인이었다고 해도 의문은 풀리지 않았다. 여전히 괴물의 존재를 설명할 수 없었기 때문이다.

어느새 도착한 세오가 현관문을 두드렸다.

우지는 초조하게 문 쪽을 살폈다.

"내 말을 믿든 안 믿든 이대로 가만히 여기 산장에 있는 건 안 돼. 진작 나갔어야 했어. 이 산장이 우리를 지켜주는 게 아니라, 우리를 한 명씩 죽이고 있었던 거라고."

바람과 비를 막을 수 있는 지붕이 있는 곳. 홀로 고민하지 않아도 되는 곳을 찾아왔을 뿐이었다. 그런데 그곳이 피난처가 아니라 덫이었다니. 이 사실을 조금이라도 빨리 눈치챘다면 뒤돌아보지 않고 도망쳤을 것이다.

민도가 주춤주춤 현관문 쪽으로 다가갔다.

"……여전히 이해 안 되는 건 많지만 누나 말이 맞아. 이런 상황에서 계속 산장에 머무는 건 바보 같은 짓이야."

사람들이 내리 죽어가고 있었다. 이래도 저래도 죽을 거라면 적어도 탈출 시도라도 해봐야 했다. 민도가 이리태를 다시 데리고 오겠다고 말하며 밖으로 나갔다.

재희는 더 이상 반박하지도, 말리지도 않았다.

세오는 민도가 나간 사이 3호실 안으로 들어와 짐을 거실 구석에 내려놨다.

재희는 아픈 구암을 말없이 보았다. 이대로 산장을 떠나야 할지 말지, 망설이는 눈치였다.

세오가 조그만 목소리로 물었다.

"이야기는 다 끝냈어?"

"그래, 아빠는 네 계획이 별로 마음에 안 드나 봐. 그리고 너도 알아야 할 게 있어."

우지는 세오에게 박 사장의 컨테이너에서 본 가족사진들에 대해 알려주었다. 그중에는 세오 자매의 사진 역시 있었다고. 세오가 떠오르는 게 있는지 얼굴을 찌푸렸다.

"혹시 너네 가족도 공짜 사진 촬영권 받았어?"

"맞아. 너도?"

"이 일, 대체 어디서부터 시작된 거야?"

세오는 복잡한 얼굴로 머리를 헝클어트렸다. 마치 태풍의 눈 한가운데 들어온 것처럼 사방이 고요했다.

재희는 호전되지 않는 구암의 상태를 살피며 소파 근처를 맴돌았다. 구암의 상태는 시간이 지나도 여전히 차도가 없었다. 열은 떨어지지 않고 기침은 잦아졌으며 이제는 헛소리까지 내뱉었다.

우지는 민도가 돌아오는 대로 떠나기 위해 짐을 싸기 시작했다.

"아빠, 우리 이제 서둘러야 해."

"엄마 놔두고는 못 가. 도망칠 거면 너희만 가."

"아빠!"

우지는 얼마 전 죽은 노인을 떠올렸다. 그가 살아있었다면 엄마의 몸 상태를 봐주기라도 했을 것이다. 응급 처치를 할 수 있었을지도 몰랐다. 죽은 사람을 두고 그의 쓸모나 따지다니. 우지는 씁쓸한 감정을 감추지 못했다.

상황을 지켜보던 세오가 자기가 가지고 있던 종합감기약과 해열제를 털어 재희에게 건넸다.

"이런 상황에서 약이 얼마나 귀한지 아시죠. 이거 드릴 테니까 빨리 움직여요. 저희 진짜 시간이 없어요."

창밖으로 보이는 숲은 여전히 고요했다. 큰일이 벌어지기 직전의 긴장감 같은 게 고스란히 느껴졌다. 힘들어하는 구암을 깨워 재희는 억지로 약을 먹였다. 약효가 돌려면 시간이 필요할 듯했다.

구암이 억지로라도 기력을 차리기 위해 애를 쓰는 사이, 우지는 이리태가 머무는 숙소 쪽을 창 너머로 내려다보았다. 민도가 돌아올 시간이 된 것 같은데 아직도 그 안에서 나올 기미가 없었다.

가봐야 하나 고민하기 무섭게 민도가 이리태가 머무는 산장 문을 박차고 뛰쳐나왔다.

얼굴이 새파랗게 질려 있는 게, 무슨 일이 일어난 듯했다.

민도가 한달음에 달려왔다. 큰소리를 내며 숙소 안으로 뛰어들었다.

"누, 누나, 아빠!"

민도가 사색이 된 채 소리쳤다. 뒤늦게 정신을 차린 구암이 눈을 희미하게 뜨며 얼굴을 찡그렸다.

"으, 머리야……. 너 왜 그래?"

"리태 형이 발작하고 있어. 몸에는 상처도 많고, 이대로 있다가 죽을 것 같아!"

우지는 새파랗게 질린 민도를 살펴보았다. 민도의 옷에는 붉은 피가 묻은 자국이 선명했다. 또다시 죽음이 다가왔다. 이럴 때마다 어김없이 나타났던 건…….

아니나 다를까 괴물의 기이한 울음소리가 소름 끼치게 들려왔다.

우지와 세오가 눈을 마주쳤다. 그들은 말하지 않아도 서로의 생각을 알 수 있었다. 저 삿된 것이 시체를 가지러 온 것이다. 수락 엄마와 노부인을 물어 갔을 때처럼.

우지는 재빨리 현관문을 걸어 잠갔다.

괴물이 내는 소리가 마치 웃음소리처럼 들렸다. 3호실을 덮칠지도 모른다는 걱정과 달리, 그것의 울음소리는 빠르게 멀어졌다.

"저거, 오히려 숲 쪽으로 멀어지고 있어."

세오가 창밖을 가리켰다. 우지는 테라스 밖으로 나가 괴물의 뒤꽁무니를 보았다. 노인이 매달려 있던 나무가 처참히 꺾여 있었다.

괴물의 목표물은 이리태가 아닌 노인의 시체였다. 괴물이 노인의 시체를 먹는 사이 남은 이들은 이곳을 탈출해야 했다.

"……이제 다들 동의하지? 여기서 한시라도 빨리 나가야 한다는 거."

싸늘한 적막이 3호실 안을 메웠다. 죽음의 그림자가 코앞까지 찾아와 있었다.

우지는 이제 그 사실을 정확히 알았다.

단죄

짐을 챙긴 우지네는 세오와 함께 이리태의 산장으로 먼저 향했다.

반쯤 열린 침실 문을 열고 들어가자 눈을 희번득 뜬 채로 쓰러져 있는 이리태가 보였다. 그를 멀찍이서 보던 재희가 고개를 저었다.

"이미 죽은 것 같아. 미동도 없어."

재희의 말처럼 이리태는 정말 죽어 있었다. 그것도 입에 차 키를 꽂은 채로.

기력을 차리기 무섭게 구암은 신음을 흘리며 비틀거렸다. 재희가 옆에 꼭 붙어 구암을 부축했다.

"여보!"

우지는 이리태의 입에 꽂힌 차 키를 보며 섬뜩한 기분에 젖었다. 언제 자신들을 공격하러 올지 모르는 박 사장이나 괴물보다 눈앞의 시체가 우지를 더 두렵게 했다.

민도는 차마 침실 안으로 들어서지도 못한 채 방 밖에서 계속 눈물을 흘렸다. 세오만이 이런 상황 속에서도 제대로 정신을 차리고 이리태의 짐 중에서 쓸모 있는 물건들을 추려 자기 배낭에 쑤셔 넣었다.

우지가 그런 세오를 향해 소리쳤다.

"너 뭐 하는 거야? 그런 거나 챙기고 있을 때야?"

"다들 정신 차려. 도망치기로 한 거 잊었어?"

"그래도……!"

"죽은 사람은 죽은 사람이야. 산 사람은 살아야지!"

세오가 건조한 시선으로 우지를 쏘아보았다. 재희는 이리태가 덮고 있는 이불을 그의 얼굴 위로 끌어 올렸다.

"……이번만큼은 저 애 말이 맞아. 나도 이제는 알겠어. 여기서 더 이상 머물러서는 안 돼."

재희는 구암을 민도에게 맡기고는 세오를 도와 함께 짐을 꾸렸다. 기름을 모아둔 둥근 통도 잊지 않았다.

구암이 민도의 소매를 잡아당겼다.

"저거, 저 친구 카메라 아냐?"

우지는 구암이 가리킨 곳을 살폈다. 이리태의 발 옆으로 액션캠 하나가 보였다. 우지는 떨리는 손으로 카메라를 들어 올렸다. 그 카메라엔 흐릿한 괴물의 사진과 딱 하나의 영상만이 남아 있었다. 우지는 홀린 듯 영상을 재생했다.

영상에서는 사진으로 본 적 있는, 이리태의 남동생으로 보이는 한 남자가 나왔다. 그는 해가 지는 하늘을 등지고 절벽에 앉아 있었다.

이리태의 가슴에 액션캠을 연결해둔 건지 화면이 거칠게 흔들렸다.

짐을 싸다 말고 세오가 고개를 들었다.

"뭐야?"

"이리태가 찍은 영상 같아."

세오가 우지에게 다가와 등 뒤에 섰다. 민도도 구암을 벽에 기대어 세운 다음 우지가 들고 있는 카메라에 얼굴을 들이밀었다.

우지가 볼륨을 키웠다.

영상 속 이리태는 남동생과 영상 수익배분을 놓고 싸우는 중이었다. 남동생은 영상 기획과 편집은 다 자기 몫인데, 왜 돈은 형이 다 갖냐면서 화를 내고 있었다.

"자꾸 이러면 나 다 폭로할 거야. 형이 일부러 사람들 써서 위험한 상황 만들고 그걸로 조회수 올린 것까지."

"너 말 다 했냐? 해봐. 폭로해보라고!"

이리태가 먼저 남동생의 어깨를 툭 건드렸다. 남동생 역시 참지 않고 이리태의 어깨를 밀었다.

화가 난 이리태가 남동생의 얼굴을 주먹으로 쳤다. 그 순간 남동생이 균형을 잃고 절벽 근처에서 비틀거렸다. 그러다 몸이 휘청하며 절벽 아래로 넘어갔다.

이리태가 다급히 동생의 옷을 잡았으나 남동생은 이미 절벽 끝에 매달린 상태였다. 당장 떨어져도 이상하지 않을 만큼 아찔한 상황이었다.

"형, 뭐 해. 빨리 끌어 올려!"

남동생이 소리쳤다. 이리태의 손이 허옇게 질린 게 카메라에 비쳤다. 다음 순간 남동생의 옷을 쥐고 있던 이리태가 손을 폈다.

남동생은 곧장 절벽 아래로 곤두박질쳤다. 떨어지면서 황망한 눈으로 형을 보는 장면이 고스란히 찍혔다.

영상은 그것으로 끝이었다. 민도가 믿을 수 없다는 듯 중얼거렸다.

"뭐야, 그럼 리태 형이 자기 동생을……."

"……나 이제 알겠어. 우리가 여기에 모인 이유."

우지가 말했다. 모두의 시선이 우지에게로 쏠렸다.

"여기 온 사람들 다, 자기 가족을 죽였거나 죽이려고 했던 사람들이야."

할머니를 죽이려고 했던 아빠와 엄마, 동반 자살을 시도했던 노부부와 수락이네, 남동생을 죽인 이리태까지. 여기 모인 이들은 직간접적으로 존속 살해와 연관돼 있었다.

우지는 핏기가 가신 얼굴로 카메라를 떨어뜨렸다.

"그래서 우리가 여기 모인 거야. 벌을 받는 거라고."

세오가 우지의 말에 바로 반박했다.

"나랑 내 동생은 관련 없는 일이야."

"너는 몰라도 네 동생까지 그렇지 않을 거라고 확신할 수 있어?"

세오는 그 질문엔 아무 대답도 하지 못했다. 세오가 흘러내린 머리칼을 쓸어올렸다.

"동생과 사이가 좋았다고 말할 수는 없지만 그 애가 날 죽이고 싶어 하는 정도는 아니었어."

"그건 알 수 없지. 나도 우리 엄마, 아빠가 할머니가 죽기만을 바라고 있는지는 몰랐으니까."

"우지야!"

재희가 나무라듯 외쳤다.

우지는 아빠를 돌아보지 않았다.

"너도 짚이는 구석이 있잖아. 안 그래?"

"……우리 가족 문제야. 네가 신경 쓸 거 없어. 네 말이 믿기지도 않고."

"믿든 안 믿든 간에 난 이제 여기에 있고 싶지 않아. 그러니까 빨리 창고에 있는 오토바이 훔쳐서 도망치자고, 좀!"

"그러면 네가 가."

구암이 말했다. 우지는 구암의 단호한 말투에 놀라 그녀를 응시했다.

"뭐?"

"네가 가서 우리가 여기 있다는 거 알려줘. 네 말대로 우린 할머니가 죽기만을 바랐어. 그 돈이 너무 탐났으니까."

"여보!"

"도망칠 수 있으면 도망쳐. 가능하면 민도까지 데려가고."

"난 싫어! 엄마, 아빠랑 안 떨어질 거야. 나까지 갔다가 둘 다 죽으면 어쩌려고 그래!"

민도가 서럽게 엉엉 소리 내 울기 시작했다.

민도의 울음소리 사이로 누군가 걸어오는 발소리가 들렸다. 우지가 알아차리고 열린 문밖을 살폈다. 아니나 다를까 저 멀리서 박 사장이 걸어오고 있었다. 마치 소풍이라도 나온 듯 발걸음이 가벼웠다.

우지는 서둘러 문을 닫으려 했으나 박 사장의 움직임이 조금 더 빨랐다. 두툼한 두 손으로 문을 억지로 열어젖힌 그는 해맑게 외쳤다.

"다, 다, 다들 여기 있다! 여기!"

박 사장은 무거운 몸집으로 여기까지 오느라 힘들었는지 땀을 뻘뻘 흘리고 있었다. 그런데도 그는 사람 좋게 웃으며 안으로 성큼 들어섰다.

"자, 자는 사이에 사, 산장에 아, 아무도 안 보여서 거, 걱정했어요!"

박 사장이 히죽히죽 웃었다. 그의 시선이 소파에 쓰러져 있는 이리태에게 향했다. 박 사장이 이리태를 손으로 가리키며 웃었다.

"어? 내 하, 할 일! 끝!"

우지는 섬뜩한 기분을 느꼈다. 소름 끼치는 감각이 등을 타고 흘러내린 건 우지만이 아니었다. 눈물이 맺힌 채로 민도의 표정도 일그러져 있었다.

박 사장은 이제 제자리에서 발을 구르며 같은 말을 반복했다. 민도가 그런 박 사장을 밀치며 경고했다.

"대체 뭐가 끝인지 몰라도 그만해요."

"할 일 끝! 할 일 끝! 아닌가? 아닌가!"

박 사장은 입술 끝을 과장되게 끌어 올린 채 머리를 흔들었다.

"아, 아니다! 남았다!"

"대체 아까부터 무슨 말이냐고!"

보다 못한 민도가 박 사장의 얼굴을 주먹으로 쳤다. 주먹이 뼈에 닿는 둔탁한 소리가 났다. 그가 순간 입을 다물었다.

싸늘한 정적이 흘렀다. 박 사장은 멍한 눈으로 가만히 허공만 응시했다.

식은땀을 흘리던 재희는 주위를 둘러보다 말고 커튼을 고정하는 데 쓰는 긴 천을 가져왔다.

민도가 재희의 의도를 알아차리고 거들었다. 재희는 민도와 합심해 박 사장을 힘껏 옭아맸다.

어쩐지 박 사장은 묶이는 동안 아무 반항도 하지 않고 중얼거리기만 했다.

"하, 할 일, 세 개 남았어. 아니, 두, 두 개. 두 개!"

"그러니까 그게 무슨 말이냐고요. 제대로 설명이라도 해 보세요!"

재희가 답답한 듯 소리쳤다. 내내 허공을 헤매던 박 사장의 시선이 재희에게로 향했다. 그의 얼굴에서 특유의 멍한 기운이 순간 사라졌다.

"내가 두 개 남았다고 했잖아, 안 들려?"

박 사장이 갑자기 한마디도 더듬지 않고 말했다. 또박또박. 평범한 사람처럼. 원래 이렇게 말할 수 있었던 것처럼.

재희가 멈칫한 순간 박 사장이 달려들어 재희의 목을 이로 물어뜯었다. 마치 물속에 눈만 내놓고 있던 악어가 별안간 튀어나와 연약한 동물의 목을 물어버리는 것 같았다. 재희가 고통스러운 비명을 내질렀다.

민도가 가까운 곳에 놓인 화분으로 박 사장의 머리를 내리쳤다. 충격에 박 사장의 입이 재희에게서 떨어져 나왔다. 이빨 사이로 상아색 살점이 보였다. 목이 뜯긴 재희는 손을 대지도 못한 채 고통스러워했다. 구암이 상처를 지혈하려고 수건을 가져오는 사이 재희의 목에서 피가 솟구쳤다.

박 사장이 낮게 웃음을 터뜨렸다. 민도는 박 사장의 머리를 화분으로 다시 내리쳤다. 한 번, 두 번, 세 번……. 박 사장의 눈이 함몰되고 있는데도 민도는 손을 멈추지 않았다.

구암이 달려와 재희의 목을 힘주어 눌렀다.

"여보, 어떡해. 피가 너무 나!"

우지는 입고 있던 옷을 벗어 재희의 목을 지혈했다. 재희가 붉어진 얼굴로 우지를 쏘아보았다.

"가, 너희라도, 가……!"

우지는 솟구치려는 울음을 참았다. 두려움으로 인해 몸이 덜덜 떨렸다. 박 사장의 머리는 민도의 손에 곤죽이 돼 있었다. 구암이 울부짖었다. 세오가 민도의 어깨를 잡아챘다.

"그만해! 이미 죽었어!"

민도가 씨근덕거리며 들고 있던 화분을 바닥으로 내던졌다. 파편이 산산이 흩어졌다. 먼 곳에서 괴물의 울음소리가 울려 퍼졌다. 울부짖던 구암은 입을 틀어막았다. 슬퍼하거나 두려워할 겨를이 없었다.

우지는 쓰러져 있는 구암을 힘주어 일으켰다. 민도도 재희를 부축했다.

"가자. 시간 없어!"

우지는 먼저 숙소 밖으로 나가며 소리쳤다. 다행히 구름 사이로 달빛이 드러나 길이 환히 보였다.

세오가 모아둔 짐을 챙겨 나왔다. 넷은 뒤돌아보지 않고 달렸다.

컨테이너 근처에 다다랐을 때 민도가 소름 끼치는 음성으로 물었다.

"저거, 설마 사장이야?"

우지는 어둠 속을 노려보았다. 민도가 가리킨 곳에는 정말 웬 남자가 흔들거리며 서 있었다. 머리가 으깨진 채 비틀거리며 걸어오는 게 어슴푸레하게 보였다.

우지가 소리쳤다.

"빨리 뛰어!"

그들은 서둘러 간이 창고로 향했다. 민도가 재희의 목을 누르며 울먹였다.

"아빠, 정신 차려. 여기서 정신 놓으면 안 돼."

세오는 창고로 들어가기 전, 컨테이너 내부를 살피더니 기다란 삽과 라이터를 가지고 왔다. 삽을 양손으로 들고 가까이 다가오고 있는 박 사장을 노려보았다. 삽으로 때려눕힐 기세였다.

"창고 문부터 열어. 얼른!"

우지는 간이 창고 문고리에 열쇠를 하나둘 넣어보았다. 열쇠는 총 다섯 개였다. 초반에 고른 두 열쇠 모두 들어가지 않았다. 박 사장이 조금씩 가까워졌다.

"빨리해, 누나. 제발!"

"알고 있어."

우지가 세 번째 열쇠를 넣었다. 이번에도 맞지 않았다. 남은 열쇠 역시 안 맞는다면 어떡해야 할까?

우지의 손이 조금씩 떨렸다. 네 번째 열쇠 역시 들어가지 않았다. 다음 열쇠를 넣어야 했지만 마지막 남은 열쇠가 무엇이었는지 기억나지 않았다. 다시 처음부터 열쇠가 맞는지 확인했다가는 박 사장이 코앞까지 올 것이었다.

세오가 우지 옆으로 바짝 붙어 섰다.

"온다!"

그 순간 민도의 부축을 받고 겨우 버티고 있던 재희가 다가오는 박 사장에게 달려들어 온몸으로 덮쳤다.

"아빠!"

재희를 놓친 민도가 소리쳤다.

재희가 필사적으로 박 사장을 막았다.

"빨리 열어, 우지야!"

우지는 아무 열쇠나 잡히는 대로 밀어 넣었다. 열쇠가 구멍 안으로 들어가며 달칵, 하는 소리가 들렸다.

구암과 민도가 먼저 창고 안으로 들어가고, 우지가 세오의 팔뚝을 잡고 문 안으로 들어갔다. 쾅, 소리와 함께 창고 문이 닫혔다. 바깥에서 재희의 끔찍한 비명이 울려 퍼졌다.

우지는 숨을 헐떡였다. 창고 안은 쿰쿰한 곰팡이 내로 가득했다. 심장이 뛰는 소리가 내 것인지, 아니면 이곳에 갇힌 다른 사람들에게서 나는 것인지 가늠할 수 없었다. 구암은 재희의 비명을 참지 못하고 귀를 틀어막았다.

재희의 비명이 어느 순간 멎었다. 세오가 들고 있던 라이터를 켰다. 내부가 환해졌다.

가장 먼저 보인 건 방수포에 싸인 거대한 기계장치였다. 그 옆으로는 용도를 알 수 없는 쇠 파이프와 굵은 밧줄 그리고 녹이 슨 석궁이 떨어져 있었다.

세오가 방수포 끝을 잡고 걷어내자 먼지가 풀풀 피어오르며 오래된 사륜 오토바이가 드러났다.

"봐, 내 말이 맞지?"

오토바이는 겨우 두 명이 탈 수 있을 만한 크기였다. 우지는 핸들 옆 연료 게이지를 확인했다. 기름은 절반 정도 차 있었으며 열쇠 역시 꽂혀 있었다. 불행 중 다행이었다. 우지는 떨어지는 눈물을 훔쳤다.

"시동이 걸리는지 확인해봐."

우지의 말에 세오가 키를 돌렸다. 작은 진동이 퍼지더니 귀가 멀 듯한 소음이 이어졌다.

오토바이 앞에 달린 두 개의 전조등에서 환한 불빛이 뿜어져 나왔다. 이 빛이라면 아무리 어두운 숲이라도 무리 없이 빠져나갈 수 있을 듯했다. 세오가 다시 시동을 껐다.

"작동해. 이거면 도망칠 수 있어."

"셋도 탈 수 있을까?"

우지가 물었다.

"셋?"

세오가 우지와 민도, 구암을 차례차례 눈으로 훑었다.

"갈 수는 있을 거야. 아마도."

우지는 여전히 패닉 상태인 구암과 민도를 오토바이 쪽으로 떠밀었다.

"그럼 엄마랑 동생 좀 부탁할게."

"누나!"

"저 사장 봤지? 저것도 마찬가지야. 저것도 평범한 인간이 아니라고."

우지는 문을 여는 것이 너무나 두려웠지만 선택의 여지가 없었다. 나갈 수 있는 문은 단 하나밖에 없었고, 누군가는 이 문을 열어야만 했고, 누군가는 달아나야만 했다. 우지는 바닥에 떨어져 있는 잡동사니 중 석궁을 들어 굵은 밧줄로 몸에 동여맸다. 석궁이 제대로 작동할지는 미지수였지만 맨몸으로 저 괴물을 상대하는 것보다는 나았다.

"셋 셀 거야. 알겠어? 셋을 외치는 순간 출발해서 당장 벗어나."

우지가 문을 열려는 그때, 구암이 우지를 붙들었다.

남편을 잃은 구암은 패닉에서 벗어난 것처럼 어딘가 초연한 표정으로 우지를 보았다.

"널 두고 엄마가 어떻게 가. 네가 타."

"엄마?"

"우지야, 외할머니 죽었을 때 생각나? 왜 같이 놀러 갔다가 갑자기 뇌졸중 와서 돌아가셨잖아."

"······그때 이야기는 왜 하는데?"

"엄마가…… 그때 외할머니 일부러 그냥 놔뒀어. 쓰러지고서 숨 멎을 때까지 기다렸다가 119에 신고했다고."

구암이 손을 동그랗게 모았다. 자포자기한 듯한 웃음이 구암의 입에서 흘러나왔다.

"돈. 돈 받으려고. 엄마가 외동이니까 너희 외할머니가 할아버지한테 물려받은 재산, 그 얼마 안 되는 돈이라도 이제 받겠구나 싶어서."

"……"

"그 이야기 딱 너희 아빠만 알고 있었다? 그런데 너희 아빠가 자기 엄마한테도 똑같이 하려고 하더라고. 나한테 배웠다 이거야."

우지는 온몸에서 힘이 빠져나가 가만히 서 있기도 힘겨웠다. 구암이 비틀거리며 우지를 밀쳤다.

구암이 세오의 손에서 라이터를 빼앗았다. 그러곤 구석에 놓인 기름이 든 통을 들어 올렸다.

"우지, 네 말이 맞으면 엄마가 죽어야지. 엄마가 끝까지 싸워야지."

"엄마, 안 돼!"

민도가 소리쳤다. 하지만 구암은 문을 열었다. 가까운 곳에서 재희의 목을 물어뜯고 있던 박 사장이 고개를 들어 올렸다. 얼굴은 다 으깨져 있었지만 번뜩이는 두 눈만은 어두운 가운데서 잘 보였다.

구암이 그 순간 기름을 뒤집어쓰더니 박 사장을 덮쳤다. 라이터가 켜졌고, 불길이 두 사람의 몸을 뒤덮었다.

우지가 소리쳤다.

"엄마!"

"안 돼!"

민도가 구암에게 다가가려는 우지를 말렸다. 구암과 박 사장의 몸이 뜨거운 화마에 휩싸였다.

세오가 정신을 차리고 오토바이에 시동을 걸었다.

"빨리 타. 안 그러면 나만 갈 거야!"

오토바이가 우지의 곁에서 멈춰 섰다. 우지는 가지 않으려는 민도를 어떻게든 오토바이에 태웠다. 우지도 맨 뒤에 꾸역꾸역 올라탔다.

오토바이가 전진했다. 오토바이에 달린 전조등이 어두운 시야를 밝혔다. 박 사장의 울음소리가 아득히 들렸다.

우지는 흘러내리는 눈물을 닦으며 소리쳤다.

"길은? 어디로 갈 생각이야!"

"생각해둔 루트가 있어. 꽉 잡아."

오토바이가 덜컹거리면서도 빠르게 나아갔다. 먼 곳에서 괴물의 울음소리가 다시 들려왔다.

숲으로 들어가는 초입에서 우지는 우두커니 서 있는 수락을 보았다. 수락은 씨익, 웃고 있었다. 웃으면서 우지에게 손까지 흔들었다.

우지는 수락의 표정에서 입술이 움직이는 걸 읽었다.

또 보자.

수락은 분명 그렇게 말하고 있었다.

우지가 민도의 어깨를 흔들었다.

"방금 봤어? 방금 수락이가……."

"잠깐, 앞에!"

민도가 느닷없이 외쳤다. 저 멀리 한 여자의 형체가 보였다. 세오도 알아보고 그 자리에서 바로 오토바이를 멈췄다.

여자는 급하지도 않은 걸음으로 세오를 향해 다가왔다. 우지는 그 여자를 보자마자 온몸에 소름이 돋는 걸 느꼈다. 민도가 속삭였다.

"그 여자야. 우리 쫓아오던 여자."

세오는 홀린 것처럼 그 여자를 멍하니 바라보았다.

"세진아."

세오가 여자의 이름을 불렀다. 어떤 일에도 흔들림 없던 세오가 모든 걸 내려놓은 사람처럼 오토바이에서 내려섰다.

먼 곳에서 들리던 괴물의 울음소리가 차츰 가까워졌다.

"뭐 하는 거야, 정신 안 차려!"

우지가 소리쳤다. 하지만 세오는 걸음을 멈추지 않았다. 세오는 코앞에 나타난 여자의 뺨에 손을 올렸다.

"너 대체 어디 있었어. 언니가 얼마나 찾았는지 알아?"

여자는 멍하니 세오를 바라보았다. 여자의 눈에서 검은 액체가 흘러내렸다.

"끽, 끼익, 쳐, 언니. 도망, 끽!"

여자가 기괴한 목소리로 말했다.

그 순간 숲속에서 괴물이 튀어나왔다. 이미 노리고 있었던 것처럼 거침이 없었다. 괴물은 커다란 입을 벌려 여자의 머리를 깨물었다.

"세진아!"

우지가 세오의 팔을 잡아당겼다. 민도가 대신 오토바이를 몰았다.

방향을 틀어 급발진했다.

여자를 우적우적 씹던 괴물이 오토바이 소리에 반응하듯 뒤쫓기 시작했다. 우지는 떨어지지 않기 위해 필사적으로 시트를 붙들었다.

"속도가 너무 빨라!"

"브레이크가 이상해. 말을 안 들어!"

민도가 겁먹은 목소리로 말했다. 전조등 너머로 거대한 바위가 드러났다. 민도가 급하게 핸들을 틀었다. 오토바이에 타고 있던 세 사람의 몸이 붕 튀어 올랐다가 오토바이 아래로 떨어졌다. 쾅, 소리와 함께 오토바이가 옆으로 쓰러졌다.

우지는 힘겹게 몸을 일으켰다. 비틀거리며 민도에게 다가갔다. 민도의 머리에서 피가 흐르고 있었다.

"민도야, 민도야. 정신 차려."

"⋯⋯누나."

괴물의 울음소리가 가까워지고 있었다. 오토바이의 엔진음을 쫓아오는 게 분명했다.

세오가 비틀거리며 오토바이로 다가갔다.

민도가 간신히 목소리를 쥐어짜냈다.

"누나, 나 너무 아파."

"민도야. 민도야, 안 돼."

"누나, 나 말할 거 있어⋯⋯. 누나, 나 사실 나도 우리 가족 죽었으면 좋겠다고 생각한 적 있다?"

민도의 손이 덜덜 떨렸다.

"우리 가족 되게 형편없잖아. 나 이런 가족이랑 같이 살기 싫으니까, 그냥 다 죽어버렸으면 좋겠다고 생각한 적 있어."

"그만 말해. 알겠어. 알겠으니까, 응?"

괴물의 기척이 근처에서 느껴졌다. 세오가 쓰러진 오토바이를 필사적으로 일으키려고 했으나 역부족이었다. 다시 내리기 시작한 비가 후둑 소리를 내며 떨어졌다.

우지가 세오에게 한눈파는 사이, 어느새 민도가 몸을 일으켰다. 우지가 부축하려고 했으나 민도가 누나의 손을 밀어냈다. 그는 오토바이로 다가가 세오를 밀어내고 핸들을 잡았다. 그리고 온 힘을 다해 오토바이를 일으켰다.

괴물의 어두운 보랏빛 피부가 나무 사이로 언뜻 드러났다.

다시 시동을 거는 데 성공한 민도가 다가온 우지에게 오토바이 핸들을 넘겼다.

"누나, 그러니까 누나라도 살아."

"싫어. 말도 안 되는 소리 하지 마!"

괴물의 숨소리가 그들의 등 뒤에서 들려왔다. 뒤를 살피던 세오가 우지를 오토바이 위에 억지로 앉혔다.

"어서 가!"

민도가 소리쳤다.

세오가 지면에서 발을 뗐다. 오토바이가 다시 앞을 향해 질주하기 시작했다.

"안 돼!"

우지가 민도를 향해 손을 뻗었다. 민도의 모습이 순식간에 멀어졌다. 피부가 따가울 정도로 세찬 비가 내렸다. 질퍽해진 흙바닥 아래로 바퀴가 여러 번 빠질 뻔했다. 돌부리에 걸려 오토바이가 불안하게 흔들렸다.

핸들을 놓칠 것처럼 세오의 몸이 앞으로 고꾸라졌다. 우지는 세오의 어깨 너머를 살폈다. 빽빽하게 자란 나무들이 점차 줄어갔다. 수풀 역시 낮아지고 있었다. 두 사람을 태운 오토바이는 숲 바깥을 향해 내달리는 중이었다.

"나 등 좀 봐줘. 등이 너무 아파."

우지는 두고 온 민도 쪽을 보다가 세오의 등을 매만졌다. 손이 닿자마자 세오가 악, 비명을 질렀다.

나무가 우거진 곳을 벗어나자 구름 낀 하늘 사이로 달빛이 보였다. 세오의 등이 끈적거리며 축축했다. 세오의 티셔츠 위로 피가 번지고 있었다.

우지는 그녀의 상의를 들어 올렸다. 떨어질 때의 충격으로 등에 뾰족한 나뭇가지가 박힌 듯했다. 상처에서 피가 울컥거리며 빠져나왔다.

우지는 피가 나오는 곳을 옷으로 지혈했다. 세오가 고통을 견디지 못하고 몸부림쳤다.

"너 이대로 가다간 쓰러질 거야. 잠깐 오토바이 좀 멈춰봐."

"그랬다간 다시 따라잡혀. 몰라서 물어?"

그때 오토바이 아래로 물컹한 무언가가 느껴졌다. 우지는 불길한 기분을 느끼며 뒤를 돌아보았다. 민도가 입고 있던 티셔츠가 오토바이 후미등 아래로 희미하게 보였다. 스치듯 본 그것은 분명 민도의 시체였다.

이상하다고 느낀 건 세오 역시 마찬가지였다.

"이럴 수가 있나? 아까 지나친 데 같아."

"뭐?"

"저 바위 아까 본 거잖아."

오토바이에서 이상한 소리가 나더니 엔진이 힘없이 꺼졌다. 당황한 세오가 다시 시동을 걸어보려고 애를 썼다. 그때마다 전조등이 연신 깜빡였다.

우지는 먼 곳에 놓인 시신이 민도인지 아닌지 확인하고

싫었지만 차마 가서 볼 용기가 나지 않았다. 세오가 결국 오토바이에서 내렸다.

"내가 뒤에서 밀어볼게."

세오는 100킬로그램은 넘을 것 같은 육중한 오토바이를 뒤에서 힘주어 밀었다.

한 차례, 두 차례, 마지막 세 차례. 움직이지 않을 것 같았던 바퀴가 조금씩 움직였다. 세오의 눈꺼풀이 깜빡이는 속도 역시 느려졌다.

앞쪽에서 기척이 느껴졌다. 우지는 무심코 고개를 돌렸다. 그리고 보았다. 짙은 남청색 피부를. 큰 코와 살기 어린 두 눈을.

전조등이 깜빡일 때마다 괴물의 얼굴도 함께 점멸했다.

멀리서 보기에도 괴물의 외피는 몹시 단단해 보였다. 메마른 피부와 달리 두 눈은 살육에 대한 동물의 본능으로 번들거렸다.

괴물은 눈 한 번 깜빡이지 않고 우지를 응시했다.

우지 역시 괴물을 이렇게 가까이서 본 것은 처음이었다. 피 냄새를 맡았는지 괴물이 천천히 세오를 향해 다가왔다.

우지는 다리가 움직여지지 않았다. 세오가 고개를 들어 눈앞을 살폈다. 놀란 세오가 우지에게 소리쳤다.

"얼른 속도 높여!"

괴물이 그 순간 다리를 휘둘러 세오를 밀쳐냈다. 세오가 저만치 날아가 떨어졌다. 오토바이의 뒷바퀴가 어느새 괴물의 입안에서 우그러졌다.

우지는 오토바이 아래로 나뒹굴었다. 괴물이 우지를 발견하고 물고 있던 오토바이를 놓았다. 괴물이 고개를 푸르르 떨더니 땅에 쓰러져 있는 우지의 코앞으로 머리를 들이밀었다.

우지는 덜덜 떨면서도 등에 메고 있던 석궁을 뽑아 들었다. 그리고 괴물을 향해 겨눴다.

괴물이 우지를 응시했다. 뭘 하는지 호기심을 가지고 지켜보는 것 같았다. 얼마든지 우지를 집어삼킬 수 있었지만 그러지 않았다. 그저 하는 짓을 지켜볼 뿐이었다.

우지는 석궁의 방아쇠를 당기고 화살을 장전했다. 코앞에 괴물이 있었지만 침착하게 할 일을 했다. 그것 말고는 할 게 없었다. 화살은 한 개뿐이었다. 기회는 단 한 번, 그러니 절대 실수해서는 안 됐다.

우지는 석궁의 방아쇠 위로 손을 올렸다. 그리고 괴물을 향해 겨누었다. 괴물은 마치 자기를 맞춰보라는 듯 상체를 뒤로 물렸다. 괴물의 머리가 석궁을 쏠 수 있을 만큼 멀어진 순간, 우지는 방아쇠를 눌렀다.

현이 놓이자 화살이 바람을 가로질렀다. 하지만 너무 어두운 탓인지 화살은 괴물의 몸체를 비껴가 근처에 있는 나무에 박혔다.

우지는 눈을 질끈 감았다. 빗줄기가 점차 강해졌다. 석궁이 손에서 떨어졌다.

괴물이 다시 머리를 흔들어댔다. 어림없다는 듯 우지를 놀리는 것만 같았다. 다시 우지를 향해 성큼 다가섰다. 뜨거운 콧김이 우지의 뺨에 닿았다. 괴물의 피부는 파충류처럼 거칠었다. 우지는 곧 닥칠 고통을 예상했다.

거대한 입이 벌어진 그때, 괴물이 고통스러운 비명을 내질렀다. 우지는 눈을 번쩍 떴다. 옆에 몸을 떨고 있는 세오가 서 있었다.

"뭘 멍하니 있어. 뛰어!"

세오가 석궁의 날카로운 끝부분으로 괴물의 벌어진 입 한가운데를 찌른 것이었다. 괴물이 신음을 흘리며 머리를 흔들었다. 그럴수록 석궁의 활 부분이 괴물의 입안을 파고들었다.

괴물이 다시 한번 머리를 흔들자 주변의 나뭇가지들이 우수수 부러졌다.

세오는 괴물을 피해 물러섰다.

오토바이 불빛이 세오를 비쳤다. 세오의 등에서 피가 계속 흘렀다. 우지는 주위를 둘러보았다. 괴물이 나무를 부러뜨리면서 박혀 있던 화살이 빠져나와 수풀 사이에 떨어져 있었다.

우지는 기어가 화살을 집었다. 꽉 움켜쥐고 괴물을 보았다.

괴물이 입안의 석궁을 제거하기 위해 머리를 흔들었다. 우지는 괴물의 등을 화살로 찔렀다. 그러나 단단한 화살은 더 단단한 괴물의 피부를 뚫지 못하고 튕겨져 나왔다. 하지만 괴물의 주의를 끌어낼 수는 있었다.

우지는 괴물과 다시 눈이 마주친 순간 주춤했다. 괴물이 머리를 흔들며 우지를 향해 다가왔다. 우지는 달아나려다가 무언가에 발이 걸려 넘어졌다.

질퍽한 바닥을 손으로 디디고 일어나려는데, 물컹한 감촉이 느껴졌다. 마치 사람의 팔 같았다. 우지는 손 아래를 살폈다. 어둠에 눈이 익어 형체를 알아보는 것은 어렵지 않았다. 짧은 머리칼과 익숙한 티셔츠…….

쓰러져 있는 사람은 민도였다.

"……민도야?"

우지는 어둠 속에서 민도의 얼굴을 매만졌다. 민도의 숨은 멎어 있었다. 괴물이 우지의 마지막을 예고하듯 천천히 다가왔다. 그것의 입이 크게 벌어졌다.

우지는 넋을 놓고 또다시 곧 찾아올 고통을 기다렸다. 하지만 이번에도 예상하던 고통은 느껴지지 않았다. 대신 비릿한 피가 얼굴 위로 끼얹어졌다.

우지는 멍하니 쏟아지는 핏덩어리를 느꼈다. 세오의 팔이 그것에게 먹히고 있었다. 세오의 입에서 고통스러운 신음이 흘러나왔다. 괴물도 이번엔 턱을 관통한 석궁을 떨어뜨리기 위해 비명을 내질렀다.

팔이 떨어져 나간 세오가 우지 앞으로 쓰러졌다. 우지는 오열하며 세오를 끌어안았다.

"뭐 한 거야. 왜 네가 나서!"

"……네가 계속 내 동생 같은 표정을 지으니까."

세오의 안색이 파래지고 있었다. 피가 몸에서 빠르게 빠져나오고 있었다. 세오가 간신히 말했다.

"내 동생도 매번 고집부리다가 일이 잘 안 풀리면 울 것 같은 표정 지었거든."

"말하지 마. 시간 없어. 일어나!"

"걔가 나랑 싸우던 날 그랬어. 내가 죽었으면 좋겠다고. 나한테 한 번도 이겨본 적이 없다면서. 그랬는데……."

괴물이 비틀거리며 우지를 향해 다가왔다. 우지는 그것의 눈을 보았다. 순간 언젠가 박 사장이 했던, 하마의 눈을 찔러야 한다던 말이 떠올랐다.

세오는 더 이상 아무 말도 하지 않았다. 우지는 화살을 힘주어 쥐었다. 온몸을 뒤흔들던 괴물이 울부짖으며 다가왔다. 그것의 성난 눈빛과 난폭한 숨소리, 무엇보다 거대한 앞니가 공포 그 자체였다.

괴물이 코앞으로 다가왔다.

우지는 괴물의 눈을 향해 화살을 휘둘렀다.

우지의 반격에 놀랐는지 괴물이 고개를 흔들어 피해냈다. 중심을 잃은 우지의 몸이 뒤쪽으로 크게 휘청였다. 그리고 괴물의 발이 우지의 가슴을 짓눌렀다. 우지는 넘어진 채로 몸부림쳤다. 갈비뼈가 부서졌는지 끔찍한 고통이 느껴졌다.

괴물이 고개를 쭉 내밀어 우지의 얼굴로 들이밀었다.

우지는 화살을 괴물의 망가진 턱을 향해 찔렀다.

괴물이 비명을 지르는 그 순간, 우지는 그것의 커다란 눈을 향해 다시 한번 손을 휘둘렀다. 화살이 둥근 눈을 파고들었다. 괴물의 새된 비명이 숲을 울렸다.

화살에 박힌 눈에서 빛이 새어 나오더니 우지의 시야를 가릴 정도로 환해졌다.

우지는 눈을 감았다.

모든 것이 끝났다.

그런 확신이 들었고 밝은 빛이 그녀의 몸을 서늘하게 감쌌다.

* * *

부드러운 봄바람이 불어오고 있었다. 놀이공원 안은 예상했던 것보다 많이 붐비지 않았다.

유치원생 우지는 푸릇푸릇한 잔디가 돋아난 공터에 앉아 가족들을 불렀다.

"아빠, 엄마! 얼른 와!"

"우지야, 돗자리는 깔고 앉아야지!"

재희가 다가와 어린 우지의 몸을 홀쩍 들어 올렸다. 구암의 품에는 이제 막 걷기 시작한 민도가 안겨 있었다.

그들은 이른 새벽부터 함께 산 김밥을 나눠 먹으며 다음에 탈 놀이기구를 정했다.

"우지야, 회전목마는 어때? 바로 옆에 있는데."

"나는 그런 시시한 거 싫어."

"그러면 우지는 아빠랑 무서운 거 타고, 엄마는 민도랑 회전목마 타게 할까?"

"응. 아빠, 최고!"

신이 난 우지는 자리에서 벌떡 일어나 유치원에서 배운 율동을 뽐내듯이 보여주었다.

재희와 구암이 열심히 팔다리를 흔드는 우지를 보고 웃음을 터뜨렸다.

"우리 딸, 연예인 되는 거 아냐?"

"내가 이다음에 커서 돈 진짜 많이 벌 거야! 부자 돼서 엄마, 아빠 행복하게 해줄게!"

우지의 말을 들은 구암이 우지를 꼬옥 끌어안았다.

"엄마는 우지가 부자 되는 거 안 바라. 엄마랑 아빠는 그냥 우리 우지가 행복했으면 좋겠어."

"그러면 우지가 주는 용돈은 아빠만 받아야지."

"뭐? 당신! 그러기야."

네 가족 사이로 가벼운 웃음이 터져 나왔다. 우지는 이 시간이 계속되기를 바랐다. 아무런 고민도, 걱정도 없던 나날들이 이어지기만을. 그런 생각이 스치자 놀이공원의 기구들이 차츰 움직임을 늦췄다. 이제 막 전원이 나간 기구들이 애초부터 작동하지 않던 것처럼 자연스럽게 멈춰 섰다.

여기저기 그득하고, 번잡한 이용객들도 갑자기 어디론가 모두 사라졌다. 하늘 위로 헬륨 풍선이 날아갔다. 우지는 구암의 손을 잡았다.

"엄마, 왜 여기 우리밖에 없어?"

"우리밖에 없어서 좋은 거야. 그렇지 않니, 우지야?"

구암이 놀이공원이 이상하게 변한 걸 모르는 건지 마냥 밝게 웃었다. 그러면서 그녀는 도시락통에서 김밥 하나를 들어 우지의 입으로 내밀었다. 우지는 무심코 받아먹으려다가 질겁했다.

"엄마, 김밥 안에 벌레가 있어!"

썩어 문드러진 밥알 사이로 처음 보는 징그러운 벌레들이 꿈틀거리고 있었다. 구암은 김밥을 슥 살펴보더니 얼른 제 입에 넣고 맛있게 우물거렸다.

"벌레는 무슨, 이렇게 맛있는데."

우지는 자리에서 일어났다. 재희와 민도가 보이지 않았다.

"우지야, 여기야!"

우지는 아빠의 목소리를 듣고 고개를 들었다. 그는 민도와 함께 회전목마를 타고 있었다.

"아빠! 엄마가 이상해!"

하지만 재희는 우지의 말이 들리지 않는 듯, 엉뚱한 말을 했다.

"아빠가 민도랑 잠깐만 놀아주고, 우지랑 롤러코스터 타러 갈게!"

그 순간 민도와 재희가 타고 있던 말이 머리를 푸르르, 털었다.

말의 눈과 입이 기괴할 정도로 커졌다. 그것이 머리를 뒤로 꺾더니, 느닷없이 민도의 머리를 깨물었다.

민도의 조그만 머리통이 순식간에 반으로 쪼개졌다. 재희는 피가 터져 나오는 민도의 머리를 보면서도 즐겁다는 듯 환하게 미소 지었다.

"우지야! 너도 얼른 같이 놀자!"

우지는 비명을 지르고는 멀리 보이는 관람차 쪽을 향해 달려갔다.

구암이 달아나는 우지를 바라보다가 씨익 웃더니 바로 뒤쫓았다.

"우지야, 같이 놀자!"

재희와 구암, 민도의 목소리가 뒤섞였다. 관람차 너머로 놀이공원의 출구가 보였다. 출구 쪽에는 세오가 서 있었다.

"정신 차려! 끝까지 포기하지 마!"

"세오……."

우지는 멈춰 서려다가 눈을 부라리며 채근하는 세오를 보았다. 그녀의 말을 믿고 달리기를 멈추지 않았다. 돌아보니 세오가 그제야 우지를 향해 웃어 보였다. 누군가를 떠나보낼 때의 아쉬움과 떠나서 다행이라는 안도감을 동시에 담은 얼굴을 하고.

우지는 놀이공원의 출구를 막 통과하자마자 눈을 감았다. 따스한 바람이 뺨 위로 느껴졌다.

다시 눈을 떴을 때는 저 멀리서 새벽 동이 터 오고 있었다.

우지는 한참이 지난 뒤에야 자기가 산 아래에 서 있다는 걸 깨달았다. 그 사실을 깨닫자 무릎에서 힘이 풀렸다. 근처에서 도로 복구공사를 하던 인부들이 비틀거리는 우지에게 다가왔다.

"저기, 괜찮으세요?"

"잠깐, 여기. 피! 피!"

누군가가 우지의 몸에 묻은 혈흔들을 보고 급히 119에 전화를 걸었다.

우지는 멍하니 떠오르는 해를 보았다. 태풍은 이미 지나간 뒤였다. 지겨운 비의 흔적은 어디에도 없었다. 우지의 얼굴 위로 안도감이 떠올랐다.

모든 게 끝났다. 정말로 끝난 것이다.

구암과 재희, 민도 그리고 세오의 얼굴이 눈앞을 스쳤다. 우지가 울음을 터뜨리자 인부들이 당황스러워했다.

그런데 도로를 달리던 낯선 차 한 대가 우지와 인부들 앞에 멈춰 섰다.

어두운 인상의 젊은 부부가 인부들을 향해 물었다.

"여기 근처에 산장이 하나 있다는데, 혹시 아시나요?"

우지는 그들을 보았다. 뒷좌석에는 수락과 닮은 남자아이가 타 있었다. 아니, 수락이 분명했다.

우지가 비틀거리며 일어섰다. 우지는 미친 듯이 차를 두드렸다.

"너 뭐야. 네가 거기 왜 있어. 당장 내려!"

"어, 어, 그러시면 안 돼요!"

인부 하나가 우지를 말렸다. 우지는 그의 손을 뿌리치고 조수석의 열린 창을 향해 소리쳤다.

"거기 가면 안 돼요. 그 산장에 가면 다 죽어요. 내 말 알겠어요? 거기 가면 안 된다고!"

젊은 부부는 불쾌해하며 창을 닫았다. 차는 서둘러 도로를 내질렀다. 우지는 그 차를 쫓아 달렸다. 인부들과의 거리가 멀어지기 무섭게 주위에서 안개가 피어올랐다. 환했던 하늘은 어느새 먹구름에 가려지고 있었다. 우지는 그 사실을 모른 채로 차를 뒤쫓았다.

"거기 서!"

그 모습을 창문으로 보던 남자아이가 밝게 웃었다.

"새로운 방해꾼이 생겼네."

안개가 도로 너머에서 점차 밀려오고 있었다.

서서히 비가 내렸다.

산장에 새 손님을 받을 시간이었다.

에필로그

구름 한 점 없는 이른 오후.

40대 중년으로 보이는 부부가 어린 여자아이를 데리고 낡은 사진관 문 앞을 서성였다. 남편의 손에는 무료 가족사진 촬영권이 쥐어져 있었다.

"여기 영업하는 건 맞아?"

"그래, 내가 전화해봤다니까!"

부부는 사진관 문을 조심스럽게 밀고 들어갔다.

망설이면서도 약간 상기된 부부의 표정은 밝아 보였지만, 여자아이는 안색이 몹시 어두웠다. 마치 방금 상반된 일을 겪은 것처럼 대조적이었다.

그들은 정사각형 모양의 비좁은 사진관 한쪽, 커다란 조명과 어두운 배경지가 놓여 있는 곳으로 걸음을 옮겼다.

거기엔 대여섯 살 정도 되어 보이는 어린 남자아이가 앉아 있었다.

부부는 아이를 보고 미소 지었다. 그들에게는 아이가 마냥 귀여워 보였는지 모르겠지만, 여자아이의 눈에는 아이에 대한 경계심이 뚜렷했다. 부모가 보지 못하는 무언가를 보고 있는 것처럼 이질적인 반응이었다.

중년 여자가 아이를 향해 친근하게 물었다.

"여기 사장님 아들이니? 아빠는 어디 가셨어?"

아이는 품에 하마 인형을 안은 채로 한 손을 내밀어 부부의 뒤쪽을 가리켰다. 마침 출입문이 열리며 덩치 큰 남자가 들어섰다.

"안녕하세요, 전화하신 분들이죠?"

"네, 맞아요."

남자가 성큼성큼 걸어와 부부에게 깍듯하게 인사를 했다. 그리고 사무적인 음성으로 말했다.

"어서 앉으세요. 시간도 없으실 텐데."

남자의 태도는 부드러웠고, 손님을 편하게 대하는 데 익숙한 것 같았다. 얼굴에는 제법 큰 화상 자국이 나 있었지만 부부 두 사람 가운데 누구도 그를 이상하게 보거나 의심스러워하지는 않았다. 어쩐지 남자의 흉터가 전혀 보이지 않는 것처럼 굴었다.

남자가 카메라를 조정하는 사이, 중년 부부는 이상하게도 마음이 풀어져 평소라면 하지 않아도 될 말까지 내뱉었다.

"저희가 최근에 딸을 입양해서 사진을 좀 찍어야 했거든요. 이런 좋은 기회가 와서 다행이라니까요."

"사실 별로 찍고 싶지 않았는데 의뢰인이 갑자기 아들을 원해서요. 남자아이를 새로 입양하려면 우리가 애를 진짜 사랑하는 것처럼 보여야 하거든."

그들은 아주 웃긴 말을 한 양 깔깔 웃었다.

남자는 마주 웃으며 사진기 앞에 섰다.

"그러시구나. 그런데 그 소문 들으셨어요?"

"무슨 소문이요?"

"공마산에 들어가면요, 이상하게 길을 헤매게 되는 곳이 있대요. 꼭 귀신에 홀린 것처럼."

"그게 뭐야, 싱거워라."

부인이 어색한 표정으로 웃었다. 남자는 카메라의 뷰파인더에 눈을 가져다 대며 계속 말을 이었다.

"진짜예요. 아주 예쁜 산장이 있는데 죄를 지으면 거기 갇혀서 죽기만 기다린대요. 거기에 가보시는 건 어떠세요?"

플래시가 터진 순간 부부의 얼굴이 경직됐다.

앉은 채로 의식을 잃은 듯, 멍하니 허공만을 보았다.

부부가 넋을 놓은 사이, 여자아이는 뭐에 홀리기라도 한 표정으로 서 있더니 홀로 사진관 밖으로 나갔다.

남자는 아이가 거리의 행인들 품에 안기는 모습을 창문으로 확인하고는 조금 전 찍은 부부의 사진을 프린트했다.

곧 정신을 차린 부부가 머리를 짚으며 자리에서 일어섰다.

"어머, 내 정신 좀 봐. 당신 친구가 웬 산장 예약해줬다고 하지 않았어?"

"그래, 얼른 가야지. 얘, 뭐 하니? 이리 와."

남자아이, 가슴에 수락이라는 이름이 삐뚤빼뚤한 글씨체로 적혀 있는 아이가 중년 남자의 손을 잡았다.

하마 인형이 남자아이의 손에서 떨어졌다.

홀로 남은 남자는 방금 출력한 사진을 서랍에 보관했다. 그곳에는 평범해 보이는 가족사진들이 산처럼 쌓여 있었다.

이어 젊은 남녀가 들어섰다. 한눈에 보기에도 연인 같았다. 젊은 여자는 거리끼는 게 없어 보였지만, 젊은 남자는 사진관 안을 꺼림칙하게 둘러보았다.

"왜 여기는 간판 하나 없어? 커플 사진 찍으러 오자며."

"응. 여기서 커플 사진 공짜로 찍어준대."

"……그 사진 촬영권 좀 보여줘봐. 어디서 받은 거야?"

남자가 그들을 향해 다가섰다.

"예약하신 분 성함이…… 이수나 씨 맞으시죠?"

"네, 맞아요."

"그리고 남자 친구분은 박진형 씨?"

진형은 화상 입은 남자의 익숙한 얼굴을 보고 멈칫했지만, 그것도 잠시, 점차 눈에 초점을 잃었다.

남자는 진형에게 다정하고 친숙한 투로 말을 걸었다.

"진형아, 오랜만이네. 새로운 여자 친구분이랑 사이가 정말 좋아 보여. 그런데 여기는 어쩐 일로 왔지?"

남자가 묻는 말에 스스럼없이 대답을 한 건 여자였다. 그녀는 자신의 배를 손으로 찬찬히 여러 번 쓸어내렸다.

"제가 이 사람 아이를 임신했는데, 자꾸 저를 버리고 도망치려고 해서요."

"그러면 안 되지. 아이가 생겼으면 네가 가족이잖아."

진형은 몽롱한 얼굴을 한 채 홀린 것처럼 남자를 향해 다가갔다.

"……대속으로 다 해결할 수 있어요. 다른 희생양을 찾아오면 되니까요."

"그럴 거 없어. 오늘은 네가 산장에 가게 될 거니까."

진형과 여자는 무표정한 얼굴로 정면을 보았다. 그들이 배경지 앞에 나란히 서 있는 걸 보고 남자는 카메라 앞으로 와서 섰다.

누군가 밖에서 우연히 유리문 안을 보았다면 사진관의 평범한 한 장면으로 보였을 것이다. 연인이 추억을 남기기 위해 다정한 포즈로 앉아 있고, 사진관 주인이 그들의 행복한 한때를 평생 남길 수 있도록 세심하게 찍어주는 것처럼.

"자, 이쪽 보세요."

플래시가 터진 순간 두 사람은 그 어느 때보다 환하게 미소 지었다.

더없이 다정한 가족처럼.

원담시 괴사건 보고 ①

메아리산장

이것은 원담시 이면에 존재하는 그들에 대한 기록이다.

#0 ————————————————————————

기익, 끼이익……!

시작은 그 소리였다.

산짐승의 울음이었을까. 사람의 신음이었을까.

아니면 다른 어떤 존재의 목소리였을까.

여전히 나는 이 의문을 떨치지 못했다.

#1

곧 올여름의 마지막 태풍이 몰려오니 대비하라는 예보가 악다구니처럼 쏟아지던 여름의 끝자락, 나는 이곳 원담시에 처음 발을 들였다.

원담시 소재의 한 출판사에 다니던 H는 자신의 후임을 구한다며 내게 연락했다. 나는 고민도 없이 그의 제안을 받아들였다. 출퇴근하기엔 먼 타지라서 이사를 해야 했는데도 그럴 수밖에 없었다. 갚아야 할 게 많은 사람이었으니 부채감이 앞선 건 사실이었다. 하지만 그 때문만은 아니었다.

내겐 이곳에 와야 할 또 다른 이유가 있었다.

원담시. 한 번도 와본 적 없었지만 실은 잘 알고 있었다. 하나뿐인 가족이자 쌍둥이 동생 Y가 있는 곳이니까. 아니, Y가 연락을 끊고 사라질 무렵 지내던 곳이니까.

처음부터 우리에게는 서로뿐이었다.

우리를 낳고 방치한 엄마에게서 떠나온 것은 도피도 복수도 아니었다. 단지 엄마와 더는 시간을 보낼 이유가 없던 것이었다. 처음부터 엄마는 '우리' 안에 없는 사람이었으니 당연한 일이었다.

그렇게 10년을 둘이서 살았다.

그리고 4년 전 우리는 서로를 놓았다.

어린 나와 Y는 닮은꼴이었다. 일란성 쌍둥이였고 취향 따위를 갖출 수 없는 환경에서 자랐으니 외모가 닮은 것은 말할 것도 없었다. 삶을 대하는 태도도 마찬가지였다. 우리는 지독한 현실을 저주하면서도 둘이라서 다행이라며 서로에게 의지했다. 하지만 나는 뒤늦게 이 모든 것이 나만의 환상이었다는 걸 알게 되었다.

Y는 신병을 앓다 미쳐버린 엄마를 닮아갔다. 나는 엄마를 저주했고 Y는 엄마를 연민했다. 나는 자라온 시간의 흔적을 삶에서 지웠고 Y는 무엇 하나 지우지 않고 고이 품은 채 살았다. Y는 나와 다른 모습으로 변했고 나에게서 멀어졌다.

4년 전, Y가 엄마가 가진 것과 똑같은 하현달 문양의 문신을 목 뒤에 새기고 나타난 날이 우리의 끝이었다.

함부로 말하지 마. 난 너와 달라.

Y가 남긴 마지막 말이었다.

알고 싶었다. 무엇이 우리를 달라지게 했는지. 왜 나는 여전히 엄마를 용서할 수 없고 Y는 엄마를 이해하게 되었는지.

나는 지난 4년간 그것에 대해 골몰해왔다.

H는 믿을 사람이 너뿐이었는데 다행이라 말하며 웃었다. 언제부턴가 그게 웃음이 맞았는지, 쓴웃음이나 비웃음은 아니었는지 헷갈렸다. 내 눈으로는 결코 그가 전화 너머에서 지었을 표정을 볼 수 없었으니까.

나는 되묻는 대신 언제든 갈 수 있다고 답했다. 만나서 묻고 싶은 것이 많았다. 가능한 한 빨리 면접을 보기로 했고, 나는 연락받은 다음 날 이른 오전에 그곳으로 향했다.

늦지 않게 두 시간 전에 차에 올라 약속 시간을 30분 남겨두고 원담 톨게이트를 통과했다. 태풍이 예정보다 일찍 불어닥칠 것인지 벌써 비구름이 가득 차올라 있었다. 출판사는 원담역 인근에 있었으니 외곽 도로를 이용해야 했는데 얼마 전 산사태로 붕괴된 도로가 아직 복구되지 않은 상태였다. 한동안 도로에 갇혀 있던 나는 공마산 바깥 샛길로 방향을 틀었다. 내비게이션의 도착 예정 시간이 면접 약속 시간에 가까워져 어쩔 수 없었다.

경로를 이탈하였습니다. 새로운 경로로 안내합니다.

내비게이션의 새 안내에 따라 조심스레 달렸는데 아무래도 길이 이상했다. 산 아래로 뻗어 있던 도로는 산속으로 이어지는 듯 점점 한산해졌다. 높게 치솟은 나무 외엔 아무것도 보이지 않았다. 그런 중에 일찍이 하늘을 메운 비구름이 잔뜩 머금은 비를 폭탄처럼 투하하기 시작했다.

괜한 불안이 엄습했고, 오랜 습관이 고개를 들었다.

격해지는 빗소리를 따라 숨이 가빠졌다. 이따금 불안에 빠질 때면 찾아오는 과호흡이었다. 위험하다고 느낀 나는 다급히 도로변에 차를 세웠다.

고개를 숙이고 호흡을 가다듬었다.

천천히 느려지던 호흡은…… 이내 틀어막힌 듯 멈춰버렸다.

닫힌 차창 너머로, 사람의 손이 바르작거리며 올라왔다.

그리고 그 소리가 들렸다.

기익, 끼이익……!

고막을 찢을 듯 귀에 박히는 기이한 소리였다. 거센 빗소리도, 닫힌 창문도, 귀를 막은 떨리는 손도 그 소리를 막지 못했다.

쿵.

이번엔 둔탁한 충격음이 들렸다. 파리한 몰골의 여자가 차창에 머리를 부딪었다.

쿵, 쿵, 쿵쿵, 쿵쿵쿵쿵.

두려웠다. 무엇이 두려운지 설명하기 어려울 만큼 이 모든 상황이 두려웠다. 도망쳐야 한다는 위험 신호가 머릿속에 울렸지만 왜인지 행동으로 이어지지는 않았다.

아마 창문에 부딪는 여자의 표정 때문이었을 것이다.

공포에 잠식되어 미쳐버린 사람의 표정.

나는 그 표정을 알고 있었다.

*

여자는 차에 오르자마자 컵홀더에 꽂힌 텀블러를 잡아채듯 가져가 반쯤 흘리며 물을 들이켰다. 깊게 숨을 내쉬고 젖은 머리를 쓸어 넘기더니 대뜸 사람이 많은 곳으로 가달라고 했다. 졸지에 운전기사가 된 나는 길을 틀어 산로에서 빠져나왔다.

시내로 가는 사이 여자는 차츰 안정을 찾았지만 나는 묘한 불안을 한동안 가라앉히지 못했다. 이 여자는 어디서 나타났고 그 소리는 무엇이었을까. 분명 주변엔 아무것도 없었는데……. 묻고 싶은 게 한둘이 아니었지만 쉽사리 입이 떨어지지 않았다.

시내에 다다를 즈음, 도리어 여자가 침묵을 깨트렸다.

당신도 갔던 거지?

이해할 수 없는 물음이었다. 여자는 또다시 차창 너머에서 짓던 그 표정을 지었다. 기시감은 불현듯 선명해졌다. 엄마가 단식을 시작할 때마다 짓던, 공포에 미쳐버린 표정이었다.

그러니까 온 거 아니야? 이제 다 기억났어. 거기서 시작된 거야. 분명 괴물, 아니, 그, 그것이 거기 있었어. 하마 인형을 품에 안은 아이 기억 안 나? 아니다, 아니다. 더 중요한 게 있었지. 어떻게 알았는지 모르지만 그것이 우리 가족이 할머니를 죽이려 했다는 걸 알고 벌한 거야. 메아리산장으로 유인해서 전부 다 죽인 거라고……

여자는 분을 반쯤은 삭이고 반쯤은 분출하는 것처럼 중얼거렸다. 그 섬뜩한 말들은 내게 말하는 것이 맞는지조차 의심스러웠다. 확실한 건 여자가 무언가를 두려워하고 있다는 것과 그런 표정을 지어버렸으니 스스로 안정을 되찾기 어렵다는 것이었다. 엄마가 매번 그랬듯이.

병원으로 갈게요. 괜찮죠?

나는 비로소 냉정을 되찾고서 여자에게 말했다. 막 시내에 들어선 뒤였다. 하지만 여자는 내 말을 듣지 않았다.

□□□사진관. 거기로 가야 해. 거기가 지옥의 문이라고!

이번엔 중얼거림이 아닌 외침이었다. 여자는 그렇게 소리치고서 문손잡이를 마구잡이로 흔들었다. 문이 열리지 않자 온몸으로 발작했다. 말려보았지만 여자는 멈추지 않았다. 하는 수 없이 길가에 차를 세웠고 여자는 문을 열고 달려 나갔다.

날이 지나치게 눅진했다. 내 낡은 경차의 에어컨은 진작에 기능을 상실해 퀴퀴한 냄새만 내뿜고 있었다. 이런 일을 겪은 것은 이미 내 삶이 어딘가 고장 나버렸기 때문이었다.

그때는 그렇게 여겼다. 수개월 후, H가 남겨놓고 간 원고에서 공마산에 관한 한 토막의 글을 발견하기 전까지는.

#3 ───────────────────────

H는 내가 출판사에 입사하기도 전에 증발한 것처럼 사라졌다. 면접을 본 그날 짧게 인사를 나눈 것이 마지막이었다. 약속 시간에 늦은 탓에 오래 이야기를 나눌 수는 없었다. 오랜만에 본 그는 조금 수척해 보였지만 별다른 내색은 하지 않았다. 다만 그가 퇴사하는 이유조차 알지 못했으니 말하기 어려운 개인사가 있겠거니 할 뿐이었다.

수개월이 흘렀다. 차츰 일이 손에 익었고 이곳이 점점 편안해졌다. 새로운 일상에 익숙해질 즈음 나는 우연히 한 원고에서 그가 숨겨놓은 흔적을 발견했다.

파일명은 〈Welcome to Wondam City〉. 가지각색인 원담시의 장소들을 소개하는 글이었다. 하지만 기획 단계에서 그쳤는지 초고도 완성되지 않은 상태였다. 회사에서 아무런 말도 하지 않은 것으로 보아 H가 홀로 취재하다 중단한 프로젝트인 듯했다.

내가 멈칫한 건 그중 공마산에 관한 글 때문이었다. 공마산의 관광 명소와 역사를 소개하는 평범한 글이었는데, 별안간 어울리지 않게 불길한 이야기로 이어졌다.

문서의 수정 이력을 확인하니 숨겨진 내용이 나타났다.

공마산에는 한 전설이 전해져 내려온다.

가족 중 가장 팔자가 뒤틀린 이를 공마산에 버리면 그곳에 사는 거대한 괴물이 기이하게 울며 그이를 잡아먹고 남은 가족들에게 커다란 복을 전해준다는 것. 그 믿음으로 이 고장의 수많은 사람이 대대로 가족을 버려왔다는 것. 다만 가족을 버린 이들이 정말로 유복하게 살았는지는 누구도 알지 못한다.

얼마 전, 기이하게 우는 '크것'이 가족을 버린 죄인들을 벌하기 시작했다. 모든 일은 목에 하현달을 새긴 큰 여자가 나타난 뒤 벌어졌다. 믿기 어렵다면 원담역 물품보관함 17번(0223)을 확인할 것.

공마산, 가족을 버린다는 것, 기이하게 우는 괴물, 죄인에 대한 벌, 목에 하현달을 새긴 여자.

그날 공마산 인근에서 들은 그 소리가 신경을 긁어대듯 날카롭게 머릿속에 울렸다.

기익, 끼이익······!

분명했다. 이건 H가 일부러 내게 남긴 글이었다. 문서의 수정 이력은 담당 편집자가 아니라면 누구도 굳이 확인하지 않는 것이었다.

나는 서둘러 원담역으로 향했다. 정신없이 달려가 물품보관함을 열었다.

그곳엔 정말로 단서라고 부를 만한 것이 있었다.

자그마한 액션캠이었다. 카메라의 SD카드에는 형제인 듯 닮은 두 남자가 절벽 위에서 촬영한 영상과 단 한 장의 사진이 있었다. 영상에서 두 남자 중 하나는 절벽 아래로 떨어져 죽었고, 사진에는 선명하지 않지만 거대해 보이는 한 짐승이 찍혀 있었다.

믿을 수 없는 일…… 실제로 벌어지고 있었다. 공마산에서 만난 여자가 한 말과도 맞아떨어졌다.

그리고 이 모든 일은 Y와 연관되어 있었다.

이것이 내가 원담시의 괴사건을 추적하게 된 이유다.

#4

먼저 여자를 다시 만나야 했다. 하지만 여자에 대해 아무것도 아는 게 없었다. 그래서 여자가 말한 사진관을 찾으려 했는데 그 이름마저 무언가에 홀린 듯 도무지 기억나지 않았다. 원담시에 있는 사진관을 전부 뒤져보았지만 알아낸 것은 없었다. 의심할 만한 곳은 한 곳뿐이었다. 여름이 다시 오기 전까지 휴업한다고 써 붙여 놓은 사진관이었는데 유리 너머로 하마와 닮은 인형이 보였다. 하지만 그뿐이었다. 확신할 만한 단서는 무엇도 없었다.

두려웠지만 선택지는 하나였다. 직접 공마산에 찾아가보는 것. 막다른 길이었고 돌아갈 순 없으니 눈앞의 아찔한 담을 넘어야만 했다.

*

다시 찾아간 공마산은 지난여름보다 더 스산했다. 그러나 걱정과 달리 기이한 울음소리도 들리지 않았고 거대한 괴물도 없었다. 문제는 공마산에는 여자가 말한 '메아리산장'이 없다는 것이었다. 여자는 그것이 가족들을 그 산장으로 유인했다고 했는데, 이곳엔 산장이라 부를 만한 곳조차 없었다. 대신 새로 지어진 듯 말끔한 캠핑장이 들어서 있었다. 그곳에라도 들러 무언가를 알아내야 했다.

한겨울임에도 캠핑장은 많은 가족이 묵고 있는 듯 수선스러웠다. 나는 한편에 차를 대고 서로 눈을 뿌려대며 뒤섞여 노는 아이들을 지나쳐 '관리동'이라 적힌 팻말을 따라 걸어 들어갔다.

관리동은 이곳에서 유일하게 오래전부터 여기 있던 것처럼 낡은 컨테이너로 되어 있었다. 녹이 슨 문을 두드리자 사장으로 보이는 중년의 여자가 나왔다.

실례합니다. 혹시, 메아리산장이라고 아세요?

사장이 황당해하며 고개를 저었다. 손님도 아닌 이가 이런 험한 곳까지 와서 대뜸 이상한 질문을 하니 의심하는 듯 보였다. 사장이 자리를 피하고 싶은지 문을 닫으려 했다.

잠시만요. 하나만 더 여쭙겠습니다. 목에 작은 달 모양의 문신이 있는 여자가 여기에 온 적은 없나요?

자포자기하는 심정으로 물은 것이었다. 그런데 사장이 갑작스레 반갑다는 듯 양손을 마주치며 문을 도로 열었다.

아이고, 그때 그분이구나. 왜, 그림 맡기셨잖아. 좀 무서운 그림이라 얼른 내놓고 싶었는데 왜 안 오지 싶었다니까. 보니까 귀한 그림 같던데. 잠깐 있어봐요.

기대치 못한 반응에 당황스러웠다. 내가 그림을 맡겼다고? 그럴 리 없었다. 내가 원담시에 온 것은 그날이 처음이었다.

그렇다면…… Y가 왔던 걸까?

날이 추워 목을 가리고 있었으니 문신이 없다는 걸 알아볼 리 없었고, 당연하게도 내 외모는 Y와 닮았다.

곧 사장이 끙끙거리며 그림을 들고 나왔다. 이젤에 얹힌 그림에는 천이 반쯤 덮여 있었다.

그림을 보는 순간, 온몸이 전율했다. 처음 보는 그림이었지만 알 수 있었다. 얼굴 없는 그림. 이것은 또 다른 사건의 단서이자 두 사건의 연결고리였다.

석모산의 성모학원.

그곳에서도 우리가 알지 못하는 꺼림칙한 일이 벌어지고 있었다.

그 하마의 눈을 찔러라

1쇄 발행 2024년 9월 2일

지은이 양우준(그 하마의 눈을 찔러라)
　　　　호러블가든 개발팀(원담시 괴사건 보고)
펴낸이 배선아
펴낸곳 고즈넉이엔티

출판등록 2017년 3월 13일 제2022-000078호
주　　소 서울특별시 마포구 성지1길 35, 4층
대표전화 02-6269-8166 **팩스** 02-6166-9199
이 메 일 gozknockent@gozknock.com
홈페이지 www.gozknock.com
블 로 그 blog.naver.com/gozknock
페이스북 www.facebook.com/gozknock
인스타그램 www.instagram.com/gozknock
X(트위터) https://x.com/Horrible_Garden

ⓒ 양우준, 2024
ISBN 979-11-6316-701-3 03810
'원담시 괴사건 보고'의 저작권은 고즈넉이엔티에 있습니다.